乡村教育突围

——湖南省江华瑶族自治县教育逆袭之路

唐世日 汤勇◎著

湘潭大学出版社

图书在版编目（CIP）数据

乡村教育突围 ： 湖南省江华瑶族自治县教育逆袭之路 / 唐世日， 汤勇著． -- 湘潭 ： 湘潭大学出版社， 2021.12
ISBN 978-7-5687-0699-5

Ⅰ．①乡… Ⅱ．①唐… ②汤… Ⅲ．①报告文学一中国一当代 Ⅳ．①I25

中国版本图书馆 CIP 数据核字（2021）第 262693 号

乡村教育突围 ：湖南省江华瑶族自治县教育逆袭之路

XIANGCUN JIAOYU TUWEI:HUNANSHENG JIANGHUA YAOZU ZIZHIXIANG JIAOYU NIXI ZHI LU

唐世日 汤勇 著

责任编辑： 张宝香
封面设计： 曹　宇
出版发行： 湘潭大学出版社
社　　址： 湖南省湘潭大学工程训练大楼
电　　话： 0731-58298960 0731-58298966（传真）
邮　　编： 411105
网　　址： http://press.xtu.edu.cn/
印　　刷： 长沙市雅高彩印有限公司
经　　销： 湖南省新华书店
开　　本： 787 mm×1092 mm 1/16
印　　张： 15.5
字　　数： 238 千字
版　　次： 2021 年 12 月第 1 版
印　　次： 2021 年 12 月第 1 次印刷
书　　号： ISBN 978-7-5687-0699-5
定　　价： 58.00 元

把"教育家"当作价值追求的教育局局长(代序)

汤 勇

江华瑶族自治县地处湘、粤、桂三地接合部,被称为"神州瑶都"。这个集"老、少、山、边、穷、移"于一体的县,年财政收入不到10亿元,却创造了惊人的教育奇迹:最好的建筑是学校,待遇落实最好的是教师,幸福指数最高的是乡村教师。采访中,我们了解到江华不少大瑶山里的教师和校长都不愿进城,不愿进机关。

江华的乡村教育为什么有这么大的吸引力?江华的教师,特别是乡村教师为何能够安心地在此扎根,倾情地履行其神圣使命与天职?

在江华教育奇迹的背后,不得不提到一个人,那就是江华教育局局长——唐孝任。

这些年,是他对江华教育无怨无悔的坚守与付出,是他对人生价值的不断叩问与追寻,是他用自己的良知、信仰与行动,把生命的意义传递给了更多的生命,才有了今天江华教育的辉煌,才有了江华教育人现在的尊严与荣耀。

担当·临危受命挑重任

21世纪以来,直到2012年初,江华教育一直难以跟上社会发展的脚步,教师队伍外部保障不力,内生动力欠缺,学校办学条件落后,教学质量低下。在江华教育危难之际,唐孝任于当年12月被任命为县教育局局长。这位做过教师和中学副校长、当过县委宣传部副部长、干过6年乡镇党委书记的瑶族汉子,以一腔热血毅然挑起了这副沉甸甸的担子。

能否让江华教育尽快走出低谷和困局?能否在江华这样的一个民族自治县摆脱应试教育的羁绊,蹚出一条区域素质教育的道路?能否在当下社会浮躁、家长焦虑的环境中,构建一方教育的良好生态?能否在留住青山绿水的同时,传承乡风文明,探寻一条具有乡村特色的教育之路?能否通过思想引领、理念革新,提升学校的内涵品质,办出师生向往的理想教育?这位身材魁梧、皮肤黝黑、爽朗耿直、充满激情的新局长,带着这些思考走马上任,开启了奋力破局的努力。

上任以来,唐孝任带领江华教育人在困境中求变,在发展中突围,通过对"美丽校园、幸福师生、理想教育"的架构与实践,实现了江华教育的脱胎换骨和华丽变身,打造了一种具有浓厚的中国县域乡村教育特色的"江华模式"。

角色·追求理想做教育

唐孝任不仅不把自己当成领导干部,而且还把"教育家"一直作为自己的价值追求,用自己的专业引领江华教育走上专业化发展之路。

2020年"七一"前,我们去江华采访唐孝任,恰逢江华教育局在沱江镇第二小学召开建党99周年庆祝表彰大会。会上,我们见证并真切地感受到他的功力和风采。

唐孝任以《路》为题，做了一个生动的脱稿报告。他从中国共产党领导中国人民走上中国特色社会主义之路谈起，讲到了江华“美丽校园”的构建之路、江华“幸福师生”的探寻之路、江华“理想教育”的追逐之路。他描述了自己心目中的江华“理想教育”，是因材施教、因人而异的，让每一个生命都有枝可依的教育，是学生们能够快乐地学习、教师们能够体面地享受职业尊严和幸福的教育。而要把教育理想变成“理想教育”，江华教育人要对教育有情感，对学生有爱，对养育我们的这方水土和父老乡亲们有情义，就不能把承载使命的职位当官来做。他深情地说，教育是神圣的事业，学生的成长与未来都在我们身上，如果我们用“官”来定位自己，打官腔，摆架子，那是对孩子的不负责，也是对自己人生的亵渎，更是一所学校、一方教育的悲哀。

唐孝任的报告，娓娓道来，深入浅出，让人如沐春风，让我们领略到了“教育家”办教育的独特魅力。

执着 · 痴迷教育有情怀

教育人什么都可以没有，唯一不能没有的是情怀。有了情怀，就有了一种对教育近乎天然的痴迷。江华教育人都知道唐孝任对教育的那种“痴”。

在担任江华县教育局局长期间，唐孝任全身心投入了江华的教育。这期间，他曾有提拔的机会，但想到大山里的孩子，想到自己的教育理想，他都毫不犹豫地放弃了。

“我感觉自己好像是为教育而生的。只有教育才对我的口味，才能让我充满热情，点燃我生命的激情。”唐孝任笑着对我们说。

在和唐孝任的接触中，如果闲聊其他话题，他就保持沉默。但一谈到教育，他的眼睛便为之一亮，变得精神抖擞，滔滔不绝地叙述着自己的想法。

大家都对我们说，唐局长喜欢校园，喜欢看孩子们在校园里奔跑狂欢，喜欢看老师们在课堂上神采飞扬，也喜欢走进教室坐在那里听课，还喜欢和校长、老师们在一起探讨学校发展和孩子们成长中的新情况新问题。当然，他更喜欢看这些年在其规划和指挥下，一栋栋新的教学楼拔地而起，一所所新的学校傲然矗立于江华大地，一个个美丽的校园像花儿一样灿烂绽放。

魄力 · 迎难而上办教育

唐孝任凡是认准的道儿，无论面对什么样的阻力，他绝不会后退半步，总要冲破重重难关把事情办成。他的这种魄力，在江华是出了名的。

2013年，按照移民人口数量，水口镇中心小学按占地41亩规划，唐孝任两次实地考察，认为原规划缺乏长远考虑，便力排众议，最终实现了规划用地62.5亩。江华思源学校建设在县城的一块黄金宝地上，最初设计规划为24个教学班，用地60亩。唐孝任顶着压力，通过两次调整，最后建成了一所占地124亩、有60个教学班的学校。

这种魄力源于他的无私无畏。为了江华教育的发展，为了捍卫教师的利益和尊严，唐孝任敢于说“不”，敢于向领导提出自己的看法。大家都被他的决心所折服，尊重他的意见，支持他的工作。2013年以来，全面实施合格校园、教师安居、村小改建等教育“七大”工程，新建18所幼儿园、10所中小学，新增学位49150个，

2019年全县义务教育大班额问题全面化解“清零”。

唐孝任的魄力还体现在学校管理上。他把“校长回归课堂”作为校长队伍建设的着力点和突破口，每年都要举办校长上课、听课、评课的比赛。刚开始时，校长们很不适应，闲言碎语、告状信满天飞。唐孝任不妥协、不让步。相反，他以更大的决心开展这项工作。他提出“不换思想，就换校长；不上台阶，就下台阶”的观点，并带头上课，给校长们做示范。他还到学校听校长的课，批阅校长的工作日志，在“江华教育”微信公众号推送校长好的做法。唐孝任凭着一种倔劲，让校长回归了课堂，从而极大地提升了校长的教育教学能力和管理水平。

引领・高屋建瓴指方向

教育局局长对教育的引领不仅是行政上的引领、专业上的引领，更重要的是思想上的引领。对于江华教育的发展，唐孝任提出了“美丽校园、幸福师生、理想教育”的总体架构，其中“美丽校园”是基础，“幸福师生”是深化，“理想教育”是升华。这就为江华教育理清了发展思路，勾画了宏伟蓝图。

“一校一品牌、一班一特色、一师一专长、一生一特长”，唐孝任提出的这“四个一”为江华学校的发展和学生的个性化成长找到了切入点。唐孝任提出的“五型六化”，即园林型、书香型、创新型、特色型、学术型和净化、绿化、靓（亮）化、序化、数字化、文化，为江华教育品牌的塑造注入了鲜活的元素。

他认为，对学生影响最久远、最深刻的不是考试分数，而是文化。在江华，校园里的一墙一壁、一砖一瓦、一廊一道都弥漫着文化的芬芳，都成了表达文化的载体。当然，这也成了一种好的教育。

“最是书香能致远。”唐孝任不仅带头读书，还着力于推进书香校园的建设。江华教育局成立了阅读办公室，负责书香校园建设和阅读推进工作的实施与指导。在建立阅读种子教师团队的基础上，全县开展了大阅读，从局长到局机关干部职工，到学校校长和教师，再到每位学生和家长，都参加了“阅读・梦飞翔”的活动。

与此同时，唐孝任大力变革评价机制，推进大质量观入脑入心。这些年，在他的主导下，江华教育出台了《关于全面深化大质量观下的中小学教育教学质量综合评估改革的实施意见（修订）》，建立了规范、科学、高效的中小学教育教学综合评估体系。同时，他倡导绿色质量，重视和加强艺术教育，通过强化和突出心理健康教育，全面启动和实施“微团队建设”，达成了立德树人的目标，实现了从“育分”到“育人”的转变。

唐孝任除了思想上的引领，还有人文和人格上的引领。在人文的引领上，体现在他对校长充分的尊重、对教师无微不至的关爱上。对于学校的经费、用人、项目实施，唐孝任对校长很放手，很信任，从不干涉。对于教师，则尽量给他们搭建平台，尽量改善他们的工作生活条件，尽量让他们多一些价值感和归属感。

在人格的引领上，唐孝任带头真干、苦干、拼命干，严于律己，率先垂范，凡是要求大家做到的，自己都会带头做到。教育局人事股副股长游江文说：“唐局长为了确保工作的顺利推进，会对大家非常严厉。而且他为人坦荡，处事公正，在系统上下、行业内外享有很高的威望。”

改变·江华模式展新容

教育的单一评价和分数至上带来的是教育生态的恶化。而在江华，唐孝任与一班人经过不懈的努力，为区域教育开辟了一条新路、一个新的模式。

在这里，每一个校园都环境优美、雅致清新，有浓厚的文化氛围，成了孩子们美丽的花园、魅力的学园、成长的乐园、温馨的家园和幸福的田园。

在这里，每一个教育人都充满活力、富有朝气，视职业为事业，都有了专业化成长的自觉，都把教育生活过得有滋有味，都感受到了职业的尊严与幸福。

在这里，每一个孩子都有一张天真烂漫的笑脸，都有一双灵动的眼睛，都感受到了成长的快乐与愉悦。乡村孩子在骨子里还烙下了对家乡那种血浓于水的朴素情感。

在这里，乡村教育充分挖掘乡土元素，充分彰显乡村特有的风格，让乡村教育充满着乡村味道，弥漫着乡土气息，让乡村因乡村教育而变得有生机、有活力、有希望。

在这里，教育有分数而不唯分数，教育有质量而不追求片面质量，教育有情趣而不再是单调枯燥，一种快乐而幸福的教育生活，被江华教育人演绎得淋漓尽致、生动精彩。

在这里，我们体验到的“江华模式”是中国县域乡村教育“优质”和“均衡”的典范，是民族文化传承和创新的样本，是振兴县域经济和促进城乡一体化发展的榜样，是有顶层设计、系统行动和系列发展成果的完整体系，是具有广泛示范性、辐射性、影响性和借鉴性的成功经验。

唐孝任是江华教育的设计者、实践者，是江华教育良好生态的建构者、捍卫者，是“江华模式”的创立者、操盘者，可以说是他让江华教育环环相扣、招招到位，是他构建起了“神州瑶都”的教育理想国,是他成就了中国县域乡村教育的“江华模式”。

结束采访时，唐孝任对我们说，他只是做了一个教育人应做的，也只是尽了一个教育人应尽的责任。未来的路还很长，他会一如既往地走下去，迈着稳健的步伐，从容前行，让江华在美好的教育路上，行走得更好、更远……

原载《学校品牌管理》2020 年第 10 期（有删改）

引 言

“人民对美好生活的向往，就是我们的奋斗目标。”2012 年 11 月 15 日，习近平总书记在十八届中共中央政治局常委同中外记者亲切见面时明确提出。习近平总书记以这一极为生动、凝练的表述，对我们党全心全意为人民服务的根本宗旨作出新的时代诠释，给教育发展定下了发展为了“美好”的基调。而党的十八大也明确提出了教育发展的总目标是努力办好人民满意的教育。

2012 年 12 月，唐孝任履职江华瑶族自治县教育局局长。

正式上任前，唐孝任走进江华瑶族自治县第二中学调研，在学校召开中层以上干部座谈会时，开始没有人主动发言，即使被点名，也是不痒不痛地说几句。当唐孝任谈起自己曾经在江华瑶族自治县第二中学工作的故事时，大家似乎明白了局长调研的目的。于是提出当前学校教育教学、教研教改等诸多问题和困惑。唐孝任听后，神情凝重。其实在这两个多月的时间里，唐孝任已经走访了几十所学校，同百余位管理人员和老师进行了面对面的沟通，调研过程中发现的问题时刻牵动他的心。

2013 年的一天，时任江华县委书记的罗建华在唐孝任的陪同下到当时县内最好的小学——沱江镇第二小学调研，他发现教学楼陈旧，校园道路凹凸不平，就与县长通电话，探索学校建设。当时，江华县城区只有 4 所小学，教学楼数量不足，最大班额超过 80 人，教学实验设备仪器数量严重匮乏；处于县城中心的江华创新实验学校，是饲料厂改建的学校，寄宿生还住在废弃的饲料厂的仓库里，晚上经常有老鼠光顾；逸夫完全小学的学生宿舍还是土坯房，窗户用几张塑料膜遮住，还不时透风，被风吹得“呼呼”直响；90% 的学校没有教师公寓或周转房，教师挤住在简易的筒子楼里。

之前被“刻意”隐藏的事实也浮出水面，连续两年中小学教育教学质量处于全市中下水平，在市级及以上的体育、艺术比赛或活动中获奖的学生和参加市级及以上教育比武活动获奖的教师寥寥无几，各个学校教育科研的成绩更是无从提起。

随后，在江华县教育局党组会上，唐孝任率先问道："2005 年，温家宝同志在看望钱学森的时候，钱老曾经发问：'为什么我们的学校总是培养不出杰出的人才?'这著名的钱学森之问，在座的各位有什么感触?"一时间，为谁培养人？谁来培养人？培养什么人？怎样培养人？这四问在这次党组会上提出，也揭开了江华教育系统轰轰烈烈的思想解放大讨论的序幕。江华教育似乎有了新的气象。

然而，2013 年 3 月 11 日清晨，江华教育局的一位中层管理人员走进办公室，刚打开电脑，正准备坐下。这时，办公室的门被推开，两名神色严峻的县纪委工作人员走进来。随即，这位张皇失措的中层管理人员被县纪委工作人员带走。不久，1 名原局长、1 名原副局长及校长等几十人相继被市、县纪委留置、调查。这一事件让原本被破坏的教育生态雪上加霜，江华教育及江华教育人的形象在老百姓心里降到了冰点。

如何重建教育生态?

如何归还拖欠江华人民的美丽校园?

如何培养好一大批有办学思想的校长?

如何让教师先幸福起来?

如何让我们十万多名学生健康成长?

习近平总书记在党的十九大上强调重视教育就是重视未来、重视教育才能赢得未来，把教育摆在优先发展的战略地位，以宽广的全球视野和深邃的历史眼光，要求扎根中国、融通中外、立足时代、面向未来，发展具有中国特色、世界水平的现代化教育。

如何让教育更好地回归本质?

如何让乡村教育在乡村振兴中发挥作用?

如何办出一大批乡村教育品牌学校?

如何找到江华教育现代化的可行路径?

江华教育人，此时最需要的是战胜自己。

目录

美丽校园篇　追梦与化蝶

幸福师生篇　认可与追寻

理想教育篇 突围与逆袭

美丽校园篇　追梦与化蝶

神州瑶都，醉美江华。

到过江华的人，无不被这里旖旎的自然风光、独特的民族风情深深吸引，然而，最引人注目的，是掩映在山水林间的一所所漂亮的学校。走进任意一所中小学校，春时层峦叠翠，夏至鲜花烂漫，秋来丹桂飘香，冬临绿荫如故，四季之景，天趣盎然。

江华教育之美，美在校园，更美在人心。

江华教育人锐意进取、砥砺创新、矢志不渝，正是“美美与共”的践行；江华学子书声琅琅、歌声悠扬、快乐成长，恰是“各美其美”的格局。江华教育正用她内在的“美”，为瑶山孩子创造温馨幸福的学习天地。

全面改薄，夯实江华教育之基，城区学校提质扩容，为江华教育未雨绸缪。移民学校易地重建，五十年不过时，乡镇学校合格建设，达优质均衡。村小和教学点建设，软硬兼施。美丽校园内涵，在实践中不断提升与发展。

“美丽校园”是心愿

水以剔透而清爽，山以高峻而性灵，树以婆娑而动人。“美丽校园”是每位江华人的心愿！

江华瑶族自治县镶嵌在湘、粤、桂三地交界的萌渚岭山脉中，有着“神州瑶都”之美誉。

江华，天下瑶族第一殿盘王殿，瑶族祖先图腾坊，中国最大的铜铸长鼓，它们一直在真切地述说着古老的瑶族故事。

江华，水乡井头湾，千年瑶寨桐冲口，谜一般的香草源，一幅幅雄浑的山水画卷，映入你的眼帘，原始、自然、野趣……让你尽享一场瑶乡恬雅的视觉盛宴。

如果说山是江华的筋骨，那么水就是江华的灵魂。划船于湖南省“水利一号工程”涔天河瑶池，宛如“翠竹法身碧波潭，滴露玲珑透彩光”。江华涔天河的秀丽风景，丝毫不逊色于漓江。

江华还有得天独厚的自然资源和地理环境，其境内山雄、水秀、洞奇、林幽，冬暖夏凉、气候宜人，由此又有“天然氧吧”“华南之肺”的美誉。

一方土地养一方人。这里的人淳朴、热情、宽厚，孕育了敢为人先的早期共产党党员陈为人、李启汉、王涛和江华等革命先辈。这方热土养育了一代又一代的江华人，他们用勤劳和奋进回报着她。

阳春三月，草长莺飞。行走在江华的土地上，青山绿水间，一栋栋教学楼拔地而起，一所所学校焕然一新。最醒目、最漂亮的学校教学楼，成了瑶乡最独特、最具诗意的风景。

校园里雄伟高大的校门熠熠生辉，宽广的操场上塑胶跑道鲜亮夺目，宏伟的教学楼错落有致，窗明几净。清静幽雅的校园，温馨舒适，鸟语花香。花草树木掩映相间，春华秋实。校园里欢声笑语一片，书声琅琅。

学校各种功能室配备齐全，文化体育设施完备，实验室安装了高标准实验台，各种实验器材一应俱全；微机室里，最新配置的电脑整齐排列；图书角，摆满了整齐的图书；阅览室、心理健康咨询室、劳技室、科创室、童创馆、校史馆、德育展室等一应俱全；宽敞明亮的餐厅、井井有条的宿舍……不由令人由衷感叹：江华的学校，真美！

眼前的景象，或许会让一些“老”江华教育人思绪万千。21 世纪初，县城有且仅有江华瑶族自治县第一中学因县城搬迁而“重建”。除此之外，全县其他学校的校园整体面貌则是破旧不堪，有的连校门都没有，教学楼是低矮的平房；学生宿舍往往是全班的孩子挤在一个大教室，冬冷夏热；学校运动场坑坑洼洼，“雨天一身泥，晴天一身尘”；很多教室里，斑驳的墙壁，破旧的课桌椅，冬天唯一的保暖措施是钉在窗户上的塑料布，黑板是白墙上刷上的一条长方形的黑漆；食堂更是别指望了，操场、走廊，处处是餐厅——地方倒是宽敞，一阵风尘来袭，不仅人灰头土脸，饭菜也撒下一层“胡椒面”。

对比现在的学校，反差巨大，这背后反映了县委、县政府和全县人民在全县营造的尊师重教的良好风尚。“教育是最大的民生！”不仅仅是一声号角，更是全体江华人自动自发地深入践行。如今，在江华，真正实现了最好的设施是学校，最美的环境在学校。

“美丽校园”是什么？

最近，一位外县的教育专家在其文章《一样的土地，别样的美》中写道：

走进最高人民法院原院长江华同志的母校——大石桥乡中心小学，让人欣羡的是，校长无论走到哪，孩子都喜欢跟着他，围着他，叫着他，甚至拉着他……这位“好人缘”的校长向我们介绍说，学校提倡“擦亮孩子的底色，点亮孩子的人生”打造“红色”“绿色”“土色”的“三色教育”。

学校通过讲好、写好、绘好江华爷爷的故事的红色教育，对学生进行“传承红色基因，牢记树立远大理想”的教育。校园里到处有绿树，班班有绿色。校园内所有房屋建筑、花草树木、绿色植被都冠名，做到“一步一景，一景一名，一景一故事”。同时，把“瑶族织锦社团”“农耕文化”等作为“土色”教育，把乡情刻在心里，把乡愁融进课堂。把“家”“家乡”和“国家”的概念从小根植在孩子的心里，记住乡情，品味乡愁。这种美，就像习近平总书记所说：“……实现乡村振兴，要望得见青山，看得见绿水，留得住乡愁。”

这一切的改变，还得从2012年唐孝任被组织任命为江华县教育局局长开始。

他当过教师，懂得孩子们的心理需求；他做过中学副校长，深知老师们的不易；他曾在江华县委宣传部任过副部长，清楚了解江华县情及各种缘由；他还在湘、桂交界的，边界线长10余千米的瑶、壮、汉等12个民族杂居的边贸重镇和农业大镇——大圩镇，任了6年的党委书记，他尤其清楚农村家庭对教育强烈的渴求。留守儿童普遍缺乏父母的关爱，爷爷奶奶对孩子教育往往无能为力。

与其他发达区域相比，江华办教育劣势明显。这里，沟壑纵横、地广人稀、交通不便，既留不住优秀的老师，也很少有外地老师进来。

因江华的教育投入一直处于不足状态，其教育教学质量停滞不前，教师队伍的外部保障和内生动力欠缺，学校硬件和文化建设也严重滞后。这一系列的问题和困难，像一座座大山，压得县教育局党组班子成员喘不过气来，更令他们如坐针毡。

为了尽可能了解各校情况，白天，唐孝任带头奔走在崇山峻岭之中的各乡镇中学，深入瑶山腹地的小学、教学点进行调研；晚上，他与同事们、老师们激烈讨论，征求他们的意见；夜深人静时，他办公室的灯还依旧亮着——这是他独自学习和思考的时间。唐孝任总是说：“要么不干，要干就要干好！我们这些人，如果今天的事情都做不好，又怎么指望让老百姓相信你描绘的蓝图？”

唐孝任没有忘记，第一次走进河路口中学时，看见校园遍地是黄土，大风一刮，卷起满地黄沙，吹得人的眼睛都睁不开，孩子们的课间运动也只能在教室。当时，他的眼睛湿润了，几乎是哽咽着反复叮嘱县教育局计财股和基建股的同志，一定要想尽一切办法，确保运动场的建设。

唐孝任还没有忘记这样几个场景：有一次他走进学生食堂，与学生一起就餐，看见孩子们因空间狭窄，座位不够，三三两两的蹲在地上吃饭的情景，他哽咽了；每天天还蒙蒙亮时，看见我们的老师骑着摩托车，冒着凛冽的寒风，只为第一个赶到教室，迎接孩子的到来，他眼眶湿润了；深入村小课堂，看见孩子们还在那低矮的房子，昏暗的教室，破旧的书桌上埋头学习时，他心酸了……

2012 年，江华瑶族自治县第十一次党代表大会上，时任永州市委常委、县委书记罗建华提出——教育是最大的民生。江华教育借助县委、县政府重教“东风”，开始了以“美丽校园、幸福师生”为抓手，全力提升教育教学质量逐梦之旅。

2013 年春节上班的第一天，局里召开党组班子成员会。时任教育局办公室主任的周文宾对当时的情景记忆犹新，领导们围绕“江华教育怎么走”发言非常激烈，调研组最终得出“美丽校园、幸福师生”推进江华民族教育的办教育思想理念。

值得庆幸的是，唐孝任并不是一个人在战斗。县教育局党组办教育的“苦心”与“诚心”得到上级领导和广大教师的认可。

作为一名教育局局长，唐孝任有太多的心酸和难舍，但又不能眉毛胡子一把抓。此时，他只觉重任在肩，只有高擎火把，带着众人奋力向前。

“美丽校园”，就是唐局长举起的第一支火把。

什么是美丽校园？

“房子、校园环境、基础设施要好！软件也要跟上！”党组班子走进学校、村寨问教师、家长、群众对“美丽校园”的想法理解。

县教育局党组给出“美丽校园”的标准是：硬件条件美、环境美，学校软实力呈现的内涵美和师生美。

“美丽校园”要有美丽的自然环境，绿树成荫，芳草如茵，鸟语花香，小桥流水，洁净雅致，人走进校园，宁静安然，心旷神怡。

环境之美，美在自然，美在建设。江华有着美丽的自然环境，令人乐而忘忧，有着深厚的民族文化底蕴，让人流连忘返。江华县利用周围环境与民族文化所提供的各种信息、材料、机会与经验改造校园环境，在优美的环境中，激发学生的学习兴趣，培育学生发现美、感悟美、体验美、创造美的能力，通过民族文化的渗透与学校文化的渗透，建设美丽校园。

江华县瑶文化丰富多彩，涉及生活的方方面面，包括服饰、信仰、婚俗、歌舞、饮食、医药、建筑、丧葬等衣食住行，因地域不同文化方式也不同，主要有瑶族道教文化、长鼓（长鼓舞）文化、礼仪习俗、瑶族舞蹈、民歌、各种经书曲调唱腔等十余种瑶族文化，内容丰富而深邃。江华县将服饰、歌舞、饮食等极能让学生感兴趣、适合孩子和适宜校园传播的文化提取出来，就形成了校园中能开展的“校园瑶文化”，如唱瑶歌、跳瑶舞、穿瑶服、说瑶语、制作“江华十八酿”、打木棒球、打陀螺等。江华县的学校还根据各地的特点，将各自特色的“瑶文化”引进校园。在充满诗意的江华瑶山深处，瑶族文化也如瑶山中一朵永不凋谢的山花，开放在这山清水秀的大地上，而且越开越艳丽。

和谐的校园是促进学生健康发展的重要保障。江华自然风光独特，享有优美的自然景观，为建设美丽校园提供了资源与条件。

唐孝任履新不久，就明确了从改教室、改寝室、改澡堂、改食堂、改厕所开始，净化、绿化、亮化环境，全县完全小学以上学校均按照“园林型、书香型、创新型、特色型、学术型和净化、绿化、靓（亮）化、序化、数字化、文化”的“五型六化”要求完成建设，提升学校内涵。

“‘美丽校园’是‘和美教育’的基础，让学生能在校园中发现美、欣赏美、体验美、创造美是‘和美教育’设计者的初心。”唐孝任谈到，作为区域教育的管理者，希望环境与师生共美，不断实现人与自然的和谐统一。

如何实现美丽校园，让美丽校园有活力，有内涵呢？

2013 年以来，全县共投入资金 20.32 亿元，全面实施合格学校建设、县城学校提质扩容、教师安居、移民学校复建、村小改建、全面改薄、信息化建设等教育七大工程。新建成 18 所幼儿园、10 所中小学校，新增学位 49150 个，为实现教育优质均衡打下了坚实基础。

“全面改薄”，夯实江华教育之基

“改薄”，加厚教育之基，宛如春风细雨为改善办学条件注入新动力，滋润着江华大瑶山的孩子。

受地域特点和办学条件所限，许多少数民族地区的民族文化普及和教育事业开展举步维艰。2013 年起，江华县借助全面改善贫困地区义务教育薄弱学校基本办学条件项目计划(现称“全面改薄”与“能力提升工程”，本书中简称“全面改薄”)，让江华教育建设更好的环境，加厚江华教育之基，开创更好的局面!

2016 年 6 月的一天，江华县涔天河镇东田村教学点教师邓春玲用数字教育设备给一年级孩子们上课后，孩子们欢天喜地畅谈感受说:“电视里的老师上课，真特别!”

2016 年，全县像东田村这样的村小、教学点、有 206 所(现 109 所)。由于位置偏远、教学条件差，学生少、专业教师少，教师素养相对不高、教育教学水平落后，网络还没拉进去，几乎成为“信息孤城”。

江华教育选择卫星实现数字教育资源。借助卫星实现数字教育资源全覆盖，偏远农村孩子都能通过“城里教师”上课视频进行学习，这成为江华借力全面改善贫困地区义务教育薄弱学校基本办学条件项目计划，加快缩小区域、城乡教育差距，助推教育均衡“全线升级”的一个缩影。

江华县整合“全面改薄”资金，通过“五改三化”加大教学楼、学生宿舍、教师住房的改善力度，使校园更美丽，师生更幸福，社会认可度更高。

“原来低矮的瓦屋很不安全，孩子们只能窝在走廊上活动，现在好了，孩子们能在操场上打篮球、跳绳，绽放生命的精彩。”在江华县涔天河镇水东村小学，教师张晓莲说起学校的变化时，一脸幸福。

这些村小、教学点，位置偏远、条件差，学生一般都很少，学生活动场所几乎没有，是典型的“麻雀学校”。借助“全面改薄”，全县所有村小、教学点的生活条件、教学环境等得到不断的改善，偏远农村学校的孩子可以在宽敞的操场上活动，能就近使用各种体育器材，享受与城里孩子同等的学习资源、活动场地。

江华县大石桥乡中心小学“全面改薄”后，宽敞的校园广场、美丽的教室、标准化食堂一应俱全，配备了电脑室、练功房等功能室，校园建设全线升级。“早两天，学校举行了师生运动会，孩子们在操场上能尽情地玩，尽情地实现自己的运动梦。”提起“全面改薄”，时任大石桥乡中心小学校长程小明兴奋地说：“学校还建起了标准化食堂，孩子们餐餐都能在干净整洁的食堂享用可口的饭菜了。”

大石桥乡中心小学旧貌

大石桥乡中心小学新颜

同样，地处农村的涛圩镇上游完全小学，过去“晴天做操一身灰”的操场，硬化一新，新建了篮球场、羽毛球场等。“场地设施齐全了，孩子们再也不为体育活动和大课间发愁了。”时任校长黄兴华欣慰地说。

涛圩镇上游完全小学旧貌

涛圩镇上游完全小学新颜

从 2014 年开始，全县在 5 年内投入资金 6.6 亿元，完成所有村小、50 所完全小学和中心小学，以及 5 所九年制学校的校舍、教室、实验室、图书室、功能室、运动场、实验仪器、音体美器材、图书等基础设施、教育教学设备的改造与完善。

尤其是 2015、2016 年，江华县借助“全面改薄”工程，先后对中洞完全小学、白芒营镇中心小学、江华创新实验学校、界牌乡中心小学、桥头铺镇中心小学等 30 多所完全小学以上学校进行“全线升级”，操场、食堂、厕所、综合楼等一一建成，部分城区学校新建了塑胶操场，其他农村学校全部整修为高规格炉渣跑道。各学校本着缺什么补什么、缺什么建什么的原则，加强校门、院墙、护坡（坎）等附属设施建设，让校舍更安全、校园更美丽。

场所、功能室是学校开展活动的主要阵地。通过“全面改薄”，学校建好了综合楼、教学楼、广场、操场、活动室，为强管理、提质量、创品牌等提供了强有力的阵地保证。涛圩镇中心小学是一所湘桂边界上以瑶族学生为主的乡村小学，连基本的实验室都没有，通过“全面改薄”，学校新建了运动场、综合大楼、教学楼。如今，学校师生大课间活动跳竹竿舞成为一道风景，学生还能在瑶族织锦室织八宝带、八宝被，在音乐教室尽情唱瑶歌……瑶族文化进校园、入课堂已经成为涛圩镇中心小学瑶族文化的亮点。

“原来没有场地，很多活动受限，现在师生社团活动中跳舞唱歌，棋琴书画，其乐融融！”原涛圩镇中心小学教导主任、现涛圩镇中心小学校长甘秋萍谈起“全面改薄”为学校提供的活动场地，喜形于色。

涛圩镇上游完全小学充分利用新建成的功能室、运动场等，结合当地瑶族特色文化，开展了打木棒球、押加等活动；码市中学把瑶族省级非物质文化遗产“火烧龙狮”引入校园，让孩子们在校园传承瑶族文化，感受瑶族文化魅力。

目前，涛圩镇中心小学、沱江镇第一小学、大圩中学、码市中学等40多所中小学校校园瑶族文化凸显魅力，2万多名师生都在学习瑶族文化，逐渐形成了跳瑶舞、唱瑶歌、穿瑶服、玩瑶族体育项目的局面，构建了“瑶族文化专家—骨干教师—教师—骨干学生—学生”瑶族文化校园的传播格局。

沱江镇第一小学、码市镇启汉小学、涛圩镇中心小学等一批学校获得“全国中小学首批中华优秀文化艺术传承学校”“全国足球特色学校”“湖南省民族团结进步模范集体”“全省少数民族文化传承示范基地”等荣誉称号。

“原来学校连教室都不够用,哪还能建什么心理咨询室。现在通过‘全面改薄’，学校建有综合楼，配置了足够的功能室，所以就建立了心理疏导室、心理调节室、心理咨询室等，为全校师生的心理健康提供了帮助。”时任白芒营镇中心小学校长李雷说。

2015年初，江华县教育局通过分析师生心理健康现状后，在现有阵地的前提下，结合“美丽校园、幸福师生”理念，把2015年定为“中小学心理健康教育年”，按照有机构、有阵地、有经费、有课程、有队伍、有机制、有考核的“七有”标准，在全县中小学校全面推进心理健康教育。

更为重要的是，各校按创文明单位、创园林型单位、创卫生单位、创书香型单位、创平安单位、创特色型单位等“六创”联动目标，根据学校实际情况，把校园文化、校园绿化、书香型校园等活动融入“全面改薄”项目，为“幸福师生”打下坚实基础。

心理健康团辅活动

心理健康课堂

心理宣泄室

心理沙盘室

“原来，为孩子没有学位读书而发愁，没想到几个月时间，沱江镇第二小学就新建了一栋教学大楼，孩子都能顺利的入校读书了。”2016 年，刚进沱江镇第二小学就读一年级的学生家长陈宏对孩子能就近入学感到非常高兴。

经过建设，大圩镇第一小学等 16 所学校的教学及辅助用房、生活用房大有改善，江华创新实验学校等学校的教学仪器设备和信息化建设完成，多媒体教学成为日常的教学方式，由“一块黑板、一支粉笔”步入了信息化教学的新时代。

城区学校扩容记

一座座别具瑶族风格的教学楼，在翠绿欲滴的树木与含苞绽放的花朵的掩映下，更平添勃勃生机。

十年来，江华县委、县政府重点突出了“教育是最大的民生”这个惠民主题。

江华县委、县政府高瞻远瞩，全面对城区学校提质扩容，满足人民群众对城区学位的需求。2013 年 5 月，江华全面启动城区学校提质扩容，对沱江镇第一小学、沱江镇第二小学、为人小学、沱江镇第四小学、江华创新实验学校、沱江中学等进行提质扩容，还新建江华博雅实验学校，为全力解决学位不能满足人民群众需要的问题。

2017 年，在沱江镇鲤鱼井大道做生意的刘先生在孩子入学之初还担心：“学校的教学楼不够，班额过大，影响孩子的入学。没想到能够顺利入学，多亏了学校新建的教学楼。”之前，有不少像刘先生这样对孩子的学位有所顾虑的家长，但都得益于县城城区学校扩容提质工程，使沱江镇第四小学新建了一栋教学楼，新增了 1000 多个学位。

时任沱江镇第四小学校长、现任县教育局人事股股长邓丽娟讲述了学校提质扩容新建校门的故事：

2013 年教师节，时任江华县委书记罗建华带领教育局局长唐孝任等到学校开展走访调研。调研时，罗建华了解到学校存在的最大困难，就是原校门处于十字路口且对面就是爱心幼儿园，放学时段人群、车辆密集，交通堵塞严重，因进学校是下坡路，存在重大的安全隐患，急需在南面新建校门，缓解学生上学、放学时段人群密集等安全隐患。

2015 年初，沱江镇第四小学校门项目正式立项。学校校门征收土地涉及多家人的土地。县委、县政府迅速成立班子，开展征地工作。征地起初，一些住户坚决表示，就是补偿 500 万元也不签字。只要学校划线，他们都会用锄头除去石灰，让学校什么都做不成。项目指挥长带领学校相关人员走进其家中做思想工作，通过数十次的深谈，终于得到了村民及校园周边住户们的支持，土地成功被征收。

沱江镇第四小学城区提质扩容改造后，漂亮雄伟的学校大门耸立着，让人感受校园的美丽。尤其是近年来，学校挖掘“江华古八景”之一所在地鲤鱼井村中“浪石清流”的景点文化，打造“清流文化”。提炼出了“让每滴水珠都晶莹”的办学理念，“固本清流，浸润心灵”的校训，“清爽做人，明白做事”的校风，“激荡浪花，成就精彩”的教风，“筑梦清溪，向上生长”的学风和“培养纯真、纯正、纯美的清流少年”的育人目标。

如今，在校园清流园里“浪石清流”的景观点，重现着鲤鱼井的历史文化韵味，让学生身临其境地去感悟“清流文化”的内涵；园里的瑶族手工艺室，让学生通过瑶绣、织锦等制作流程，感受瑶族文化的内涵；在茶艺室，以茶论道，让学生体验茗茶的过程，更让学生感受中华几千年茶文化的熏陶，使其足以享受文化之美。

更重要的，沱江镇第四小学充分发挥涔天河湿地公园教育基地的作用，建有听雨亭、观鸟林。孩子们漫步在绿树成荫、鸟语花香的校园中。在雨亭里，一边欣赏美景，一边听那“沙沙”的雨声，或在开放式书吧里静心阅读，在美景中欣赏、感受校园的美。

沱江镇第四小学还依托校园内三棵茂盛的大榕树、“浪石清流”打造“清流文化”“大榕树”“鲤鱼井”三类课程，传承“纯真、纯正、纯美、自尊、自爱、自洁”的“清流精神”，培养学生成为有良好道德品质和行为习惯的“清流少年”。

“榕树叶茂如盖，四季常青，枝干壮实，不畏寒暑，傲然挺立，象征着开拓进取、奋发向上的精神和坦荡、包容的品质。通过了解榕树的内涵、欣赏榕树的雄姿、品味榕树的风格、歌颂榕树的品格、学习榕树的精神，形成以‘团结、包容、友爱、尊重’为主要内容的‘大榕树课程’，”沱江镇第四小学校长何化桥说，“应培养孩子‘海纳百川、有容乃大、团结协作、快乐成长’的道德之大美，激发学生襟怀天下、福泽四方的品质。”

沱江镇第四小学将鲤鱼井的历史文化和民间故事为主要内容编辑成《我的家乡——鲤鱼井》校本读物，让学生在发现和感悟美的同时，激发学生爱家爱国的家国情怀。

2021 年 5 月 8 日是乡村教育“江华模式”全国推介会在江华召开的日子。当日下午 4：40，几辆大巴停在沱江镇第七小学的校门口，700 多位来自全国各地的领导、专家陆续进入校园参观。参观者对教学楼、综合楼长鼓红柱、黄墙黛瓦、飞檐翘角等充满浓郁瑶族元素的建筑震撼不已，良好的育人氛围深深地吸引了与会来宾。

一位来自江苏的校长惊叹道：“想不到这么偏远的瑶山中竟然有这么美的学校。”美丽的校园，丰富多彩的社团活动，给与会人员留下了难忘的印象。

谁也不曾想到，四年前这里还是一片荒地。

党的十九报告指出，我国社会主要矛盾已经转化为人民日益增长的美好生活需要和不平衡不充分的发展之间的矛盾。为进一步满足人民对优质教育的需要，2017 年，江华县委、县政府再次启动城区学校提质扩容，新建江华思源实验学校、沱江镇第七小学、江华芙蓉学校等，将学校建设成美丽、幸福的乐土。

2017 年 5 月 20 日，江华县城沱江镇腊树脚村旁的荒地上，唐孝任带领着县教育局基建股、学位办及相关工作人员冒着烈日勘察建校场地。也正是这天，沱江镇第七小学筹建小组正式成立。

要建什么样的学校？新学校怎么定位？

沱江镇第七小学筹建小组考察了县内所有新建的学校，几乎走遍了县城所有的小区、公园、景点，上网浏览了大量的信息。好几个晚上，唐孝任组织人员对设计方案逐一讨论、修改。

2018 年 10 月 26 日，在克服重重困难后，经过一年多的准备，沱江镇第七小学终于迎来了开工典礼。建设工程严格按照“保廉洁、保质量、保进度、保安全、保效果”的“五保”要求全力推进。

2019 年，是义务教育大班额化解关键期。县委、县政府高度重视。随着立项批复后，环评、规划、征地、勘探、设计……一系列的工作不断推进。经开区、规划、林业、国土、电力、沱江镇等部门和乡镇全力配合开展征地及其他学校建设工作。

如今，沱江镇第七小学教学、运动、生活分区布局合理，环境优美，建筑风格充满浓郁的瑶族特色，红色长鼓柱、黄墙、飞檐、翘角、亭台、绿荫，相互辉映成一座独具特色的瑶族公园。

沱江镇第七小学

同时，沱江镇第七小学结合建在原潇贺古道江华段中兴亭旧址的文化，挖掘潇贺古道的“三美”内涵：王德榜、江华、韦汉、陈为人、李启汉等革命先驱追求和平、保家卫国、抵抗压迫与侵略之民族大义之美；湘、桂、粤等不同地域的瑶、汉、壮等 20 多个民族人民从这里迁徙繁衍、生生不息，在历史进程中守望相助、患难与共、相互融合的民族团结之美；古道的人与自然和谐之美。并将“三美”附之为“红、黄、绿”三种颜色，其红色为革命精神，崇高的理想信念；黄色寓意各民族相互包容、协作的精神；绿色是自然、生命的力量，是和谐、创新的发展动力。逐渐地学校形成了“做‘三色教育’，育时代新人”的办学理念。“三色教育”即：传承红色基因，打好人生底色；提升综合素养，筑牢人生本色；绿色和谐发展，凸显办学特色，铸牢中华民族共同体意识，培养担当民族复兴大任的时代新人，打造成“求真知、走正道、谋大同”的理想学校。

如今，江华通过两轮城区学校提质扩容，已经消除大班额，成绩显著，为城区工业化提供了服务保障，让进城务工的子女实现有学上、上好学的华丽转变，也为二孩、三孩政策放开后的学位奠定了基础。

移民学校惊鸿记

神女应无恙，当惊世界殊。——毛泽东《水调歌头·游泳》

2012 年，总投资约 130 亿元的湖南省“水利一号工程”、国家重点水利工程——江华涔天河水库的扩建如火如荼。2016 年底，涔天河水库完成开闸蓄水。蓄水后，有多个乡镇被淹，其中淹没学校（包括村小、教学点）23 所，涉及师生 3000 多人。

3 万多名涔天河水库扩建工程移民子女“有学上、上好学”成了移民工作的重中之重。

2014 年起，投入资金 2.6 亿元搬迁复建及新建江华思源实验学校、水口中学、水口镇中心小学（江华瑶族小学）、水口镇中心幼儿园、涔天河小学及幼儿园，建筑面积达 11 万多平方米，可容纳学生近 1 万人。

水口镇地处江华瑶族自治县中部，有 2.8 万人，其中瑶族人口占 80%。也是涔天河水库移民重点乡镇。水口中学、水口镇中心小学（贝江中心小学、濠江完全小学并入水口镇中心小学）等随水口镇整体搬迁。

“学校就是景区。”这是走进校园后给人的印象，而在众多的“景区”中，“移民学校”最具代表性。

一

2014 年 3 月，水口中学、水口镇中心小学开始筹建搬迁工作；2015 年 7 月 3 日正式开工；主体工程于 2016 年 11 月竣工，时间只有 16 个月。

水利部对涔天河水库移民安置进行高度的评价：涔天河工程创新移民安置方式与乡村振兴相结合，是全国水库移民安置的成功典范和示范模式。基于这样的现实，乘着涔天河水库扩建的东风，从县上到乡镇都十分重视移民学校建设。就水口镇中心小学而言，它的建成就要满足水口镇、贝江乡、花江乡、小圩镇等移民和新镇所在地村组学生有学上、上好学、学得好。

按照水口新镇的定位：瑶韵浓郁、特色突出的爱情小镇和文旅小镇，学校也按照“总体规划、功能完善、适度前瞻、稳步推进、引领移民、树立品牌”的原则新建。按照移民人口数量计算，水口镇中心小学规划24个教学班，招收1080名学生，按学生人平用地面积规划正常用地41亩。

唐孝任及教育局领导班子经过多次调研、实地考察，并召开党组会研究学校的用地。党组班子一致认为：“原规划没有远见，过不了两年就会不适应外来人口迁入等形势，要建就要建50年都不过时的学校。为确保移民移得出、稳得住、富起来，也要让移民子女能上好学，阻断贫困的代际传递，移民学校建设的标准就得要求更高，按照其现代化校园进行规划建设。”

经县教育局与县扩建指挥部负责同志商定，否决了这个规划。之后，唐孝任多次向县有关领导汇报，并表达了要建50年都不落后的现代化学校。

此时土地成为建校最大的难题。经汇报和多方论证，最后在水口新镇规划会议上，水口新镇建设指挥部指挥长、县长龙飞凤决定将建镇林业站、派出所、税务所等“七站八所”用地整合，统一搬迁至镇政府。为它们专建一栋大楼，集中办公，即节约用地，又方便群众办事。节约出来的用地，正好可全部用来建校，这样也就解决了建校的最大难题。将中心小学迁至中学选址地，规划用地62.5亩。中学另外择址新建。

2016年9月，水口镇中心小学秋季学期要正式投入使用时，却在施工过程中发现新址地下有很多溶洞，其工期只能往后推。唐孝任心急如焚。

于是，县局领导班子立下军令状。

2016年11月1日，由负责基建的副局长谭有恒带队成立工程督促推进组，自带被子行李住到建设现场办公。县教育局、学校两级移民搬迁工作队员按照移民搬迁安置“十包责任制”进村入户对移民子女入学问题进行统计、调研、登记等工作，确保让每一位移民孩子有书读。

谭有恒和学校50余名男教师分成房建扫尾、给排水、强电、设施设备安装4个组，倒排工期到每一天，并在每天下午5：30准时召开例会，通报工作进展和需整改的问题。工期紧、任务重、琐事多，原定30分钟的例会，常常开到晚上8点。

“时间紧，但质量不能打折扣，必须保证质量过关。”2016年11月5日，住建、环保、教育等11个部门组织的预验收组，对学校进行预验收。2016年11月10日，正式拆老校迁新校。在谭有恒的带领下，不分昼夜在大雨中抢修出一条100米长的、搬校时拖运设备的道路。2016年11月12日，县教育局又组织基建、基教、法规、办公室等股室负责人赶赴学校,进行办学基本条件评估。并让权威环保检测部门对学校气味进行检测。2016年11月15日一大早，环保检测报告就张贴到各教室黑板上。

“隔条马路，就能上这么漂亮的新学校，好！真好！”贾奶奶连声说。分新房搬新校，是包括贾奶奶在内的江华县涔天河水库2.5万多名移民经历的大事。

呈现在学生和家长眼前的，灰色搭配米黄的，辅以瑶族红点缀的，飞扬的翘角、瑶族长鼓状立柱的，是一所瑶族风情浓郁的学校。学校的瑶族文化办学特色搭配这所美丽的新校园，彰显出无限的魅力，从大山深处移植的大树已经枝繁叶茂，洋溢着活力。

水口镇中心小学

正送孩子来上学的水口镇移民学生家长冯先生，谈到水口镇中心小学时兴奋不已，他说:“寝室配套了卫生间、热水器，教室配有电子黑板、多媒体设备，还有多功能室、乒乓球台、电脑室等，孩子们搬进了这么漂亮的移民学校读书，孩子们真的能够上好学了。”

二

为了让孩子记住乡愁，水口中学的建筑采用坡屋顶，青瓦屋面，飞檐翘角，墙面以黄色色调为主，12 根高大的“瑶族长鼓”形的柱子伫立在学校大门。

为什么采用这一种设计?

江华是瑶族自治县，因此学校融入了瑶族元素。为了符合水口新镇已建设瑶族特色旅游风情镇的标准，在规划设计的过程中，建设者们更是广泛查阅资料，征求意见。同时，学校与县教育局基建股多次到永州市建筑设计院与设计师们沟通交流意见，提出建设方的建议，整体设计要有瑶族风味，要有瑶族文化元素。

水口中学

同时，学校还对瑶族传说进行了研究：相传，瑶族为盘瓠和帝喾之女三公主的后裔。远古时期，部落纷争，战火殃民。盘瓠感念苍生，下凡转世为龙犬，佑护苍生，与三公主相遇。西方犬戎部落入侵华夏，帝喾出榜招贤，称谁能斩下犬戎吴将军首级，就把三公主嫁给他。龙犬盘瓠千里奔袭，取下敌方首级。三公主仰慕盘瓠英勇，芳心暗许，不在乎盘瓠的龙犬之身，与其结为连理。婚后，二人铲奸除恶，造福百姓。遇仙人指点，盘瓠化为人形，并被帝喾敕封为王，世称“盘王”。之后，盘王和三公主生下六男六女，帝喾各赐一个姓氏，成为瑶族最早的十二姓。学校大门的 12 根高大的“瑶族长鼓”形柱子就是从这里而来。

学校查阅大量的瑶族历史文化资料，去到江永千家洞、广东连南、连山，寻找瑶族特色元素……最后确定了水口中学的整体建筑风貌为：建筑物的屋顶、檐口、腰线、窗套、阳台及其他外立面构成要素都要体现瑶族特色风貌；屋顶采用“人”字形坡屋顶，青瓦屋面，飞檐翘角，并富有层次感，墙面采用木材或仿木材料装饰，以灰色调、土黄色调为主，所有的柱子都设计长鼓形状，窗台窗套都嵌入牛角和长鼓，形成错落有致的瑶族建筑景观。

从规划设计到质量监督，到竣工验收，到搬迁完工，整个过程，时任水口中学校长邓冯春带领学校工程建设小组全程坐镇督促管理、抓质量、催进度。为了保证工程能按时间节点顺利完工，经常是“5+2”、白加黑，双休日、寒暑假，学校班子都轮流在工地值班。在搬迁前一个月，唐孝任每隔两三天就到学校一次，江华县教育局副局长谭有恒带领基建股等人亲自坐镇现场指挥，督促空气能热水器的安装、厨房设备的安装、校园道路硬化、寝室通水通电等。

2016 年 11 月 15 日，师生们从老校区整体搬迁到新校区上课的那天，全校师生都感到非常高兴。“这一天，我感到无比幸福！因为我们的辛苦取得了成功的硕果。”邓冯春说。

走进学校，学校正大门的 12 根“长鼓形”柱子，高大雄壮，意蕴深刻，它代表瑶族 12 姊妹、瑶族 12 姓的来历。长鼓是瑶族的象征，只要身边带着长鼓，不管走多远，自己永远是瑶族人。看上去一把简单的长鼓，却蕴含了一个民族的历史文化。12 根长鼓组成的弧形广场，表示瑶族人民打开双臂，用宽阔的胸怀拥抱游客、欢迎远方的朋友。

水口中学与水口镇中心小学成了水口一道亮丽的风景。放眼水口，充满瑶族风情的屋舍俨然，曲幽多变，庭院之间巧妙连缀。这些瑶族特色的建筑群，是瑶族人民数千年来世代经验的累积所创造的。那些对美好生活的向往和追寻，对诗意栖居的想象与期许，答案都在这些建筑里面，等待人们来领悟发现。

水口中学与水口镇中心小学的园林景观主体结构都以“一轴一带五园”形成五个不同意境的景观空间花园，整个景观乔木、灌木与草皮合理分布，错落有致，校园四季见花见绿，空气清新。园内有亭、有廊，有石桌、石凳、石鼓等，再加上老校区移栽过来的几十年的樟树和桂花树，凸显了深厚的文化底蕴，整个景观遥相呼应、相得益彰，整个区域曲径通幽、怡心宁静。同时各种瑶族文化元素镶嵌融入，新建成的房屋外表是统一的黄色，沿袭了“过山瑶”的建筑风格，房子上的牛角装饰也包含瑶族的元素，瑶族崇尚勤劳的精神，牛角相当于瑶族的图腾。使学校更加美丽、端庄、雄伟。学校功能布局合理、基础设施齐全、育人环境幽雅、瑶族文化浓厚、办学特色显著。

三

2016 年 9 月 1 日，因涔天河水库扩建工程搬迁到沱江镇四联移民安置点的移民子女必须在江华思源实验学校入读。

2016 年 8 月，学校行政人员和县教育局相关股室领导分成基建组、开学工作组、后勤组。基建组负责完成开学必备的教学楼、学生宿舍楼、食堂、南校门的基建任务及开学区域的临时隔板安装靠等；开学工作组负责教室设置、寝室安排、入学报到、教师工作安排；后勤组负责厨房设备及餐桌购置、办公设备购置、学生课桌购置、教室多媒体设备购置、澡房安装、水电供应等。

江华思源实验学校

基建组督促施工方在8月25日前完成了初中部教学楼、学生宿舍楼及食堂澡堂、南大门、内广场、部分道路硬化靠墙等，在8月30日前完成内广场绿化工程；后勤组在8月20日完成供水供电到位，8月26日前完成了厨房设备及餐桌安装、教室多媒体设备安装、教室课桌及寝室床铺安装等；开学工作组8月29日前完成了开学的各项准备工作，组织教师把教室、楼道清扫干净。一时间，学校万事俱备，只待正式开学。

2016年9月1日，搬迁到沱江镇四联移民安置点的移民子女3000多名学生顺利入学。如今，校园里洋溢着无限的生机，孩子们在绿树成荫的校园里，跳足球操、练武术，处处美丽动人。

如今，行走在水口中学、水口镇中心小学、涔天河小学、江华思源实验学校等新建、复建的移民学校都已经投入使用，校园里处处洋溢着欢声笑语。移民学校全部实现了跨越式发展，“50年不落后”留待时光验证。

乡镇学校变形记

公园般、花园似的校园，五彩斑斓，生机盎然。

2013年，江华县启动合格学校建设，为乡村学校全面提质扩容，以适应乡村振兴的要求和需要，将学校打造成“校园美丽、师生幸福”的乐园。

一、“只要新建学校，我们无条件腾地方”

以前的大圩镇中心小学是个典型的“小而精”的学校，仅有两栋教学楼，能容纳的学生不多。

2016年，随着大圩镇高寒山区精准扶贫崇江小区等3个易地扶贫搬迁移民点的建成，原两岔河乡各村移民子女纷纷进入大圩镇。

大圩镇第二小学

如何安置这些学生呢？

时任校长何化桥眉头紧锁。

一个晴朗的早晨，何化桥带领班子找到负责老年活动中心管理的、从大圩镇学区副主任职位退休下来的余昌斌，并向他说明了来历，汇报了学校规划。

余昌斌听了汇报后，他的目光不自觉地望向活动中心的院子里。看着老人们在院子里悠闲地下棋打球、养花弄草，不亦乐乎，心里的那种感触隐隐地升了上来……

三天后，何化桥等人再次来到活动中心找到余昌斌，并当即把老人们集合在院子里召开会议，说决定要在老年活动中心新建一所小学，之后，院子里一片沉默……

“不管你们有没有帮这些老人们找到新的活动场所，我们都很重视新建学校。只要建学校，我们无条件的腾地方！”又三天后，余昌斌及几位老人来到大圩镇中心小学主动提出搬离老年活动中心的决定。

2016 年秋，在县教育局的规划下，何化桥着手新建大圩镇第二小学。何化桥从学校的规划、施工图纸的设计、建筑材料的把关、施工过程的监工等各个环节都亲力亲为，保证了学校按质按时的建成。如今，这所独具瑶族建筑特色的现代化学校，成了瑶山一张靓丽的名片。

2017 年下期，何化桥任大圩镇第二小学校长，便规划和思考学校的发展。他从学校的内涵式、品质化管理入手，实施学生阅读、双师教学和校园文化等建设工作。如今，每到课间，在美丽的校园里随处可见孩子们或站、或蹲、或坐，尽情地享受阅读，品味书香的美与快乐。

二、“‘校中村’搬走了，校园更美了！”

“‘校中村’搬走了，校园更宽了，绿树成荫，也更美丽了。”走进江华县河路口中学都会感叹学校的美丽。这得益“校中村”整体的搬迁。

河路口中学地处湖南省的最南端，位于湖南省与广西壮族自治区交界之处。河路口中学是典型的“无校门”“无围墙”“校园内有‘校中村’——大地窝村”的“两无一有”学校。一条大路直通大地窝村，村民劳动、生活均从校园内道路穿行，导致学校多年来一直不能建设围墙、校门，实行封闭式管理更是难上加难，给全校师生安全带来极大的隐患。

为解决“校中村”的问题，学校专门成立了“处理小组”来协调这件事情，但是很多村民都在学校附近开商店做生意，他们不愿意搬走，这才导致这个“校中村”情况长期存在。

“‘校中村’的存在，让学校师生感到很苦恼。”学校原副校长陈立仁介绍。

江华县河路口中学内的“校中村”，自从学校新校建设到现在以来，村子一直盘踞在校内，村民放养的鸡、鸭、狗等经常在校园里流窜，有的村民在校园放牛，还有一些村民利用民房，在这里开了小商店，严重影响了学校的安全、卫生。因为村庄的存在，校园在这里不能设置围墙，很多社会人员从学校里面进进出出，给校园环境带来了很大的影响。

县里为打造“湖广”两省交界的窗口学校,越来越重视学校“校中村”的搬迁问题。2012 年 5 月 9 日，经河路口镇政府主持协调，河路口中学与倒水湾村、大地窝自然村达成拆迁协议，大地窝村民同意按国家政策补偿，整个自然村搬迁出河路口中学。2012 年底，将拆迁资金下发至村民补偿到位。但由于部分村民却又不愿意搬迁，时任校长刘兴文又开始做思想工作。直到 2015 年 6 月全部村民才完成征地，拆迁完成。从此解决了困扰河路口中学 18 年的“校中村”问题，使河路口中学的师生更加安全。

2015 年后，学校陆续共投入资金 1511 万余元，在原大地窝村的基础上建教师周转房、学生公寓、综合楼、礼堂（兼食堂）、学生澡堂，7000 平方米的阶梯式校园文化广场，300 米标准的跑道，新厕所、校园主干道等，使学校整体布局更加合理规范。2018 年，学校建成了有休息凉亭及观景小路的植物园和象征河路口中学生桃李满天下的休闲“桃李园”。开通了“班班通”教学设施，建有标准电脑室、语音室，化学、物理、生物实验室，音乐、美术、体育室等各类功能室。同时，河路口中学强化校本培训，编制《河路口本土矿产资源》知识读本，建立矿产资源陈列室供师生参观，培养师生对家乡的热爱之情，还充分利用各种节日、纪念日，举办学生喜闻乐见的各种活动，打造河中校园“石文化”，营造良好育人环境。更重要的是，建立学生德育劳动基地，并以班为单位开展劳动教育，提升学生的动手能力，培养其爱劳动的美德。还开设有篮球、足球、羽毛球、女子排球、田径、书法、绘画、电子琴、剪纸、心理剧以及具有瑶族特色的龙狮表演等10多个社团，学校正一步步以“上伍堡”瑶族文化为底蕴，以“一班一特色，一生一特长”为目标，创办学校特色品牌。

“美丽校园”建设前的河路口中学

“美丽校园”建设后的河路口中学

如今，学校绿树成荫、花草遍地，整个校园环境优美，舒适宜人，先后被评为市文明校园、市绿色美丽校园，是师生快乐生活、学习和励志修身的理想场所。

位于江华县大路铺镇的迥溪完全小学，其原址就是被称为“马趾庙”的庙宇，校园破烂不堪的环境持续了很久。虽然有所投入，但远不能让师生感受到在学校幸福的环境。2015年，通过合格学校建设，还建了附属公办幼儿园，学生在现代化的教学楼里上课，教师住进了“一厨一卫一房”的公租房，孩子们在运动场、广场欢快地做游戏。

江华县大锡乡中心小学是一所全县最偏远的学校。在学校工作了41年的黄志刚介绍：“原来学校是矮小的灰土房，条件简陋，现在学校有塑胶运动场、综合楼、公租房。还有果园，成了最美丽的地方，也成为孩子们学习生活的乐园。”

“原来教师住的和办公的地方都有老鼠洞，木条的窗子和木门，风吹得半扇玻璃都会发出可怕的声音，晚上会让人感到毛骨悚然。如今，学校办学条件的不断改善，使班班都通了网络，孩子们的学习也变得越来越有乐趣了。”涛圩镇中心小学63岁的退休教师潘添秀回忆说：“这可是合格学校建设带来的功劳。教师彻底告别了阴暗潮湿、四周都是老鼠洞的，低矮的瓦房。”

过去，江华不仅是教师工作的条件差，学生学习的条件也不好。涔天河镇今年51岁的李明杰介绍，“全班30多位学生打通铺挤在教室大小的寝室里，中间只有一条通道，更不说晚上上厕不方便了。”

李明杰的孩子就在涔天河镇中心小学读书，他每周都会到学校接孩子。李明杰说：“走进孩子住的寝室都会感到孩子们的幸福。现在学生每人一铺，寝室里还有电风扇、热水和卫生间，简直就像宾馆一样。”

“以前因为学校条件不好，所以使得不少学生去往广东、长沙等城市读书。如今，学校的搬迁新建使校园变得越来越美丽，学生返乡就读的也越来越多。”涔天河镇中心小学校长何班金介绍。

江华县大圩镇鲤鱼塘完全小学是一所与广西贺州八步区开山镇仅一路之隔的学校。原来学校条件差、教室少，接收不了开山镇的一些学生，也因读书问题，两地村民曾经有过矛盾冲突。现在学校条件好了，开山镇一些村民的孩子只要想来鲤鱼塘完全小学读书，学校都会接收。

九年时间，新建、改造30所乡镇学校的教学楼、综合楼、食堂、澡堂，50余所学校改善其运动场，办学条件大幅度提高，使得乡镇每所学校都成了当地最美丽的景色。

教学点突变记

迷人的乡村，它有醉人的风姿，更充满浓郁的生活气息，处处生机，处处如画。而乡村的“教学点”是乡土、乡愁的结合地，是农村最美丽的风景地，也是乡村振兴力量的输送地。

江华是以山区为主的县，山高谷深、居住分散、人口稀少、交通不便。地理条件使教学点成了乡村振兴的重要组成部分。

2013 年初，江华提出将教学点提质改造工程为作“美丽校园”的重要举措，对当时全县所有农村教学点进行了优化调整部署。

乡村文明呼唤乡村教育。教学点就成为传承和发扬乡村文明的重要场所，使其融入了诸多当地文化元素，成了乡村文化的聚集中心，直接关系到乡村的活力与复兴，对深居大山里的瑶胞的思想与文化素养的提高起着潜移默化的作用，也是工作在外的游子心中“望得见山、看得见水、记得住乡愁”的那种怀乡思亲的回忆。当山村孩子的琅琅书声和欢声笑语重新回荡在乡村之时，那些呈现“暮色”沉闷景象的乡村便会焕发出勃勃生机。

目前，江华县仍保留了农村教学点 109 个，学生 2117 人，教师 141 人。2014 年以来，分批次推进标准化教学点建设，均已完成教学点的校门、围墙、教学楼、厕所、运动场、功能室、绿化等基础设施的建设及班班通、网络、仪器、图书等设备的配套。2020 年，再次对保留的部分农村教学点又进行了优化提质，升级了班班通、网络、图书等设施设备。同时，要注重校园文化建设，因为农村教学点是偏远农村地区“文化”存在的一个重要标志，是“精神血脉”，它对于乡村有着不可被低估的社会价值。

放眼乡村的发展，重视乡土文化的传承必定是乡村兴盛的题中之义。对于乡土文化的传承，乡村学校具有其他任何方式都无法比拟的作用。

江华教学点提质改造就是要使之成为当地人们文化栖息的精神新高地。

江华根据实际情况，在规划建设中，因地制宜地结合当地的民俗和风情：农村教学点的房屋建设凸出瑶族文化的风格，农村教学点日常教育教学活动中也积极开展瑶族文化进校园活动。农村教学点在江华已“破茧成蝶”。

“没有共产党就没有新中国……”这是江华县大石桥乡焦源村小学孩子们正通过网络用班班通学习唱革命歌曲。一块屏幕助力焦源村小共享音乐课，也激发了学校的办学活力，使教学质量“节节升”。

江华的教学点通常只有几人或者十几人。因偏远条件艰苦，老师不愿去、留不住，教学质量无法保证。近年来，江华不断改善办学条件，给农村教学点配备优秀的教师，因地制宜地办学，使琅琅读书声又响彻瑶山上空。

江华县教育局党组明确提出，教学点直接关系到乡村教育，不能让任何一所学校、一个孩子掉队。近年来，江华硬件、师资两手抓，打出教学点提质与课程改革等“组合拳”，从改造升级校舍、深挖校园文化，助力教学点朝着“小而美”“小而优”的方向前进，努力让每一位瑶山孩子都能在家门口接受优质教育。

大石桥乡井头湾村小

走进湘桂边境边界的大石桥乡井头湾村小学，富有瑶族文化特色的教学楼，美丽的校园，图书室里丰富的书籍，老师正在用多媒体上课。“原来总想把孩子送出去读书，现在学校办好了，美了。原来在外面读书的孩子，家长也将孩子转回了村小读书呢！”大石桥乡井头湾村村民蒋大爷说。

2014 年来，江华共整合资金近 5000 万元，分批次推进教学点标准化基础设施建设，按照有绿化、环境美等“美丽校园”的要求，明确了从建校门、围墙、小食堂、小厕所、小澡堂、小图书室、小功能室、小运动场、绿化等方面对教学点全面提质改造，打通了推进城乡义务教育一体化“最后一公里”的工作。同时，升级建成班班通、网络、仪器、图书等配套设备。

江华大石桥乡源口村小，25 位学生，因偏远，没有老师愿意进去。2015 年，江华坚持配齐配强教学点教师，所管辖的中洞完全小学选配了市优秀乡村教师蒋联珍到从源口村小担任教师。蒋联珍探索启发式、探究式等“重导”“轻灌”的教学方法，孩子们很快喜欢上了这种教学方式，扭转了原来教育质量低下的局面。又如，涛圩镇中心小学选配了原来担任过校长的黄启利到大塘村小任教，一改原来的教学质量低下的面貌。

江华通过选配优秀教师吸引和提升优秀教师到教学点任教，在教学点任教的教师中级职称以上约占 80%。“近 5 年，源口村小的教育教学质量在片区都是最好的。”中洞完全小学校长李荣庆介绍。

2016 年，江华通过出台激励机制，按学校艰苦和边远程度，每年享受比城区教师多近 3 万元的人才津贴、乡镇补贴、班主任津贴等，确保教学点教师安心从教。并且每年教师节表彰专设教学点教师特殊荣誉奖；在职称晋升、评先评优等方面划定比例，让教学点教师安心在教学点任教。同时，落实乡镇完全小学、中心小学教师对没有音体美专任教师的教学点进行走教、送教，确保农村教学点开齐、开好课程。

2018 年 1 月，中共中央、国务院发布《关于实施乡村振兴战略的意见》，随后印发《乡村振兴战略规划 (2018—2022 年)》，将乡村振兴上升到现阶段重要的国家战略。乡村振兴的基础在教育。实施乡村振兴战略必须优先发展乡村教育事业。乡村教育振兴是实现乡村振兴战略的重要突破口。乡村教育不但是建设美丽乡村的重要组成部分，也最终关系到全面建成小康社会任务和伟大中国梦的实现。

江华每年举行一次教学点教师培训，以提升教师素养。结合教学点教师实际开设师德教育、新课程理念、信息技术、心理健康教育、中医养生、国学诵读、实地考察等课程，让培训切实适合教学点教师。打通村小教师培训的“最后一公里”，消除培训“盲区”，全面提升教学点教师素养。

江华还出台了全县教学点教育教学管理制度，优质学校定点帮扶制度等举措，确保每个教学点有一所城镇优质学校结对帮扶，全力提升教育教学质量。优质学校还有一名副校长专门负责日常帮扶工作，帮扶学校对教学点作息时间、课程进度、教研活动、教师考核、教师绩效等诸方面实行统一规范管理。同时，进行集体教研、走教支教、网络联校课堂等活动，全面提升教育教学质量，解决教学点教师结构性短缺问题。

“每个学期，教学点的教师都要进行一次‘教学比武’，促进村小教师的成长。”中洞完全小学校长李荣庆解释说：“直击教学点教师专业发展‘痛点’，给乡村小学校师‘输血造血’，提升教学能力、育人水平。”

同时，乡镇完全小学、中心小学还与教学点统一课程设置、统一教学安排、统一开展教研，形成了乡镇完全小学、中心小学校与教学点一体化办学、协同式发展、综合性考评模式。

安居工程为教师赋能

安得广厦千万间，大庇天下寒士俱欢颜！

——杜甫《茅屋为秋风所破歌》

2019年年关将近，久违的冬日太阳初露笑脸，光芒洒向瑶山大地。江华县码市中学几位年轻教师正忙着写春联、准备年货，处处洋溢着浓浓的年味。一位年轻老师用“安居留爱，乐业成家”四言对联表达自己的喜悦。

码市中学镶嵌在大山脚下，距离江华县城100多公里，近3个小时的车程。“这副对联就是我的心声，现在住进了公租房，特地在新建的学校公租房过年，日子越来越幸福。”刚搬进公租房的一名青年教师说。

校园里4层高的砖混结构公租房，采光良好，客厅、卫生间、厨房布局合理，曾经昏暗、破旧的木瓦房教师宿舍已经退出了历史的舞台。

与广西交界的江华县河路口镇中心小学的20多位教职工住进了河路口镇政府大院公租房，“没想到，偏远农村的老师终于住进了与城里人一样的房子，还免除租金、网费等费用。”李俊月老师兴奋地说。

唐孝任上任不久深入学校调研：全县3000多名乡村教师的住房为20世纪70至80年代建的木质瓦房，人均仅5平方米。严重影响到老师恋爱结婚、照顾家人和子女教育，更影响到年轻教师的引进、交流和教育的发展。因此，只有让教师安居，才能享受教育的幸福，才能一心把教育当作事业。

大圩中学4名年轻的女教师挤在一间不足15平方米的瓦房里。码市中学缺少专职英语教师，2019年好不容易引进一名英语专业的本科毕业生，但是不到半年她就离开了学校——住房没有，将来怎么安家？她走后，英语课仍由其他科目的才师上。时任大圩镇中心小学、现沱江镇第四小学校长何化桥介绍:“大圩镇中心小学曾来了3名青年男教师，挤在一间不足15平方米的瓦房里，后来都走了。”

李国军老师的母亲身体不好，因为住房紧，他每天两头跑。他感慨地说:“要是学校有住房，把母亲接过来照顾就好了，一家三口也不用挤在只有10来平方米的住房，经常为备课和孩子写作业谁先用饭桌而发愁。”

2013年5月，江华启动教师公租房、周转房建设，提出让未婚青年教师住上“一室一厅一厨一卫”的房间，已婚教师住上“二室一厅一厨一卫”的家庭套间。租金由县里解决，来改善教师住房。为了确保建设进度，县里每月召开财政、住建、教育等部门参加的专项调度会，及时拨付建设资金。时任县委书记罗建华表示:“不得以任何理由拖欠公租房、周转房建设的工程款。”

安居才能乐教。江华原来很多学校都缺少住房，从而影响到青年教师恋爱结婚，中青年教师照顾家人和子女教育，更影响到年轻教师的引进和交流。现在好了，公租房成为稳定教师的法宝之一。

大圩中学青年教师李小艳等4人“蜗居”在一起。李小艳说:“原来没有独立的空间，很不方便。搬进了公租房后，一家人其乐融融。还因工作扎实，事迹突出，被评为县师德标兵。”

在码市中学工作了13年的蒋老师，搬了新房，还把母亲接过来带孩子，他则一心一意抓教学，事业步步高升。瑶乡给了他们一个温暖的家，让他们可以安居乐业，扎根大瑶山，做出成绩。

2018年，江西籍的郭子琛考入江华河路口镇关水阁完全小学担任教师。他介绍，一进学校就分了“一室一厅一厨一卫”的房间，他逐渐地安居了下来，有了一个稳定的家。

大圩中学教师陈幼林等，搬进了新房，再也不用愁居住问题，一心一意地抓教学。“新房让新教师安居留爱，乐业成家。”他们说:“瑶乡给了我们一个温暖的家，让我们安居乐业，我们一定扎根大瑶山，干一番事业。”

近几年来，江华教育局全面推进公租房建设。截至2020年，已建成和在建的教师周转房、公租房2800余套，解决了3200名教师的住房问题，形成了“老师愿意来、来了稳得住、稳住有发展”的城乡教师安居乐教的良好氛围。

河路口中学公租房

江华思源实验学校公租房

信息技术为教育赋能

新时代正处在与信息时代的历史交汇期，信息技术赋能教育，在规模化教育的前提下实现多样性、个性化！

“全县所有学校宽带网络校校通100%，班班通100%，教师现代教育技术能力培训100%，教师学习空间100%，初中以上学生开通网络学习空间100%。”

这是江华县教育局电教部门给出的“5个100%”。一根网线拴上了教育信息化密码，串起了瑶山的优质教育，让教育强县家国梦想真正惠及每一个家庭、每一个学生。

一、大投入，实现5个100%

江华是教育扶贫的“主战场”。扶贫先扶智，2016年起，江华就如何保证每个孩子享受优质教育，打赢教育脱贫这场“攻坚战”，在信息技术方面做了重要工作。

“全县建多媒体教室1276间、电子阅览室74间，全县教育会议系统1套、精品录播系统7套、计算机5230台、交互式‘班班通’设备604套，所有学校都开通网络，覆盖所有的教室、办公室。”江华教育局仪器电教站站长李勇军数着建了什么。

近5年投入资金4500多万元，所有教学班级都安装了多媒体教学设备，并都已接通互联网，能利用网络资源教学。小学、初中每百名学生拥有多媒体教室达到2.3、2.4个。教学点、完全小学以上学校都接入200M 、300M以上宽带。建成码市中学、水口中学等高清录播室11个，能满足这些学校及周边一些学校的“一师一优课，一课一名师活动”“永州市名课工程活动”“精品课活动”和教研教改的需要。全县所有义务教育阶段学校都达小学生、初中生均仪器设备值在2000元、2500元以上。

二、“网线”连起城乡课堂

江华县建有一所省级示范性网络联校——白芒营镇中心小学。以白芒营镇中心小学为主校，以小贝完全小学、黄泥江教学点和石角岭教学点为分校，形成了优质资源学校向农村薄弱学校输送课程，缩减了两所薄弱农村教学点与其他学校师资水平差距，极大改善了三所分校的办学条件。依托网络联校，利用“三级课堂”，促进这些学校的优质资源共享。江华芙蓉学校与长沙市开福区实验小学结对，已建成了上联名校，下联茫海洲教学点的网络联校。孩子们足不出村，通过网络联校享受优质资源。“双师”教学、网上“晒课”、网络“联校”……越来越多的优质教育资源走进农村学校，引进课堂，探索了教育信息化的新路径。一根网线、一台多媒体一体机、一个摄像头，让与白芒营镇中心小学校的石角岭村小和黄泥江村小的孩子们可以和本校的学生一起上课。

“这种教学方式弥补了村小薄弱学科师资和学科结构带来的问题，让村小的孩子也能享受真正的艺术教育！”黄泥江小学的林老师感慨。

白芒营镇中心小学充分发挥县级名师、骨干老师、学科带头人为主的“名师团队”的示范作用，探索以网络为载体，以“名师课堂对接”“专递课堂”和“网络教研”为主要运行模式，通过“三个课堂”的应用和“1+3”网络联校教育教学研究活动的开展，实现校际的同步备课、同步授课、同步作业、同步考试。这样的方式实现着对薄弱学校教师之间、班级之间相互的交流与沟通，在一定程度上缓解了专业教师和学校薄弱学科师资不足的问题，也让村小的孩子们享受到优质的教育，实现了优质资源学校向薄弱学校输送优质教学资源的新途径，实现着理念共享、资源共用、共同进步。

同时，沱江镇第二小学等 10 多所中小学校已通过永州市教育信息化示范校的验收。沱江镇第一小学还有两个班实现了平板电脑入课堂，正进行探索同步课堂教学新模式。江华思源实验学校近 10 所学校装备了录播教室，满足了学校的教研教改、“一师一优课”、网络“晒课”等活动的需要。

教育资源共享

虽然孩子们也上音乐课，但因为老师不是专业音乐教师，所以音乐素养发展受限。在村小工作了 30 多年的河路口镇春头源村小学近 50 岁老师李谋宣深怀感触地说：“原来一根粉笔，一块黑板的时代过去了，音乐课再也不头疼了。现在通过网络这个‘好帮手’，打开电脑就可以下载音乐课件和调出各种歌曲。孩子们有了电脑伴奏的助力，学起来更快，唱歌也不走调了。”

同时，江华优化建设环境，加强“三通两平台”的基础建设，实现最优化网络资源应用效益的有效桥梁。

“孩子们在教室里就可以了解大千世界，形象直观的教学手段大大提高他们的学习热情和学习效果，也改变教师传统的教学理念和教学方式，老师们运用多媒体网络教学已成常态。”正在进行全县其他教学点的网络联校建设工作的李勇军说道。

三、“教育 + 互联网”教育资源共享

江华教育局还积极探索“教育 + 互联网”的深度融合，推动实现优质教育资源的开放与共享。通过请进来、送出去、自己培训等分级、分批开展教师网络学校空间建设的培训，推进网络学习空间“人人通”建设，实现教师人人有网络学习空间。江华教育局教研室还成立了由教研员、学科带头人、骨干教师组成的教学资源开发队伍，分学科进行课件系统开发，做到每年开发本土化特色资源不低于 100G，全面完善优质教育资源共建共享。

江华教育局教研室主任鲁成华介绍，各学校每期举办 4 次以上教学资源应用教研活动，并逐校开展信息化环境教学跟踪听课活动，通过资

源加工、课件制作、信息技术应用、网络课堂评论等形式促进教师专业化成长，提高课堂教学效率和课堂的优良率。

同时，通过“在线教研”抛出问题或观点，并通过“江华县教师网络电子备课系统”形成了“教师—备课组长—教研员”的三级网络在线备课，让老师们在解决问题中思考和成长。同时，充分利用信息技术有效开展“网上祭英烈”“家校共育”“爱心视频室”和电子阅览室等网络德育工作，开辟了一个绿色、贴心、无时空限制的德育平台，让学生们进入丰富的电子书库中畅游，让留守儿童通过网络感受远方的亲情，让学生们开展自主学习，从而能探究学习的乐趣。

进一步推进教育信息化工作，充分运用录播教室，创设应用“名师课堂”“名校课堂”“专递课堂”，促进城乡各校全面共享优质的教育教学资源，推动城乡学校均衡发展。教育信息化将优质数字教育资源便捷、高效地向农村和边远山区学校扩散，实现优质教育资源共享。教育信息化实现了每个乡村孩子都能接受公平有质量的教育。

2018 年，江华实现了教育强县，创建了湖南省现代教育技术实验县，也插上了教育高质量发展的翅膀。2021 年，江华启动了信息技术 2.0，开启了整体推进信息化深度融合新进程。如今，在江华大瑶山，农村学生也和城市学生一样，通过互联网了解外面精彩的世界，享受着互联网教育带来的便捷，“一块黑板，一支粉笔”的时代已经逐渐远去了。

四、信息技术 2.0，整体推进深度整合

2020 年，江华信息技术提升工程 2.0 整校推进项目通过申报并成功立项。项目由县教育局牵头，县教师进修学校负责实施。

江华结合实际，提前谋划，全力推进提升工程 2.0。为了提升老师们的信息技术水平，解决老师们在提升工程 2.0 推进过程中的技术难题，2020 年 5 月，举办信息技术专项培训，为整体提升教师信息技术能力奠定了扎实的基础。

同时，做到精准定标，通过调研，对照教育部、湖南省教育厅对信息技术能力提升的考核要求，设计了“3+3 微目标”，打造县域信息技术融合团队，瞄准信息技术与学科教学的深度融合，助推县域和学校信息

技术的整校推进和能力达标。通过以点定课、以课定人、以人定制，把培训课程分为课件制作专修、微课开发专修、信息化教学设计三个模块，从全国范围遴选十多位优秀的专家和培训师，制研发相应的培训课程近80个，全程服务指导学员的专业化成长。并且通过自主慕课、直播教学、分层指导、线下展示等“四步学习”，将慕课学习资源、文本、视频推送给学员，学员以自主点播的方式在规定时间内参与学习；并就培训的重难点问题和关键技术进行直播教学，由专家解答；还根据学员学习任务，专家一对一线上辅导，帮助学员完善学习；还通过“五轮”遴选20人组建信息化微团队和遴选101名管理团队成员，50名培训团队成员和99名学科骨干团队成员，为全力推进信息技术2.0提供培训管理团队保证。

同时，还组建了信息技术2.0微团队，微团队还确定了沱江镇第七小学为基地校，开展信息技术应用培训。微团队成员率先研究湖南省中小学教师信息技术应用能力微能力考核细则，进行微能力点解读展示汇报，团队成员对基础能力点和评优能力点进行了解读和示范，助推提升工程2.0的实施。还列出了项目实施的时间轴、路线图和项目清单，为提升工程2.0的有效推进提供了清晰的思路和有序的步骤。

提升“美丽校园”内涵

物美，美在外表；人美，美在内心；校美，重在内涵。内涵之美，在于品质，在于品牌。为实现“美丽校园、幸福师生、理想教育”的江华民族品质教育梦，江华教育必须再谋划，再出发。

唐孝任始终要求县教育局党组成员把脉江华教育发展，开展“进课堂、进食堂、进宿舍”“问师生身心健康、问师生工作学习情况、问师生对教育的建议”“留承诺、留联系方式、留好形象”的“三进、三问、三留”调研。

2015 年初，明确提出在教育系统全面开展创建园林式单位、文明单位、卫生单位、学习型单位、平安单位等“五创联动”工作。“五创联动”是既适应发展需要和社会经济文化发展的需求，又能满足教育新常态下学校提升内涵式管理的有效举措。

2019 年，在原“五创联动”校园建设的基础上，升级为创平安校园、创文明单位、创园林式单位、创特色单位、创学习型单位、创卫生单位等“六创联动”，并全力推进工作。并启动园林型、书香型、创新型、特色型、研究型，校园净化、绿化、靓（亮）化、序化、数字化、文化的“五型六化”校园建设，并以“五型六化”标准为依托，提升学校内涵，进一步提升各学校的办学品位，凸显办学亮点和特色，促进各类学校向标准化、特色化、品牌化推进，做到环境育人，全面提升学校的教育发展水平。

一

“校园之美，不是花园，胜似花园。孩子们生活在这里，洋溢着阳光、自信与快乐。”这是江华县大石桥乡中心小学校园环境的真实写照。

江华将“五型六化”与“全面改薄”有机融合，全面引领学校建设，提升学校内涵管理，打造教育品牌和特色校园。如今，学校特色逐渐彰显，学校内涵进一步提升，师生的幸福指数和社会认可度越来越高。全县所有中小学通过“五型六化”的建设，使师生的生活条件、教学环境等都得到了极大的改善，学校的魅力得以凸显。

江华县大石桥乡中心小学经国家生态环境部宣传教育中心组织专家审核，被评为第九批国际生态学校项目绿旗荣誉学校——“国际生态学校项目绿旗荣誉学校”称号。它也是湖南省唯一获此殊荣的农村中心小学。

时间回到2018年3月27日。

“好难闻！”我们正在校园的大樟树下做游戏，捂住鼻子埋怨道。只见校园上空烟雾缭绕，空气中弥漫着刺鼻的焦味。原来是学校西北角处正在焚烧垃圾。

这篇学生日记中的一段话，引起了校长奉前茂的关注。

得知影响到孩子们后，奉前茂眉头紧锁：“学校每天焚烧垃圾所产生的废气不仅影响了师生的学习与生活，还污染了空气，如何解决这个问题？”

他把这件事向当地乡党委政府汇报。时任大石桥乡党委书记的齐雅敏联系到了自己认识的国际生态学校项目组专家肖玲，肖玲表示要将培养学生环境保护意识纳入国际生态学校项目。

经过与肖玲的一番沟通，2018年4月27日，国际生态学校项目组专家深入学校调研，指导学校环境教育，为学校创建国际生态学校做主题的开发和亮点的指导。

如何结合农村学生的实际环境创建国际生态学校呢？

专家们调研了解到，孩子们吃营养餐时，每天会产生1000多个牛奶盒、1000多根吸管和其他生活垃圾堆积的“小山”，均是用焚烧的方法处理的，他们意识到处理好牛奶盒等生活垃圾就能提高学生们的环境保护意识。垃圾分类正是国际生态学校项目的内容之一。调研组的成员和学校领导马上开会研究如何处理好牛奶盒这些营养餐产生的垃圾。

“如何对牛奶盒等垃圾进行无害化处理？”校长奉前茂抛出了问题。时任副校长甘秋萍提议：“我们可以将这些废品回收卖到废品收购站进行二次利用……”

分管营养餐的黄宏信老师马上打电话给废品回收站的老板，询问牛奶盒可不可以回收。老板回答是不能回收，因为牛奶盒内层有一张锡箔纸，不是纯纸不回收。刚刚看到的希望，瞬间就熄灭了。甘秋萍心有不甘，立即跑到教室将学生刚吃完的牛奶盒拿到办公室认真地研究起来。

“牛奶盒是纸张，为什么不回收呢?”奉前茂自言自语：“因为里面一层锡箔纸所以不回收，那么可以将锡箔纸撕掉，剩下的牛奶盒纸就可以回收了?”于是，老师和学生一起动手将牛奶盒撕开，小心翼翼地把里面的锡箔纸撕下，剩下的就是纯纸了。

“牛奶盒如何回收处理的问题解决了!”调研组的专家和与会的老师们都很高兴。由于各班学生营养餐的牛奶盒可以回收利用，使学校的生活垃圾减少了大半。

后来，每天下午学生吃完营养餐后，都会争先恐后的将牛奶盒撕开分类，这也成了学校一道独特的“风景”。

2018 年 5 月 18 日，大石桥乡中心小学召开创建“国际生态学校”启动仪式，号召全体师生从身边的小事做起，减少垃圾，保护环境，让水更清、天更蓝、校园更美丽！学校制定了行动计划，开启垃圾减量、分类回收、快乐环保的生态文明教育之旅。

学校将环境教育纳入课程，融入学校管理、课堂教学、实践活动之中。学校多次邀请环境教育专家肖玲老师到校为师生上环境保护课程，开展了丰富多彩的环保教育活动。环保进课堂使孩子们了解了保护环境的重要性和必要性，掌握了一些环保知识。学校建设劳动体验基地——“青青园”，让孩子们在体验劳动快乐的同时，感受保护环境的责任。班级建有垃圾回收站、绿色角，使学生养成环保的好习惯。每个学期开展“环保作品展”“花卉展”等活动，激发学生保护环境、热爱大自然的情感。开展“小手拉大手”的环保活动，师生走村入户给村民宣传垃圾分类回收的好处…… 走进校园处处干净整洁，校园里没有一个垃圾桶，唯一的一个垃圾池被改建废品回收站。回收站里按照班级分格，各班每天都对教室里产生的垃圾进行分类，废纸、塑料瓶等全都进了回收站，每半个月卖一次，不能重复利用的，就进了每周拖走一次的垃圾箱里。

2019 年，大石桥乡中心小学成功创建了国际生态绿旗学校。每当“国际生态学校”的绿旗在校园上空飘扬，读书声、欢笑声、歌声在红楼绿树间回荡，“生态文明教育”之花也绚丽绽放！

此外，很多学校通过“五型六化”的建设提升了内涵。

涛圩镇中心小学位于湘桂边界，学生以瑶族孩子为主。实施“全面改薄”工程后，学校把“五型六化”作为提升学校管理的重要抓手。根据学生的兴趣爱好，开设瑶族织锦、瑶族山歌等12个学生社团。还把竹竿舞引入大课间，让孩子们在动中练技、在静中明理、在趣中求知、在乐中育德，使其不仅学到了知识、收获了技能，还学会了合作。如今，涛圩镇中心小学校园墨香四溢、瑶歌悠扬、书声琅琅，呈现一派生机勃勃的景象。孩子们在美丽整洁、舒适优雅的校园里享受着幸福与快乐。

“全面改薄”成就了“江华最好的房子是学校”的目标。“五型六化”在“最好的房子里”提升了内涵，打造了特色。

二

唐孝任多次提出：做好“六创联动”，打造江华教育品牌，才能满足师生及人民对教育的迫切需求，才能实现人民满意的教育。

“六创联动”成为教育新常态下学校提升内涵式管理的有效举措。先后通过“六创联动”工作动员会和推进会，将这剂强心剂注入全县完全小学以上的学校，全面提升学校内涵式管理水平，提升办学品位。

码市中学是江华最偏远的学校之一，通过“六创联动”后，校长李荣胜大刀阔斧地开展“六创联动”工作。校园里处处繁花锦簇，假山鱼池、喷泉流水，后山公园郁郁葱葱的林木中、小路上，时而书声琅琅，时而鸟儿歌唱，亭宇里师生聊理想、谈读书。学校的管理水平被全县公认，看到了“六创联动”的奔头。

河路口镇中心小学校园里有一座小山，满山绿树，却荆棘丛生。孩子们不敢到山傍，成了学校一大安全隐患。2016年，河路口镇中心小学充分对小山施行了改造，结合学生的习惯，开辟了山间小路，建设了憩息的亭子，命名“虎啸山”。学校校长卢代田介绍，一座不值钱的小山，通过“六创联动”的建设，开辟出了孩子们读书、休闲的场所，成了学校一大亮点。

河路口中学校园里因学校建设，将土地堆积成小岭。学校没有将小岭挖平，而是依势而建，建成了植物园，还在植物园建亭子，开辟林间小道。孩子们时常踏过林间小道，憩息在亭里，畅游在书海中，吹拂着校园的清风，无不感受到神清气爽。

踏上上游完全小学校园内的潇贺古道，高耸的古树绿意葱葱，一眼望去，阳光从树叶间映照而至，波光粼粼。校长任吉春介绍，学校建设了古道风景带，设置了书柜，孩子们在古道上漫步，或静坐在石椅上看书阅读，或在古道旁的亭里遐想，领悟大自然之美。

各学校以“六创联动”为抓手，以最初见绿为标准，全县完全小学以上的学校每年根据实际投入 5000 元至 3 万元不等，进行校园园林的建设。一时间，学校得到了社会爱心人士、企业等的捐赠，并挂牌捐赠人名单，为学校添绿。2016 年，各学校纷纷提质，每所学校因地制宜开辟建设公园、乐园、生态园、植物园，还点缀亭宇，种植大树、围墙傍种植鲜花，校园里四季见绿，四季有花，花团锦簇，让人心旷神怡。目前，江华瑶族自治县第一中学等 5 所学校成功创建省级园林式单位，沱江镇第一小学等 30 多所学校成功创建市级园林式单位。孩子们随时可以在风景如画的校园里读书、运动、休息，感受美丽校园带来的幸福。

当然，江华的学校还独钟于创特色校园。

沱江镇第一小学通过“六创联动”的建设，创出全国中小学首批中华优秀文化艺术传承学校、湖南省民族文化传承示范基地等荣誉。

沱江镇第一小学创建于 1951 年，是以“传承瑶文化为己任，打造瑶都特色学校”为特色办学方向的瑶族小学。

瑶族是一个具有悠久历史和丰厚文化积淀的民族，其神秘的原始风情，传奇的迁徙旅途，独特的图腾崇拜，形成了想象非凡的瑶民族文化。这一文化深刻地蕴含着尊重他者的“客民”意识、崇尚“和合”的共生期盼、眷恋故园的返乡情结；这一文化特色更体现了作为山地丛林民族的瑶族在处理人与自然、人与社会、肉体与灵魂关系问题上的质朴的生态智慧和生态精神。

“以传承瑶文化为己任，打造瑶都特色学校”，沱江镇第一小学不断优化瑶族文化进校园系列举措，构建具有浓郁的瑶族质朴文化精神特质的“真善美”、瑶娃本真课程体系。按照“以瑶育人，以瑶化人”的校园文化建设理念，积极营造“生态、智慧、人文”的校园环境，构建具有瑶族元素的一尊雕像、两个花架、两座瑶园、三条长栏“1223”显性校园文化体系，让每一位师生随时随地都能学习、感受、体验瑶族文化中的瑶族民居、瑶族服饰、瑶族歌舞、瑶族习俗以及瑶族饮食文化、迎宾礼仪文化、农耕文化的美，增强其民族自信，培养其真善美的品质。同时，以“瑶族元素”为主题，通过穿瑶服、学瑶话、唱瑶歌、习瑶俗、懂瑶礼等系列活动，落实立德树人全过程，让瑶族学生在对瑶族文化的认知和传承中，张扬个性美。

沱江镇第一小学的师生在舞草龙

沱江镇第一小学的师生在跳长鼓操

同时，深入挖掘学校传承的瑶族传统文化内涵，强化瑶族文化的德育功能，铸造真善美的纯朴品质。学校结合“一班一特色，一师一专长，一生一特长”的理念，确立“纯朴”的文化主题，打造融以瑶族文化传承与创新的特色社团、特色班级、特色课间、特色操、特色读本（瑶韵读本）、特色节（瑶族文化节），并把国家课程与校本课程有机整合，让富有瑶族传统特色的竹竿舞、草龙舞、长鼓舞、瑶族歌谣、瑶族唢呐、瑶族刺绣等瑶族文化进课程、进课堂，以实现通过瑶族文化润泽孩子们的心灵，“纯朴”的精神引领每个学生都怀揣梦想和乡愁一起飞翔，从而增强其民族自信心。

7年的坚持,7年的努力。全县所有学校按照“园林型、书香型、创新型、特色型、学术型和净化、绿化、靓（亮）化、序化、数字化、文化”的“五型六化”要求建设，推动“六创联动”，所有学校创建为县级以上文明校园，20多所学校创建为市级以上园林单位，学校成为10万多名学生健康快乐成长的“乐园”。

局长“静夜思”(一)

2021年5月，乡村教育“江华模式”全国现场推介会在江华召开，唐孝任做完主题报告后，很多局长和校长都主动加他微信，“花平子”就是其中一位。时隔5个月，“花平子”在微信朋友圈转发了唐孝任的“静夜思——辩证看双减”，并在评论写道：“江华县教育局局长唐孝任是一位真正懂教育、爱教育的局长，说他是教育家一点也不为过。他对于教育的思考与践行着有他自己的理念，这些理念既符合中央关于教育的基本路线与方针策略，又符合基层教育实践。”

唐孝任因工作的忙碌，他只有晚上才有比较完整的时间，静静地思考教育与人生。于是，他把这些小小的感悟取名“静夜思”，他也会及时分享在微信朋友圈，使得很多校长和师生都经常参与互动，慢慢地成了一个线上教育沙龙。

教育的美

“美”就是美丽、美好。心里种下“善”的种子，就会向上、向善生长，社会就会和谐美好。有了“美”，老师才能把幸福、美好传递给学生，学生才会健康快乐成长，才会有美好的憧憬；有了“美”，才会去认识美、发现美、欣赏美、创造美，才能正确去认识世界、认识社会、认识人生，树立正确的世界观、人生观和价值观，为美好生活而奋斗！

小论教育

中国陶行知研究会农村教育专业委员会2021年会已过数月，但其影响仍在发酵，获得了会议组织及其“模式”影响的双丰收，沉淀下来，予以记之。

一是党委、政府高度重教的结果。县域教育的好坏取决于当地党委、政府是否真正的重视教育。近年来，江华县委、县政府把教育作为最大的民生工程，投入资金与时间，着力优化教育生态，营造尊师重教的浓厚氛围。

二是聚焦教育真谛，久久为功的结果。什么是教育，怎么才能做好教育？这是江华教育工作者及教师一直以来叩问心灵的问题。他们从教育的主要矛盾来分析问题，寻找出路，保持定力，他们深知，前途是光明的，道路是曲折的，因为他们心中有光，所以看见，因为他们相信，所以坚持。

三是顶层设计与实践探索相融合的结果。2012 年 12 月以来，江华教育人设计了“美丽校园、幸福师生、理想教育”的特色教育理念，各校百花齐放、百家争鸣，创造“美丽教育”“美好教育”“尚上教育”“三色教育”“纯洁教育”“马灯教育”等，实现“大合唱”和“独唱”共同发展的局面。

四是扎根江华大地办教育。他们把瑶族文化、地域文化和中华优秀传统文化引进校园，为瑶山孩子培根铸魂，让孩子知道从哪里来到哪里去。

五是“三个第一”理念的结果。校长第一、教师第一、学生第一从根本上就是激发人的内驱力，就是体现人在中央，教育就是要把人当“人”来看，而不是把人当“物”来看。否则教育就会变异，就会功利化。

六是江华教育人真干、苦干、拼命干的结果。人是需要有一点精神，江华教育人秉持真干、苦干、拼命干的精神。

致高质量发展

江华县通过红色文化、生态教育、科普教育、国学经典、劳动教育，打造“一校一品”教育品牌，办有品位的学校，为孩子成长打上红色基因、绿色生态、蓝色梦想的底色，就是在“育人”；通过对学校所在地歌舞、体育、服饰、风俗、饮食等民族文化进行挖掘、传承、弘扬，增强师生民族认同感、自豪感，增强中华民族文化自信，就是在增强孩子们的文化自信；师生践行“真干、苦干、拼命干”的江华教育精神，践行为生命打底、为乡愁寻根、为和美铸魂的“和美教育”，让“和美教育”成为江华推进教育现代化的新路径，这样才有可能达到理想教育，促进高质量发展。

高质量发展是新时代经济社会发展的主题，推动基础教育高质量发展应如何作为？结合当前基础教育实际，推动县域基础教育高质量发展我认为要在“十个强化”上下功夫，一是定海神针强化党建引领；二是城乡统筹强化均衡；三是有教无类强化公平；四是培养模式强化创新；五是五育并举强化素质；六是坚持标准强化基础；七是多样办学强化特色；八是第一资源强化队伍；九是问题导向强化教育科研；十是和谐校园强化安全。

教育绿色发展

推动教育的高质量发展，实现教育的现代化，也必须贯彻新发展理念。教育正从“有学上”到“上好学”，从“基本均衡”到“优质均衡”，必须以创新、协调、绿色、开放、共享为指导。其中绿色发展主要是解决人与自然的和谐问题，解决发展的方式问题。在教育的评价方式和发展方式形成一套绿色发展的方式和评价方式。

一是所有校园要建成如花园、如公园，四季见花见绿，鸟语花香，一派生机和谐。

二是师生都要养成绿色的生产生活方式，要学会勤俭节约，学会垃圾分类等。

三是师生要尊重自然、敬畏自然、爱护自然，做到人与自然和谐相处。

四是学校要把立德树人作为根本任务，做到德智体美劳全面发展，尊重个性，为学生品德的培养打好基础，为学生知识和技能的提升打好基础，为学生综合素质和核心素养的培育打好基础，培养学生创新创造力和动手能力。真正做到育人，而不是育分。

五是坚决改革评价方式，摒弃“五唯”。也只有这样，教育才能真正地实现绿色发展，才能真正地实现高质量发展，才能真正地实现现代化！

教育共享发展

共享是发展的目的，实现全体人民的共同富裕，一方面发展由全体人民共同创造，另一方发展的成果由全体人民共同享有。同样，教育的发展也必须要秉持着共享的理念，才能使教育能坚持持续、健康、协调、品质的发展。

针对当前教育的实际情况，我认为树立共享的理念，要做到 5 个“一个都不能少”。

第一，任何一个地方都不能少。由于我国地域广阔，地理条件千差万别，经济发展参差不齐，文化差异大，人们受教育程度不同，特别是边远地区、革命老区、民族地区相对落后，这就需要从国家、省、市、县层面进行顶层设计，从教育的基础设施建设、教师人才队伍的培养培训等追根溯源，统揽全局。

第二，任何一个乡村都不能少。长期以来，由于城乡二元结构，教育的资源都集中流向城市，农村的教育弱化、边缘化，甚至消失。乡村振兴的前提是乡村教育的振兴，不能出现村民口袋富了，却穷了脑袋。如何振兴乡村教育是摆在我们面前的一个紧迫课题。

第三，任何一个学校都不能少。要根据实际情况，因地制宜，调整学校布局，在优化的基础上，要优质地办好每所学校。

第四，任何一个教师都不能少。教师是教育的第一资源，要充分调动每个教师的主动性和积极性，让每个教师都有出彩的机会，做到“真干、苦干、拼命干”，为江华教育的发展做出应有的贡献！

第五，任何一个学生都不能少。一方面对贫困学生要做到应助尽助，不能出现因贫失学的状况；另一方面对学困生要实行差异化辅导，学校要根据学生的实际情况，开设各种特长课、兴趣班，真正做到因材施教，让每个学生都能找到成长的舞台。

教育协调发展

美好生活从美好教育开始。创新、协调、绿色、开放、共享是我国经济社会的新发展理念，要实现美好教育也必须以新理念为指导。协调是我们推进美好教育的重要理念之一，这就要求我们必须以问题为导向，以短板为导向，促进教育协调发展。

一是要树立大教育观。在我们的观念里要有学校教育、社会教育、家庭教育“一盘棋”的思想，过分强调学校教育，而忽视家庭教育和社会教育，认为学校教育可以包揽一切，会造成诸多问题。

二是要树立终身学习的习惯。进入新时代和信息化时代，人们获取知识的方法和手段多元化，我们要摒弃过去获取知识单一的手段。“一考定终身”，教育仅在学校完成的时代已逐渐远去，学校教育重点是教会学生的思维方式和动手能力，培养学生核心素养，使学生具备终身学习的能力。

三是树立“五育融合”的思想。过去我们重“智”育，轻德育，弱体艺、忽视劳动教育，使教育偏离了方向，由“育人”变成了“育分”，使学校变成“加工厂”，班级变成了“车间”，老师变成了“工人”，学生变成了“产品”。

四是要树立城乡协调发展的思想。城乡差距也体现在教育上。过去，城区学校的基础设施、设备等要比农村学校好，优秀教师、优秀学生都在往城市挤，造成乡村教育越来越边缘化，所以要补齐农村教育这块短板。

五是树立学科要协调发展。要解决学科结构失衡的问题，特别是数学、物理、化学、音乐和美术老师短缺的问题要予以根本改变。

六是树立硬件和软件协调发展。长期以来，我们一直重视基础设施的建设，而忽视学校的内涵发展，我们应当由过去注重“物”的建设向注重“人”的建设根本性转变，这样才算得上真正的教育人。

七是树立教育内外协调观念。既要注重学校内部发展，又要注重解决影响教育发展的外部因素，特别是“卡脖子”的因素。

教育开放发展

开放是新发展理念的重要理念之一。整个世界都是一个相互联系的整体，任何一个事物都不能独善其身，一个国家、一个民族、一个社会、一个单位、一个行业，甚至是一个人的发展都不能封闭起来，封闭只能导致后退，开放才能发展进步。教育的发展同样要秉持开放的理念，时至今日，我们的一些教育工作者仍以“封闭式”教学为荣，唯我独尊，排斥异己，不兼蓄包容，这是不对的。

树立开放的理念，在教育领域我认为要在以下几方面着力。

一是要着力面向世界，培养世界性的人才，为社会主义现代化提供人才支撑和智力支持。经济的全球化，以及我国逐步走向世界舞台的中央，我们需要大量的各行各业的世界人才，这就需要我们的教育既要立足中国特色，具备鲜明的中国人的性格，又要面向现代化，培养出能够与世界打交道的人才。邓小平同志早就说过，教育要面向世界，面向未来，面向世界。

二是要着力畅通学校教育与家庭教育、社会教育的联系。若学校教育在一个封闭的环境中开展，缺少家庭教育、社会教育的支撑，就会使三个教育割裂开来，这就需要我们在今后工作中要加强家校共育，充分发挥村居、社区在教育中的作用，形成教育“大合唱”。

三是着力构建校校共同体。校与校之间各有特色，这就需要加强校校之间的联系，既要请进来，又要走出去，做到取长补短，做到相得益彰。

四是着力畅通中小学与大学的联系，实际一个人的成长是最不能割裂的，这就需要畅通从幼儿园到中小学到大学的路径。

五是要着力构建“互联网 + 教育”。

教育创新发展

创新是一个国家和民族发展的进步之魂，是发展的根本动力。“十四五规划和2035远景目标建议”明确我国2035年要进入创新型国家行列，这就要求教育必须要在“创新”上下功夫，培养创新型人才。就目前教育而言，与“创新”的要求还有较大差距，我们着重在知识传授和技能培养上下功夫，相对于学生的思维创新能力和动手能力明显不足。

创新任重而道远。

一是我们的教育必须要从知识技能型向创新创造型转变，从小学到大学应该建立健全一套比较系统科学的创新创造型学科体系，选拔人才要着重在创新创造上。我们的校园设计上应当处处能启迪学生思考，敦促学生身处其中去思考人与大自然的关系、人与社会的关系、人与人之间的关系、人与自身的关系。

二是教与学要有创新的变革。课堂这一主阵地应当变成生成思想的碰撞，创新创造的主阵地，要培养学生的创新思维和动手能力。过去的课堂知识满堂灌、填鸭式教学统统要扫进历史的垃圾堆。要着重于科技创新，小学科学和理化生实验要一个不落的全部开齐开足，要因地制宜开设劳动课，让学生在实践中认识问题、分析问题和解决问题。

三是学校要成为教师、学生创新的表率。学校不能只喊口号，让教师、学生去创新，自己却没有行动。那么学校在办学理念、管理、教学、科研上都要不断创新，切实解决影响和阻碍学校发展中的问题，形成创新“大合唱”。

四是要搭建创新平台。比如开展“创新创造型校园”的创建，开展中小学校园科技节等，让创新型的校园、创新型的师生有出彩的机会。

五是要改革考核评价机制，让创新创造成为学校教育教学质量的核心。

致教育最大公约数

今天晚上，在江华县委常委会专题议教会上，领导们就江华教育的热点和难点问题进行了热烈讨论，形成了对江华教育发展的最大公约数。让我再次被震撼、被感动、被唤醒：

一是教育是最大的民生工程，怎么重视都不为过，怎么奖励都不为过，对有功之臣要予以重奖，对全县教职工要予以慰问。二是要立足江华大地办教育。教育必须建立在经济基础之上，必须服务于江华经济社会，为实现江华的现代化服务。三是立德树人是教育的根本任务，首先要培养爱家乡的人。四是教师是教育的关键，要培育“好教师”，要宣传一批教师，要表彰一批教师，在全社会形成浓厚的尊师重教氛围。

致校园“五型”建设

2013 年 9 月初，我陪同县委主要领导视察调研沱江镇第二小学、沱江中学和原鲤鱼井中学，一路走来，领导沉着脸说，校园破败不堪、杂草丛生、管理混乱。领导的话让我陷入了深深的沉思。

如何破局，如何重塑教育形象，如何重塑学校形象，如何重塑教师队伍形象，如何重塑群众的信心？都是摆在我面前重大而现实的问题。

我认为校园一定要美丽，校园要成为当地最靓丽的风景线，师生一定要有尊严。试想一所学校破败不堪，师生的尊严在哪里？怎样才算“美丽校园”呢？

一是要建设园林型校园，校园因地制宜要建成公园式、花园式校园，有小品点缀其间。

二是要建设书香型校园。除图书室、阅览室外，教室、办公室、寝室、走廊、走道等凡是可以利用的空间都要建有书橱、书柜，并形成阅读文化，让整个校园浸润书香。

三是要建设创新型校园。创造性思维是教育的重要使命，要让校园的每一个角落都能引发学生的思考：为什么？怎么办？

四是要建设学术型（研究型）校园。校本教研是教育的第一生产力，要让所有的师生都参与校本教研，要聚焦学校的人和事，提出问题、分析问题和解决问题。

五是要建设特色型校园。每所学校在全面贯彻党的教育方针的前提下，必须结合本地的实际情况，将培养什么样的人，怎样培养人想清楚、想透彻。在本校如何落地、落细、落效，形成自己的特色。

致校园安全

我们必须坚持“安全是第一责任,质量是第一要务”的宗旨,树牢“生命至上、安全第一”的理念，始终把学生安全放在教育工作的首要位置，不断健全工作机制，突出安全“五抓”，促进校园的和谐发展。

一是抓住“人”这个关键。解决安全谁来管的问题。首先是抓住校长这个少数关键，把安全第一责任放在心中，形成始终把安全摆在第一位的强烈意识，致力形成校园内安全管理的铜墙铁壁。其次是抓住乡镇长、村干部、家长这一联防联控的少数关键，形成学生安全联防联控的铜墙铁壁。最后,解决安全管哪些人的问题。通过不同形式的排查、摸底,重点关注特殊群体学生（含心理健康特异学生、家庭异常学生、与社会交往密集学生等），建立帮扶工作台账，实施重点关注，有效干预。

二是抓住“事”这个重点。突出校园安全宣传教育这一个重点。通过鲜活的事例、强烈的视觉、生动的言语和庄严的仪式让学生入脑入心。紧盯宣传教育的重点内容，强化交通安全、食品安全、防溺水安全、防欺凌安全等宣传教育。强化“防”“教”“查”“督”“演”等安全管理环节，坚持预防为主，教育为先，排查为重，督促为实，演练为真。

三是抓实“防”这个基础。校园安全重在“防”字上下功夫,突出人防、物防、技防、心防。近年来，我县坚持按照“七有五融合”心育模式（七有：有机构、有制度、有队伍、有课程、有阵地、有考核、有经费；五融合：与学校文化融合、与班级管理融合、与学科教学融合、与校园安全融合、与家庭教育融合）开展心理健康教育活动。适时开展校园心理危机干预，有效化解师生因心理问题产生不良行为。

四是抓牢“法”这个根本。坚持开足开齐安全教育课程，将日常安全教育与法治课程相融合，做到体系化、课程化；充分利用法治建设，开展法治教育进校园活动；坚持用法治思维处理师生、生生及校园周边矛盾纠纷，避免出现知法犯法行为。

五是抓紧“制”这个核心。第一方面在隐患排查机制上，坚持“每天一巡查、每周一小查、每月一大查”，坚决把安全隐患消除在萌芽状态；坚持“天、时、地、人”全方位排查，根据气候特征、季节特点开展隐患排查，根据不同季节，开展防寒、防冻、防汛、防溺水教育和开学前、放假前、节假日前后等不同时段开展隐患排查，根据地点的特殊性开展隐患排查，如校内突出校门口、食堂、女生宿舍、施工工地的隐患排查等和校外突出道路、水域的隐患排查；根据管理安全和被管理人群进行排查，安全隐患实行台账式、闭环式管理，责任到人。第二方面在安全预警机制上，根据季节、天气等情况，收集、整理校园安全隐患风险，加强安全预警和形势研判，提出预警重点，分解到学校、年级、班级，有针对性地开展安全活动，使安全教育和管理有序、实效。第三方面在一岗双责机制上，实行局领导联系乡镇、股室联系学校，学校领导联系年级、班级的安全督查机制，坚持教育教学活动必须管安全，活动组织教师必须管安全的安全责任机制。第四方面在全员值守机制上，实施“全员、全方位、全天候”的校园内联防联控机制，让所有的师生既是安全管理员、又是隐患排查员、既是安全监督员，也是安全形势评判员，形成安全维稳值守覆盖到校园各个角落、各个时段，全面实施校园安全无缝隙管理。第五方面在责任追究制度上，校园安全与教职工利益直接挂钩，达到荣辱与共效果。第六方面在联防联控机制上，强化家校联合，坚持创新家校联络方式，按照“政府组织、村委主持、教师主讲”模式，定期下乡入村开展安全教育宣讲活动，让学生、家长及社会群体入脑入心。

安全工作一定是齐抓共管，不仅校园内要齐抓共管，政府、社会、部门、学校、家庭也要齐抓共管，不能“单枪匹马”。认清校园安全的规律性，突出防溺水、交通、防欺凌、心理健康、手机安全等成为校园安全重点。安全重于泰山，任重道远，这根“弦”必须时刻绷紧！

战“疫”说

疫情的冰雪逐渐消融，春天的花朵绽放校园。2020年4月7日，我县初三、高三率先开学复课，之后，其他年级同学将分批开学，师生将回到久违的校园。这意味着，我们经历了一段特殊寒假之后，再次整装出发。此时此刻，我心里有许多话想对你们说。

请思考生命的意义。4月4日清明节，全国哀悼。我们致敬英雄，致哀同胞，对抗击新冠肺炎疫情而牺牲的烈士和逝世同胞表达深切哀悼。回归久违的校园，我们享受着幸福，但我们要清醒地认识到，这幸福来之不易，它是无数战士守护的春天花朵。生命，是教育永远摆在第一位的。为了迎接这次特殊的开学，我们做了开学复课全真模拟演练。每天对校园进行消毒，还准备了足够的疫情防控物资，目的是为了确保师生健康安全。珍贵的生命应该用来干什么？我真心地希望广大师生，要活出生命的厚度与宽度。作为老师，要坚定教育信仰，用情怀践行“真干、苦干、拼命干”的江华教育精神，拥抱更加璀璨的春天。开学后，老师们不仅要传授知识，还要关心学生、全心育人。面对大灾大难，教育人应该思考自己身上的责任与使命。作为学生，同学们要认真思考生命的意义。钟南山、李兰娟院士带头走向抗疫一线，千千万万的逆行者不顾自身安危驰援武汉，他们的选择给病人带来了希望，更鼓励了我们。同学们，在这些动人的故事中，让心灵进行一次透彻的洗礼，识透生命的意义，写出大写之人，创造更加明亮的明天。

请重整拼搏的信心。信心是成功的基石。因为疫情，寒假一延再延。很多师生都因延迟开学，对即将到来的中考或高考倍感焦虑，不少师生甚至失去了拼搏的信心。如今，我们从虚拟的网络课堂回归宽敞明亮的教室，从网络的学习空间回归了现实的知识殿堂，最重要的是重整信心。老师可以开展一次课堂活动，让孩子们从活动中重拾信心、放下焦虑。老师还可以组织一次心灵对话，开怀大笑也罢，号啕大哭也行。总而言之，要把心理的包袱放下，全身心地投入校园生活之中。同学们，人生道路崎岖漫长，更隐藏着无数的艰险。但我们不能畏惧害怕，而是要定好人生的目标，树立必胜的决心，为自己奋力拼搏。这就是此次抗疫给我们最大的教育。要坚持自己正确的意见，面对困难不灰心，执着地追求自己的目标。

请勇敢地把握现在。度过了最漫长的寒假，我们回归美丽的校园。虽然疫情的寒冰在慢慢消融，但我们一刻都不能放松防控工作，在做好自我防护的同时，也要全力投入教学和学习中。请老师们尽快回到课堂教学实践的常态中来。我们已从线上到线下，转换了教学的媒介，要用积极饱满的精神状态引领孩子，为孩子们输入正能量，点燃他们的理想之火，让课堂洋溢着春天的力量。要认真分析调查学生在线上学习的效果，积极转换教学方式与学习场景，提升学生的学习效率。也希望老师们树立全县“一盘棋”的思路，全面做好封闭式管理的服务工作，为孩子们营造家的温暖。请同学们克服困难，换一种姿势前行。要清楚地分析自己“站立的高度，坐下的稳度”，设计最佳的学习路径，正确认知自己的人生之路。要调整自己的心态，及时转变学习方式，跟上老师的步伐，为自己的中考、高考做冲刺。

幸福师生篇　认可与追寻

你幸福吗?

幸福是什么?

亚里士多德说,“幸福,就是至善,即生活的完满和自我的完善。”

白岩松说,“幸福就是记忆青春,见证时代,感恩生活。”

2012 年中秋、国庆双节期间,举国喜迎党的十八大召开之际,中央电视台新闻频道推出了《走基层·百姓心声》特别调查节目“幸福是什么”。央视走基层的记者们分赴各地采访包括城市白领、乡村农民、科研专家、企业工人在内的几千名各行各业的工作者,一时间,“幸福”成为媒体的热门词汇。

“你幸福吗?”这个简单的问句引发了当代中国人对幸福的深入思考,也让江华教育人陷入了沉思。

幸福师生，不仅是物质上的满足，更多的是在师生身上能够看到自信与阳光。请欣赏一位作家的作品《让乡村的孩子也能看得见世界》：

在江华沱江镇第五小学，我问校长，怎么想起要创建这样一个“童创未来馆”？

“让乡村的孩子也能看得见世界呀！”她说。

我惊喜地睁大眼睛，望着她：“你怎么会有这样的想法？”

校长说：“作为校长，应当适当关注基础教育发展的最新前沿动态。而作为乡村小学的校长，学校是小，但格局不能小；学校是小，但视野不能小；财力有限，但教育不有限。这就要需要我们发挥好班子、老师的作用，办适合师生的‘美好教育’。”

教师心怀美好，教育就美好；教师心向远方，教育就能走向远方！而作为校长，更是掌握着学校教育的航向。

在“童创未来馆”的“颜色密码”展览区，孩子们自己用“绿叶扎染”，传承千年的染色工艺，手工染出独特之美、不可复制的靛蓝之美，“酿”出那一抹动人的蓝色；在古法造纸展区，孩子们用一张纸，包含着大千世界，浸润着数千文化的传承，用花草重现生命的感动；在汉字源流展区，看到的是字形的变迁；在活字印刷展区，孩子们手里摆弄的是文化……

我真的不敢相信，一所乡村小学的孩子们手中有未来，眼里有世界。

“幸福师生”是唐孝任点燃的第二支火炬。

2017 年，秋季校长、党支部书记、副校长暑期培训班上，唐孝任指出，教育的本质就是尊重人的成长规律、人才的培养规律，就如同种庄稼，要遵循季节、气候规律，精耕细作才有好收成。他阐述了“教育局要把校长放第一、校长要把教师放第一、教师要把学生放第一”的“三个第一”教育理念，以实现从注重“物”到注重“人”的转变，以实现学校走内涵式、品质化管理道路，不断提升校长、教师、学生的内驱力，营造江华教育“山清水秀”的生态环境。

“校长第一”是县教育局要创新管理手段，引导校长做专业引领的教育家型校长，想校长之所想，急校长之所急；“教师第一”是校长专业引领教师发展，给予教师更多专业化的成长机会和人文关怀；“学生第一”

是教师秉持一切为了学生，所有教育活动都是基于学生和为了学生。而“学生第一”是“三个第一”的核心，“学生第一”是出发点也是归宿点。

“校长第一”主动提升内涵。

唐孝任非常自豪：在江华有一支素质过硬的校长队伍。在他心里，学校是校长的作品，打造好校长队伍对于办品质教育至关重要。

江华教育想方设法从实际出发，引导校长每学期研读一本教育专著，通过论坛、沙龙等形式进行交流；每天写一篇教育反思，假期进行一次考试。江华教育通过校长论坛、讲评课、形式多样的培训及全力推动课改等引领校长们走专业化、学者型道路。

时任涛圩镇上游完全小学校长的黄兴华在培训会上表示，“一个好校长应是立体型人才，‘长、宽、高’均要符合人才要求的典范；有教学专长，能成为一个好的教育专家和教育者。校长沙龙、读专著让校长成长起来。”

一时间，校长沙龙、论坛成为大家谈读书、谈收获、谈管理思想，论热点道难点之处，校长们聚在一起主动实现内涵提升。“校长第一”就是把学校招聘教师、教师调动、中层的聘用任免的权利都回归校长，教育局和其他部门负责监督、备案。同时，教师的职称、考核等“一揽子”事情都在学校解决。江华教育局主任督学钟江雄说：“把校长放第一，就要给校长自主办学权，让校长自主管理学校。”

“教师第一”着眼长远发展。

“教师第一”就是让教师安心乐教，专业化成长。

江华校长们认识到，当校长不仅是管好教师教好书、上好课、出好实绩，还要从教师内心出发，关注教师的专业成长，关注教师的长远发展。从教师的精神需求出发，结合时代特点，做好教师的培养工作。

“好老师不是挖来的、捡来的，而是自己培养出来的。”校长们已达成共识。各学校以问题为导向，以实际为根本，以发展为要务，积极开展教师整体培养工作、教师“点对点”帮助工作，并开展“下午茶”“共读一本书”“教师大阅读”等活动。

“‘三个第一’就是通过绩效、培训等点燃教师内心需求，解决教学问题，让教师能轻松工作，能处理问题、会处理问题、轻松处理问题。”码市中学校长李荣胜说。

教师上课、校长评课、名师评分，让江华教育人更进一步坚定“得课堂者得天下”。如果我们每一位老师都把每一堂课上好，那么学校何愁办不好，教育质量何愁上不去。

教育的本质是培养人，学校的本质也是培养人。培养人的质量如何，他们的思想品质如何，知识技能如何，生活生存能力如何，关键在教师。教师的主阵地在课堂，“五育并举”的关键也在课堂，因此课堂的质量决定了育人的质量。要提升课堂质量，就必须培养和造就一批“四有好老师”，其主要途径是开展教育科研活动。通过教育科研活动，聚焦教育教学、德育工作和学校管理中的问题，使学校所有的人带着问题去思考、去分析、去找出路，如此学生发展了，教师发展了，学校也发展了，因此实现学校高质量发展的关键是教育科研。

“学生第一”回归教育本质。

“学生如植株幼苗，需要教师去精心呵护。要呵护他们有健康的体魄，完备的能力，更要呵护他们的心灵。”大圩镇鲤鱼塘完全小学老师熊海凤说。

江华教育局从“心”入手，整体推进心育工作，促进学生的健康，使其全面发展。“四声校园”“瑶文化进校园”“校园足球”让孩子们快乐、阳光、自信。

教育局管理者、校长、老师“蹲下身来”，从学生真心需求出发，着眼学生终身幸福，开课设节、开堂讲学，精耕细作、因材施教，引领教育回归本质。

“国无德不兴，人无德不立。”习近平总书记强调培养德智体美劳全面发展的社会主义建设者和接班人，把立德树人作为教育的中心环节，把思想政治教育贯穿教育教学全过程，实现全员育人、全过程育人、全方位育人。要深化教育体制改革，健全立德树人落实机制，扭转不科学的教育评价导向，坚决克服唯分数、唯升学、唯文凭、唯论文、唯帽子的“顽瘴痼疾”，从根本上解决教育评价指挥棒问题。

三个“第一”，从本质上来说，是学校走内涵式、品质化管理道路，不断提升校长、教师、学生的内驱力，打造具有乡村教育特色的“江华模式”。

“三个‘第一’引领江华教育再起航，必能走出一条人民满意的品质教育之路。”江华教育人无比坚定。

校长第一：争做“教育家”

思想是办学理念形成的根本，所以校长一定要有思想。如果没有思想的滋润，孩子们就像花朵失去了诱人的色泽，失去了营养，结不出饱满而壮硕的果实。

“办一所纯洁的学校。”

“办一所有乡村味道的学校。”

“美好教育。”

“马灯教育。”

“尚上教育。”

“‘芳直不屈’的教育。”

……

如今，走进江华学校、幼儿园，学校的文化基本成型，教育品牌已彰显出育人的魅力。

2021 年 5 月 8 日—9 日，乡村教育“江华模式”全国现场推介会在江华举行。全国政协常委、民进中央副主席、中国陶行知研究会会长朱永新走进学校调研，他肯定了江华乡村教育，并在主旨报告中指出：“乡村教育大有作为！”

同时，来自全国 22 个省、市、区的，中国陶行知研究会、全国教育基本理论学术委员会的全国 700 余位专家学者及教育工作者等深入了其中 15 所中小学校观摩乡村教育品牌建设。

安徽省祁门县一位与会人员参观了江华沱江镇第五小学后说，穿过梦想的草地，到“百草园”农耕基地，吃着“百草园”种植的艾草做的艾叶粑粑，品着瑶药茶，感受瑶医文化传承的魅力，步入“童创未来馆”，观赏孩子们的纸艺、陶艺、植物染、脸谱、版画等社团作品展示，真难想象这是小学生创作出来的，不愧是培养学生想象力和创造力的“创客空间”。

目前，江华多所中小学逐渐创建办学愿景、一训三风、校园文化等。校长们越来越感受到自己的办学理念得到实现的幸福。

这些都得益于把校长培养成为“教育家型”校长的目标追求。

唐孝任给“教育家型”校长提出的标准：要尊重教育规律，有办学理念；教育信念坚定，能引领教师成长；能激扬生命活力，让学生充分发展。

《中共中央国务院关于深化教育教学改革全面提高义务教育质量的意见》提出:“努力造就一支政治过硬、品德高尚、业务精湛、治校有方的校长队伍。”

“教育家型”校长成就好学校，“教育家型”校长成就好教师，好教师培育好学生，促进学生德智体美劳全面发展。打造好这支队伍，培养成专家型、学者型、‘教育家型’的校长，才能准确把握新时代教育脉搏，妥善处理好教育发展中的新问题，夯实专业能力，提升管理水平，做学校形象代言的“名片”，思想引领的“名家”，专业发展的“名师”。

江华是如何引领校长专业成长，培养成“教育家型”校长呢？校长又如何幸福成长的呢？

2018 年，正是江华脱贫攻坚关键之年。同年 12 月，江华启动了“校长第一”培养工程，江华中小学“教育家型”校长高端研修华南师大培训班开班，用三年的时间培养 50 余位“教育家型”校长。江华结合脱贫攻坚和乡村振兴政策，顺应人民群众对优质教育的要求，培养“教育家型”校长提升学校的内涵发展，从而带动一所所学校的发展，最终实现全县教育的高质量发展，促进全县的乡村振兴。

校长“内修”是王道

通过调研，江华教育局牢牢从“七个一”来“倒逼”校长们的成长，即开展每学期研读一本教育专著、每周写一篇发自内心的教育反思、每个季度开一期校长论坛、每年暑假进行一次教育学心理学考试和举办一次深度融合的研修培训、每期进行一次听课和一次评课活动，“倒逼”校长们钻教学、强管理、扎根教育教学一线。

“七个一”“倒逼”校长们学专业，扎牢理论，发现解决教育中的问题和回归课堂，提升校长们的素质。

开展的工作重在落实。如何写反思，该写什么？

唐孝任作出这样的诠释：可以反思教育教学、学校管理、学校安全等方面，其内容可多可少，关键是要触及自己的内心，只要有助于教育发展和改革的都可以，要通过反思付之行动，推进教育高质量的发展。同时，为督促每周校长们人人都写反思，教育局局长还会亲自对校长们的反思进行审阅，有的反思还会通过江华教育微信公众号进行发布，让所有校长们都进行学习，督促校长们扎扎实实进行反思。

江华县桥头铺完全小学原校长、现任县教育局人事股副股长游江文，任校长 5 年。游江文成长快，靠的是时常总结反思，在反思中加强自己对教育教学、学校管理、学校内涵及日常教学的思考。他说：“每天都会抽时间思考一天工作，每周都会拿半天的时间来对每周工作写出反思，这些反思都是内心心灵深处所想所思、所要解决的。”

“我们校长们每周都会坚持写反思，每周五都会交到教育局。”江华县大石桥乡中心小学校长奉前茂说道。

奉前茂在反思心得《校长角色再认识——做一名有学识、责任、情怀、智慧的校长》里说：

做一个有学识的校长。爱因斯坦说：“人一旦停止学习，就将走向灭亡。”作为校长要做善于学习者，通过学习跟上社会进步和教育发展的步伐。坚持学习，要把学习当作自己生活和工作中的必需品。学习教育教学理论，学习课程改革理论，学习名校名师的教育思想和管理经验，使自己成为一个学有所长的教育者，从而努力提高办学水平。

做一个有情怀的校长。校长对教育工作发自内心的热爱，将教育当作事业去努力，而不是把教育当作一份职业。只要对教育有一种永不言弃的坚持，就能战胜办学中的各种困难。“一个好校长就是一所好学校。”几乎所有名校都是校长热爱教育事业热爱自己的学校，带领师生以满腔热情和高昂斗志战胜发展中的种种困难，使学校逐步由小变大、由弱变强的。

奉前茂给孩子们讲江华同志的故事

做一个服务师生的校长。校长服务教师的重点是促进教师发展，校长的第一使命是发展教师！校长要为教师成长与发展提供动力，搭建平台，让年轻教师在教育实践和教育科研中逐渐成长起来。服务学生就是以学生为中心，服务好学生的生活和学习，为学生的终身发展和人生幸福奠定基础，从办学理念到学校的规划发展，从学校管理到设备设施配置，从课程开发到教育教学活动开展等，都是以学生为本，用生命去激扬生命。

做一个有智慧的校长。校长是一个能影响他人的人，但校长的影响力不是权力，而是校长的人格魅力、学识和智慧。校长要做师生思想的引领者，把自己的办学思想贯穿于日常的管理活动中，用先进的教育理念去影响、带动教师，把自己的办学思想转化为教师的行动，用自己的办学思想来领导师生，引领学校的发展。

校长要有智慧，必须是文化人。管理学校只停留在事务管理，为琐碎的事务忙得晕头转向是一种低层次办学。学校管理的最高层次是文化管理。文化管理是在制度管理的基础上的一种超越。学校要实现文化管理，校长作为学校管理的首席，自然要成为文化人。

校长要有智慧，还得是研究者。作为学校发展的带头人，引领学校和教师发展，促进学生全面发展和个性发展，就得把办学作为学问来做。用先进的教育理念和管理理念，在办学中带着新问题探索研究，在研究和实践中带领学校沿着品牌办学的方向发展。

做一个有责任担当的校长。党的教育方针指出：“教育必须为社会主义现代化建设服务、为人民服务，必须与生产劳动和社会实践相结合，培养德智体美劳全面发展的社会主义建设者和接班人。”贯彻党的教育方针，落实立德树人的根本任务，校长是第一责任人。

做一个敢创新的校长。教育最核心的质量不是擅长“加工”而是善于“发现”，发现每一个孩子的禀赋，并进一步保护、支持其成长，这是教育应有的属性。校长要坚持社会主义办学方向，贯彻党和国家的教育方针政策，敢于走在时代前列。校长要跟随学校发展潮流，做敢于改革创新的人。我也正在学以致用，带领教师立足实际，发挥学校资源优势，有信心打造“马灯教育”。

奉前茂对校长的角色进行了深刻的反思，重新定位了校长素养，明确了校长必须有要学识、有情怀、有责任、有智慧，校长还要服务师生、敢于创新。如今，大石桥乡中心小学充分挖掘江华同志的革命精神、家国情怀，打造红色校园文化，萃取他“忠诚、俭朴、进取、公正”的江华精神，从《四盏马灯》的故事中提炼出“马灯精神”，致力打造“马灯教育”品牌，办一所有红色信仰的学校，让红色教育在孩子们心中扎根。也正是奉前茂一次次地反思，帮助他找到了自己的办学理念，让自己找到了当校长的幸福。

同时，江华通过校长听评课“倒逼”校长回归教育教学一线，提升校长的领导能力与管理水平和内驱力，促进区域教育发展。

“校长听评课大赛的评委来自全县学科带头人、市县级骨干教师，做到让教师评校长，让教师考校长。校长有了成长的‘监督人’，就会督促自己去学、去研、去写，在感受专业成长上的压力时，回归课堂。”江华教师进修学校校长钟荣明说道。

湘江九年制学校校长盘梦林清晰地记得，在一次听评课中因准备不充分，最后评委只给了80.6分，而另外一位校长得到了92分。盘梦林说，这不仅是分数，而是一次蜕变的开始，鞭策自己钻研业务、钻研教学，回归课堂。

“只要是协作片开展教研教改活动时，规定校长都要当评委，并对教师的公开课做专家点评。每次两三天的教研教改活动中，校长们在点评中就无形中形成了竞争关系，不能说外行话，更不能在老师面前‘出丑’。这样，就督促着我们校长去学、去钻。”江华芙蓉学校校长蒋才国坦言。

校长听评课大赛，让校长从繁杂的政务中解放出来，回归课堂，成为教师专业成长的第一引路人，也促进了校长的专业成长。

内修效果自然是提升了校长的专业成长。全县70多位中小学校校长回归课堂，达到了入思入脑，造专业血、补精神钙，推进新教育理念的目的。有30余位校长被评为县级以上骨干教师、学科带头人、正高级教师、省特级教师、湖南省教育家孵化培养对象。全县所有学校办学理念、一训三风等已经成型，校长们正一步步向“教育家型”校长蜕变。

当然，把校长放“第一”，也体现在对这支队伍品质的打造上。

江华让校长们从繁杂的行政中解放出来，专心做教育。2013年起，学校建设依据学校规划设计，由教育局统筹安排，按照轻重缓急，把建教学楼、综合楼、食堂等基建项目下达给学校。江华把学校办学的自主权，下放给校长，让校长自主管理学校。就连教师的调动也须经校长同意，学校中层的聘用、任免，全部尊重校长的意见，校长确定人选后报教育局备案。教师的职称、考核等事项都在学校解决。

“这样解除了校长办学的后顾之忧，学校建设思路更明确，校长只需按部就班提前做好施工的准备。校长们可以集中精力抓管理、抓队伍、抓教育教学质量。”大石桥乡中心小学奉前茂幸福地表示。

唐孝任说：“不希望校长成为‘万金油’，而是希望他们成为专家型、教育家型的校长。我也知道旧思维很难跳出来，体制上也有许多制约和困惑。但尽量从我做起，让校长解脱出来，静下心来思考。”

校长“外训”是助力

在校长队伍的建设上，除了坚持德才兼备，选准用好校长外，江华把校长培训作为“造血补钙”工程，作为狠抓校长队伍建设的一个着力点和突破口。

2018年11月，江华与华南师大合作，遴选50名校长进行“教育家型”校长“三年递进式”高端研修，提升了校长的领导与管理水平。

3年的时间里，校长们南下广东，到重庆，奔浙江，上北京，或驻点学校开展跟岗学习，或脱岗培训，聆听教育专家的讲座。聆听中，校长们办学的理念与专家的教育理念在思想中撞击出闪亮的火花。

叶平和（原沱江镇第二小学校长，现沱江镇第一小学校长）他在校长培训心得说:“要有自己的教育主张和实践。在培训中，我更加理解了要实现内涵式高品质的学校发展，校长要有自己的教育主张和办学理念。同时，学校办学理念的提炼必须牢牢抓住德智体美劳‘五育’的发展，然后才能结合学校实际从某一个或几个方面作为学校的突破口最终成为学校的办学特色或特色项目。基于对学校自身功能的重新审视、对教育本质的深刻认识、对教育规律的尊重和对时代呼唤的回应提出沱江镇第二小实施‘做最好的自己’的教育，鼓励每一个学生做最好的自己，致力于培养具有‘五美品质’的瑶都美少年（责任育人，培养瑶都担当美少年；经典诵读，成长瑶都书香美少年；阳光体育，锻炼瑶都健康美少年；怡情激趣，争当瑶都艺术美少年；创新实践，学做瑶都科技美少年），通过构建‘五美品质’的瑶都‘五美’课程体系，培养学生适应未来社会生活的核心素养，走出一条特色发展之路。”

2013年，李荣胜担任江华最偏远学校之一码市中学校长，如今已是正高级教师、湖南省特级教师，湖南省教育家孵化培养对象、江华县名校长。“对于教育原来很懵懂，现在学校正按照‘办一所有乡村味道的学校’教育理念推进。作为乡村校长，如果没有培训，就没有自己教育理念的形成。在一次次培训中，自己也正向具有教育思想、教育情怀、智慧的教育家型校长转变。”李荣胜谈起自己的成长幸福地说道。

和李荣胜一样，沱江镇第五小学校长黄丽芳在培训中脱胎换骨。黄丽芳在校长培训期间，去了广东、重庆、浙江等地区学校学习，学到不少办学经验，找到了校园文化、办学特色的切入点，建成了“百草园”“童创未来馆”，打造学校特色阵地，创建“美好教育”，孩子们越来越享受办学特色带来的幸福。

沱江镇第五小学：一所美好的乡村学校！

2017 年秋季，学生人数 487 名。

2019 年秋季，学生人数 545 名。

2021 年秋季，学生人数 596 名。

问其学生不断增多回流的原因，1987 年建校就在学校工作的 59 岁的老教师莫永林却说：“原来只有一栋建校时建的教学楼，学生吃饭都是露天。现在每年随着投入的不断增加，硬件条件越来越好，学校注重了特色打造，学校大质量观形成，高质量发展凸显，赢得了家长信任。”

江华县沱江镇第五小学是一所坐落在城乡接合部的 15 个教学班的小规模学校。2013 年以前，学校条件简陋、师资奇缺、学生大量外流到县城小学，学校成了无围墙、无校门、无道路的“三无”校园，一时间落到生存艰难的境地。

而学校招生片区的沱江镇小洛坪村主任洪兴胜总结出回流的原因说，条件好了，质量高了，家长们对学校越来越满意，家长舍近求远送孩子到县城读书的很少了。

的确，经过 7 年的发展，沱江镇第五小学不但办下去了，还建设得很好：学校教学质量大幅提升，近 3 年 6 次获全县教学质量奖，3 次获全县绩效考核评估先进单位，被评为永州市安全文明校园。近两年，学生在国家、省、市青少年科技创新大赛获奖近 30 次，县级 90 余人次。

条件和质量是学校发展的生命线。对于城乡郊区学校而言，这句话同样适用。

“学校中大多是留守孩子，学校如果办不好，城郊的 4 个村的孩子就要去县城上学，家长也无法安心做事。为了老百姓，无论如何也要把学校办好。”2019 年下期，履新沱江镇第五小学的校长黄丽芳心中有了想法。为了找到适合城乡学校发展的教学改革之路，沱江镇第五小学确定了“美好教育”的办学理念，办一所美好的乡村学校！

学校校长黄丽芳说，“‘美好’是一种美好期待、一种崇高理想、一种终极追求！美好教育是一种唤醒心灵、润泽生命的教育，要充分尊重学生生命、成长归路和教育发展规律，以人的美好发展为基本价值取向，为学生的美好人生奠定基础。”

2019 年下期，学校结合“一校一品”“一生一特长”和学校实际，把学校地下车库腾出来，建成“童创未来馆”，开辟“第二课堂”。打造“童创未来馆”是希望将这里建成一个开放的实施创客教育的校园“创客空间”，在这个空间里，设置了活字印刷非遗手工、古法造纸非遗手工、戏剧脸谱国粹艺术、妙剪生花纸艺、颜色密码天然草木染、泥火匠心陶艺 6 个非遗文化系列手工社团；另有“创客未来 steam”科技社团、汉字源流文字艺术社团、印痕之美版画社团等 4 个社团。这 10 个社团艺术空间带领学生们畅游在科学与艺术间，在文化的传承与发展创新活动中，走出一条“社团 + 美育”的课堂延伸之路。

全国政协常委、副秘书长，民进中央副主席，
中国陶行知研究会会长朱永新调研沱江镇第五小学创客空间。

沱江镇第五小学的教师在指导孩子们草木染

六年级加班的潘寒香，一有空就来“童创未来馆”。她的奶奶曾经靠剪纸到市场卖钱，补贴家用，可奶奶一直很忙，没有时间教她剪纸。学校开设了妙剪生花纸艺社团后，让她成了班上小名气的剪纸小专家。潘寒香说，在这里不仅能传承剪纸艺术，更多的是能让自己静下心来感受快乐。

而在 steam 科技馆里，一群六年级学生在老师的指导下，兴致勃勃地开展各类科创小制作。他们把学习到的力学、风能、电能等知识融入小制作中，制作机器人、无动力小车、反冲小车、重力小车等科技小发明。喜欢科创的六加班的郭家旺是位留守孩子，“童创未来馆”刚开馆他就加入了科创社团。

“只要尝试科创操作就充满信心，自己也变得更阳光。感觉科创就像大海，自己便像一条畅游大海的鱼。”郭家旺到展台上拿起自己第一件独立完成的定滑轮起重机，展演起来，满脸幸福地说道，“这是我人生中第一个科创作品——定滑轮起重机，接下来的时间，我要完成爬行机器人。”

二年级 106 班的岑小雅喜欢上了古法造纸非遗手工，经常制作“花草纸”。走近她的身边，只见她用力而认真地搅动着纸浆，10 多分钟后，细软洁白的纸浆呈现出来。岑小雅拿起晾纸模具，放入纸浆水中，顺着纸浆捞起，整个动作行云流水。放在桌上后，岑小雅在捞起的纸浆上放入事先压制好的干花瓣、树叶，撒上自己最喜欢的闪亮金粉，一张特制的“花草纸”就这样呈现在我们眼前了。

“晾干后，漂亮的纸就做出来了，纸的制作过程真的很神奇!”岑小雅说着说着笑了起来。

“‘童创未来馆’是因材施教，不是向灵魂灌输知识，而是促使灵魂转向美好，推动学生、唤醒学生，引导他们发现美、感受美、认识美、欣赏美、创造美，成为最好的自己。”黄丽芳说:“孩子们的健康成长，能创造更美好的生活，让生命因教育更美好!”

“以美育社团课程为学校特色课程，优秀的传统文化进校园后得到创新性发展，不断赋予传统文化新的时代内涵和新的表现形式。每周开一节课，培养孩子一门特长，感受五彩童年！让学校里的生活与学习，成为孩子人生中最美好的回忆!”童创未来馆负责人聂艳雯说。

创客教室本身的设计就是学生创新思维培养的“活教材”“活范本”。主要以传统文化为载体，吸引学生接触科技艺术创新课程，进行历史文化及民族文化等探究，并融科技、艺术和文史等多元化学科，形成创新氛围。小天地，大未来，凸显社团魅力，尽显学生个性，使孩子们的观察、分析、思维、动手、探究和创新能力都得到了提高，从而提升学生们的综合素质。

同时，学校还成立了童创未来基金，把学生们在传统文化和科学发明的手工制作作品挂到了网上进行销售，让大家从中得到满满的获得感。童创未来基金目前已经卖了 20 多个作品，收入有 2000 多元，其将用来支持更多的孩子进行后续的其他创作，一起来完成他们的小小的梦想。黄丽芳说:“孩子们在童创未来馆进行了劳动教育，也在劳动中创造出了价值，达到了‘五育并举’的目的。”

“一块草地，一些废旧物品改造成的小鹿，鲜花点缀。”这是沱江镇第五小学草地现在的样子。

梦想草地，是沱江镇第五小学一个最具烟火气的地方。原来常年杂草丛生的荒草地，现学校文化微团队的老师带领学生在草地上进行全新的开发创作。一时间，发挥孩子们的想象，孩子们选择身边常见的旧水管、废弃轮胎、水泥砖、枯树枝进行创意改造，打造校园梦想，并取名为“梦想草地”。

“三匹小鹿的含义非常特别，鹿在古代被视为神物的，认为鹿能给人带来吉祥、幸福和长寿。古代神话传说千年为苍鹿，两千年为玄鹿，故鹿乃为长寿之仙兽……”一群孩子争相解释着创意。

沱江第五小学的百草园

黄丽芳坦言：“这个梦想草地，引导学生在校园中发现美、认识美、欣赏美、感受美，创造属于我们自己的美好生活。”

“药圃无凡草，松庭有素风。”这副对联格外醒目。这个让孩子们充满好奇的“小花园”，种植的并不是争奇斗艳的花朵，而是各种各样的“凡草”。学校师生给瑶医药文化传承基地起名为“百草园”。

江华瑶医药博大精深，独具特色。2020年下期，沱江镇第五小学与江华瑶医药研究所合作，开设了瑶医药文化传承基地，并开展瑶医文化进校园系列活动。同时，学校立足得天独厚的瑶药文化，进行整体规划，开发瑶药种植基地，分类、分区域种植瑶药，形成农耕基地，打造成“中草药百草园”。孩子们可以在校园里识草药，在课堂里学中医药知识，在收获季节品尝药茶药膳……

“瑶医药文化进校园、入课堂，孩子们就播下传承中华优秀传统文化的种子，并作为劳动实践课和学校特色文化打造。”黄丽芳滔滔不绝地说道，“老师与孩子们共同呵护好百草园里每一株瑶药，培养学生对瑶药的兴趣，把中华传统中医药知识和瑶族医药文化的种子种进孩子们的心灵里。”

除此之外，原大圩镇第二小学校长何化桥参加了校长高端研修华南师大班培训。通过三年的培训成长起来，如今以瑶族文化为校园文化为主的“朴素教育”已经成型，师生们越来越感到受校园文化的魅力。2020 年，他调任沱江镇第四小学校长后，结合学校实际，挖掘学校所在地“鲤鱼井”和学校历史文化背景的内涵，打造“清流文化”校园特色文化；“让每一滴水珠都晶莹”的办学理念；“固本清流，浸润心灵”的校训；“清爽做人，明白做事”的校风；“激荡浪花，成就精彩”的教风和“筑梦清溪，向上生长”的学风。此外还建构了系列的特色课程，形成了“清流”课程体系。

何化桥介绍，为期三年的培训，更新了观念，找到了自己专业成长和学校管理、孩子成长的教育理念，学校正着力打造江华名校。永州市名校长，原沱江镇第二小学校长叶平和说，在培训中进步，在培训领会“一校一品”工程。

“我们不缺‘万金油型’的校长，但缺少专家型、教育家型的校长。”唐孝任说，“培训就是给校长输血、造血，帮助他们从思想上成长，在理念上成才，真正成为教育家型校长。”

据悉，全县 50 余位校长经培养后，都打造了“一校一品”工程，学校形成的办学理念、教育品牌进一步形成，正一步步向“教育家型”校长蜕变，让学校插上了内涵发展的翅膀。

“驻点实践”，为校长铸魂

校长们的专业内涵大大提升后，如何才能让他们有用武之地呢？

2020 年 5 月，时任湖南省副省长，现湖南省委常委、长沙市委书记吴桂英批示将江华列为湖南省教师培训师培养工程驻点实践重点支持区域项目，由湖南省教育厅落实。湖南省中小学教师发展中心派出专家从校园文化、教师专业化成长、学校特色、学校教育品牌等对驻点学校进行全面指导。将通过三年驻点实践扶持，助力江华驻点学校长及教师成正高级、特级、名校长、名师和“专家型”“教育家型”校长，助力江华区域教育发展与品质提升，打造全省、全国有影响的江华教育品牌，形成教师培训师的培养模式和打造区域教育品牌教育的帮扶模式。

唐孝任认为，这是一次省政府、教育厅在江华画的一个“圈”，对江华教育是机遇也是挑战，为江华教育的提质和发展提供示范。

不久，江华县教育局与湖南省中小学教师发展中心主任贾腊生等中心领导班子及相关科室负责人进行对接。湖南省中小学教师发展中心领导班子表示，在人力保障、财力保障、机制保障等方面的全力支持下，并利用国培省培项目和省中小学教师发展中心的智力优势全力支持江华教育发展。通过实施为“生命打底、为乡愁寻根、为和美铸魂”的“三为”教育再造一个新江华，让教育为江华经济建设发展服务，实现江华教育到教育江华新跨越。江华正式开启“教育家型”校长办学品牌教育之路!

驻点实践指导专家通过深入调研，已经将大石桥乡中心小学、江华芙蓉学校、上游完全小学、沱江镇第七小学、江华思源实验学校、江华瑶族自治县第二中学、码市中学、城北生态幼儿园等 9 所中小学校（幼儿园）认定为省教师培训师培养工程驻点实践第一批驻点实践学校。同时，也对 2020 年 11 月遴选的 9 所驻点实践的中小学、幼儿园的实施方案进行研讨诊断，助力学校的品质提升，打造学校的教育品牌。驻点专家每半个月到驻点学校进行跟踪指导。

码市中学被认定驻点实践学校后，湖南省中小学教师发展中心师德建设与师资培养科科长黄佑生等专家从学校品牌创建中成功的地方、成功的原因、如何进一步提升品质、提升的空间在哪里和教学、德育、课题等方面对学校校长、副校长、教务主任、教科室主任等中层领导、教师、学生进行访谈，以完善省教师培训师培养工程驻点实践的三年规划，助力码市中学校长李荣胜梳理学校品牌创建思路，发现问题、萃取经验，审视学理、凝练思想，为构建体系完善，有学理支撑，可复制可推广的乡村学校“码市中学样本”助力乡村振兴。同时，也指导码市中学探索师资缺乏的解决方案，完善课堂教学、德育、校本研修模式，助力学校提质增效减负和做好省级规划课题——乡村学校“乡村味”文化建设的实践研究。

驻点实践专家到码市中学诊断学校的特色办学

驻点学校、码市中学校长李荣胜表示，驻点实践是提升学校教育的一场及时雨，不仅看到了新的希望，还将通过驻点实践推动江华教育，推进学校品牌打造新台阶。

就拿农村学校上游完全小学来说，校长任吉春感受很深，专家驻点指导更进一步明晰办学的理念。通过驻点实践，创立了“上善若水，力争上游”为校训，形成“有礼有力”的校风，“学高身正”的教风和“好学向上”的学风。学校正在积极创建“尚上教育”品牌。

任吉春介绍，学校形成了木棒球、押加等瑶族体育为特色，推崇“尚上文化”，实现了“尚上文化、尚上课程、尚上德育、尚上管理”，坚定“让瑶山的孩子胸怀天下”的办学使命，旨在办一所蓬勃向上的民族乡村学校，培养具有“上善若水，力争上游”为核心价值的新时代少年。

沱江镇第七小学是一所新建学校。学校被认定为品牌驻点实践学校后，驻点实践专家团队专家多次线上线下研讨，解决学校的困惑，完善品牌建设，有序推进学校品牌创建工作，稳步提升学校办学品质，促进学校内涵发展。2021 年上期，沱江镇第七小学结合学校实际情况，明确了学校打造“三色教育”校园文化品牌，明确了“三色课堂”，优化“一正四真大同”课程，明确了“三善”教师的培养和“三色教育”文化建设及制度建设等工作。

驻点实践助力江华教育品质提升，打造在全省乃至全国都有影响的江华教育品牌，形成教师培训师的培养模式和打造区域教育品牌的帮扶模式，成就一批专家和校长，助力一批教师成为名师。

同时，还对驻点实践各层次的需求及其相互关系，驻点实践团队的目标及使命，驻点实践小组团队与任务分工，建立驻点实践团队管理常规规则、工作机制，公布驻点实践绩效管理方式与考核制度等进行了研究和明确。“完成驻点学校品牌打造，达到完成‘输血’到‘造血’的转变。”派出的驻点专家蒋丽君说道。

2020年江华芙蓉学校开学。通过驻点专家从校园文化、教师专业成长、学校特色、学校教育品牌等进行全面指导，学校已经成为江华一朵绽放的美丽花朵！

学校教育品牌的创建关键是校长。江华通过“七个一”“培训”“驻点实践”为校长实现“教育家型”校长办学奠定了良好的基础。当前，全县学校校园文化、教育品牌正宛如一朵山花绽放在大瑶山间。奉前茂、李荣胜、蒋才国等一批校长的成长，到得了省内外教育界的认可，并被聘请为校园文化建设、品牌创建等方面的专家！

教师第一：纷纷“凤还巢”

清晨的露珠剔透，因为有阳光，用温柔之光照耀，让他闪烁耀眼之光；船能驶向远方，因为有灯塔，用星火给予方向和无穷的力量。教师是阳光，教师是灯塔！

教师是学生幸福人生的开启者，只有教师“幸福地教”，才有学生“幸福地学”。教师职业幸福感是教师在职业生涯中，需要得到满足，潜能得到发挥，自我价值得到实现，得到外在和自我双重的良好评价的一种持续快乐的心理感受和精神状态。

校长把教师放在第一位，即校长把教师放在心里，时刻关心、关爱教师。同时，在物质方面，提高教师的福利待遇，让教师安居乐业，让教师有培养成长的机会；在精神方面给舞台、给平台、给信任和培训，让教师有用武之地，有成长之地，坚定教育信仰，增长事业生命，感受到教育事业带来的幸福。

那么，江华的教师的幸福，可以看以下两个故事：

故事一：

曹勇奇，湖南湘潭人，副高职称，2006 年考入江华瑶族自治县第二中学教师。2016 年 9 月辞职，聘到长沙某高考文化补习学校，2017 年 8 月，放弃高薪，再次考入江华瑶族自治县第二中学。

李满芽，湖南东安人，中小学一级教师，2006 年考入江华瑶族自治县第二中学。2016 年 9 月辞职，聘到长沙某高考文化补习学校，2017 年 8 月，放弃高薪，再次考入江华瑶族自治县第二中学。

2008 年，曹勇奇、李满芽结为夫妻。

曹勇奇出身农村，从小喜欢当老师，爱捣鼓电器设备，高考时义无反顾地报考了师范类院校，选择了物理专业。大学期间，光荣地加入了中国共产党。

2006 年 6 月，江华瑶族自治县第二中学到学校招聘时相中曾勇奇，让他光荣地成为一名江华人民教师。同时，李满芽也考入江华瑶族自治县第二中学。

初为人师的曹勇奇对教学仍是懵懂。好在学校非常重视年轻教师培养。2006 年 10 月，学校选派了奉龙明、唐联信、廖继奉等老教师与曹永奇结对。同时，江华瑶族自治县第二中学也为年轻教师提供展示的舞台与机会。师父们手把手对曹勇奇进行指导，磨课、听课、评课，指出缺点，肯定优点。曹勇奇工作中认认真真，不敢有丝毫懈怠。很快，曹勇奇教育教学业务能力逐步提升，能够独当一面，首任教班级成绩在全县排名前茅，也得到了领导的信任与支持。由于工作出色，学校决定让曹勇奇担任备课组长。曹勇奇带领全组老师认真研判高考动向，积极听课评课，带领本组老师，创造了一个接着一个辉煌的成绩：数十位学生获得省市物理奥赛奖项，培养了考入清华大学的金邓格等优秀学生。

正当曹勇奇踌躇满志，正待大显身手时，母亲一通电话打破他的宁静。2016 年 8 月，老父亲心脏病住院，弟弟还在上学，而曹勇奇远在江华，家中主事无人！忠孝不能两全，曹勇奇夫妻俩选择了百善孝为先，辞职到长沙最大的一所高考文化补习学校一边任教，一边照顾父亲。大半年之后，父亲病情逐渐稳定，可以自理。

父亲的病情稳定后，曹勇奇心中巨石落地，然而另一番情绪又悄悄从心底升起。曹勇奇心中浮现着与江华同事们课堂上研讨，课后促膝谈心，领导的关怀以及家中温馨的场景和共同奋斗的情景。

一个偶然的机会，江华瑶族自治县第二中学的领导、同事们到长沙办事，曹勇奇向他们透露出想回江华的意愿。2017 年 9 月，曹勇奇夫妻俩放弃长沙高薪工作，又考回到了阔别一年的江华。

“回到江华融入了自己的大家庭，又重新找到了家的感觉，领导还提出给我们解决住房，这让我深深地感动。老师们的待遇也逐步提高，在江华任教，让我们感觉到是温暖的！是幸福的！是有前途的！”谈起自己返回江华工作，曾勇奇说，“关键是增强事业生命。”

再次回到江华瑶族自治县第二中学，曹勇奇总结长沙一年的经验，很快投入到工作中。他和爱人都担任班主任，自己还担任物理教研组组长等。

曹勇奇说，自己肩上的责任更重了，在平凡的岗位上不断创造不平凡，才能不负领导的嘱托，才能成就自己。而曹勇奇的爱人李满芽说："我们夫妻俩在江华当教师是幸福的。"

故事二：

杨年富，江华县为人小学教师，2012 年 9 月在江华大圩镇中心小学参加工作，2013 年 3 年辞职到长沙等地工作，月薪近万元；2019 年 8 月，通过招聘考入为人小学任教。

2012 年 6 月，杨年富从湖南第一师范学院毕业，分配到江华县大圩镇中心小学任教六年级语文，并担任班主任。同事眼中，他是一位思维活跃的年轻小伙子，"吃得苦、霸得蛮"。杨年富还发挥自己的特长，指导教师参加县系统教师杯首届羽毛球比赛训练，担任学生体训指导老师，创新班级管理。

或许是对于外面世界的向往，2013 年 3 月，杨年富辞职后，重返读书地——长沙。重返长沙的时光里，杨年富从事除教育行业外的公司管理，任职于公司管理岗位、公司市场调研部门、公司招投标拓展部门，直到 2019 年 6 月。

2019 年 8 月，杨年富放弃高薪，通过教师招聘，重新成为江华教育系统的一员。"教师成长的舞台更广阔了，有了自己的专研方向，尊师重教越来越浓，生活工作环境越来越美、工资待遇、教师的专业发展等都吸引了自己。"杨年富谈起吸引考回江华时说："江华教育的改革，让自己能够圆梦。再次成为江华教育的一员，更加自豪，也更加务实。"

从体制内跳出，经历了市场的"优胜劣汰"，公司的"能者上，庸者下"。几年的磨炼，杨年富更加对教育教学学科的"核心素养"有了自己的反思和更深刻的认识。同时，他更加注重教学的摸索和创新。

重新回到教师岗位，杨年富着重从信息化教学入手，在每一堂课，除去自己讲课的时候在课堂突破重难点，还会在课余从网络上找寻大量的课程相关的资料，发送给学有所疑的学生家长在课后完善课堂之上未掌握的知识。杨年富还参加了江华县教师信息技术特训营，在成果展示汇报中获得一等奖。在2020年参加的江华小语新任教师递进式培训中担任班长，在培训期间所做工作得到了参训老师们的一致好评。还参加由国家教育行政学院承办的永州市提升工程2.0培训者团队培训班，还成为永州市提升工程2.0融合团队的核心成员。

在信息化教学道路上，杨年富在专研中分享，为全国各地一线教师所做的信息化教学相关公益讲座20余场，立足所学专业，在实践中摸索传统国学，对于现在孩子的影响以及落实“语文的核心素养”。“目前，参加了教育部诵读网络专项培训，继续摸索和专研国学经典在教学中的更大的发展空间。”杨年富自信地说道。

2020年疫情防控期间，杨年富以江华县整个地区为研究的原型，运用自己的特长参与设计和研发教育公益微信小程序——班级小管家。2020年3月，央视对江华教育运用小管家的相关视频进行相关报道。为了感激杨年富对教育公益的情怀，北京校萌科技有限公司特聘他为“班级小管家”顾问。

如今日新月异的江华教育局面中，杨年富说，自己既在幸福地成长着，也在用实际行动为家乡的教育做出自己的贡献。

在江华，像曹勇奇夫妻俩、杨年富这样先辞职再考回的教师不少，是什么让他们回心转意呢？

他们都告诉了我们一个答案：在江华当教师很幸福！

那么，江华教师的幸福主要有哪些呢？

“安居”才能乐业

向妙是个娇小的姑娘，张家界人。2015年9月，通过特岗教师考试考入偏远的黄石完全小学任教。2019年从学校交流到教育局工作。有一次，她与大学同学聚会，十几个同学，半天的聚会时间里，人人都有分享不完的喜悦。她说：“我说得不多，但我也想和大家分享我幸福的喜悦，我说的幸福，是我深刻感受到了江华领导的实在，实心实意地对待每一个教师，扎扎实实地培养每一个教师，让我这个外地青年，到这里也遂心适意。”

在农村教学时，每月向妙有乡镇津贴、乡村人才津贴、班主任津贴共 1700 元，再加上基础工资一个月实际收入有近 6000 元；进城后，少了这些补贴，每月工资只有 4000 多元了，少了一大截。她说：“什么事都有得有失，城里也有城里的好，我只要听从组织安排就好了。”

江华县教育局副局长雷留涛讲到教师待遇时，讲了一个小故事：前几年他到一所大学，从毕业生中招聘教师。当天有六七个县市不约而同到此校选聘，但当江华公布应聘后，其待遇是每年工资不少于 6.5 万元时，有的县便立即撤退了，因为他们没有这个优越条件。

江华教师的工资待遇，是略高于公务员工资的，教师工资完全按政策给，2016 年实行的第一年，年终绩效奖每人每年平均 1 万元起，此后年年有增加，2020 年最高已达到 2.4 万元。另外县里给公务员发的一个月的综治维稳奖、两个月文明城市奖等每年约万余元，教师也和公务员一样的待遇了，因此，最低不少于 6.5 万元就落得很实了。

江华视教师如珍宝，凡涉及教师问题，有政策的按政策办，不打半点折扣；没政策的则制定地方政策，以促教师成长、教育发展。许多方面对教师、对教育系统的要求甚至做到了有求必应。江华县委、县政府又决定，利用建公租房政策，将部分公租房指标直接拨给教育系统，建成 2800 套周转房作为补充，满足了教师一人一套房的需求。

教师的五险一金、体检费用全部纳入财政预算，教师绩效工资、年终绩效评估奖、文明县城奖等与公务员一样，进行同标准发放。特别是对农村教师发放的人才津贴，按照地理位置远近原则，江华比省定标准提高了 100 元至 400 元，乡村教师每年享受班主任津贴、人才津贴、乡镇津贴、乡镇工作差异化专项补贴，实现乡村教师高于县级同职级人员工资的 14%，比同等职称的县城教师最高的可达 3 万元，形成了“越往基层、越是艰苦、待遇越高”的激励机制。

当有其他县区的学校来江华挖人时，很多教师都不愿意走，反倒还说服那些教师：“要不你们也来江华吧，教育教学、乡村旅游、退休养老全给解决了，我们还可以教你们唱‘盘王大歌’，跳瑶族大舞。”

在江华，青年教师是宝贝，再高看一眼、厚爱一层都不过分。

江华县教育局局长唐孝任每次深入学校督查调研时必做的一件事，就是看望青年教师。他说，青年教师远离家乡，看望他们就是一种温暖，也是对他们的一种鼓励，这才能让他们坚定教育信仰和树立理想。

2018 年 3 月，唐孝任在距离县城 140 公里的最偏远的码市镇黄石完全小学调研时，与向妙、何娟等 30 岁以下的青年教师交流，谈教育理想和信仰，并鼓励他们要在乡村建功立业，乡村学校是最好做事业的地方。离开学校，唐孝任还特意打电话给校长询问他们的婚姻情况，嘱咐校长要当作一件大事来抓。

同行者表示不解，唐孝任脱口而出，这些青年教师都是教育的中坚力量，是我们学校的宝贝，肯定要关心他们的婚姻大事。

近年来，出现青年男女教师比例失调，男少女多，尤其是农村学校相对较偏远、艰苦的问题。学校周边的其他机关单位很少，比较合适的未婚男性几乎是凤毛麟角。同时，青年教师的工作环境是“教室—宿舍”两点一线，很难有合适的恋爱对象和机会。为此，江华教育局多次与团县委、县妇联共同举办青年教师“鹊桥手牵手”交友活动，着力解决青年教师交友难、恋爱难的困境。每年，都有不少青年教师在活动中牵手成功，走进婚姻殿堂。

除此之外，县里、镇上每年教师节表彰都会在 30 岁以下的青年教师中给予一定的评先评优的指标，让他们真正感受到职业的获得感。近三年，江华共有 30 岁以下青年教师 200 多人次被评为最美乡村教师、教学能手、教学标兵、师德标兵、优秀教师、优秀校长等。

采访中，校长们纷纷发言表示，再怎么将青年教师高看一眼，厚爱一层都不为过，要确确实实把青年教师当作“宝贝”用，才能注入新血液。

江华关水阁完全小学 30 岁以下的青年教师占比超过 40%。青年教师是学校发展的中坚力量，学校把他们看成宝贝，再怎么用心关爱青年教师，促进青年教师发展和重视青年教师成长都不过分。为了让青年教师安心，学校动员离学校近的教师把住房让给青年教师居住，青年教师享有优先分配公租房，并为他们安装了 Wi-Fi、热水工程等。

因学校偏远，不通公共汽车，关水阁完全小学还每周一、周五安排人员在207国道路口接送，方便青年教师回家、返校。每逢节日，学校领导还让外地青年教师到自己家中过节，或通过谈心、座谈会等形式倾听青年教师工作、生活上的烦恼，为他们排忧解难，把校园变成青年教师成长的精神家园，让他们在生活中获得幸福感。

青年教师刚从青涩的校园迈向陌生的工作岗位，有多种不适。生活、学习、工作都很稚嫩。大圩镇第二小学每年都为每位新进教师分配教师公租房，把外出听课、学习的机会都留给青年教师，鼓励新教师当班主任，平时多找他们谈心，走进他们丰富多彩的内心世界。关爱才能让青年教师感受温暖的大家庭，才能安居乐业和更快地适应教师角色。

原大圩镇第二小学业务副校长、青年教师汪海林就是在学校关爱中成长起来的。她说："学校一直关爱青年教师的成长，让我们在学校有家的感觉，感受到幸福，也让自己安心工作。"

江华花江洞完全小学校长的曾宪英，多年来担任乡村学校校长。她说，"不管任哪所学校校长，一直都非常注重、关心青年教师，除注重情感与他们交朋友沟通感情，还管好他们的胃，让他们有在家的幸福感外，还当起红娘，让青年教师享受情感的幸福。"

江华职业中专学校每年端午节、中秋节等传统节日都会召开青年教师座谈会，缓解他们的思乡之情。

"留住青年教师的关键就是要留住他们的心，留住他们的心的关键就是要让他们安居乐业，享受职业的幸福。尤其是如何让偏远农村青年教师安心留在乡村学校工作，这已经成了一个'心病'。"唐孝任说。

江华教育局以青年教师的困难为"倒逼机制"，着力解决青年教师工作、生活中的困难。通过调研发现，全县青年教师的住房为20世纪70至80年代建的木瓦房，人均仅5平方米，影响到了其恋爱结婚、照顾家人和子女教育，更影响年轻教师的引进、交流和教育的发展。2013年5月，江华启动教师公租房、周转房建设，目前共建成2800套，全面解决了青年教师住房问题。

江华职业中专学校每年都从大学引进几十位教师，总是优先安排他们生活、住房，让他们有家的幸福感。蒋让兵是学校一位青年教师，得知他没有婚房时，原校长奉天生专门为解决蒋让兵的婚房组织召开协调会，为他腾出房子。从外地考入学校的教师冯巧艳，带着孩子，为解决她后顾之忧，专门为她解决了住房，方便了老人住校带孩子。

江华在完成教师公租房、周转房的同时，江华深化教师职称和考核评价制度，全面落实《江华瑶族自治县尊师重教十条规定》，采取有效措施为乡村教师特别是青年女教师解决婚姻难问题，提高青年教师政治待遇，真正让青年教师安心教学，促进他们的成长。

“我们的幸福就是专业化成长和安居乐业！”李小艳说道。

“不知足”而常乐

除了工资、福利待遇等物质条件改善外，江华县也给了教师最大的福利——专业培训。

从2016年开始，江华以湖南省“国培计划”第二批项目县为契机，完善国家、省、市、县、校五级培训体系，打通教师培训“最后一公里”。如中华优秀传统文化涵养师德培训、中层管理干部高级研修班、中小学心理健康教育专职教师培训都是多年来形成的系统培训。不仅如此，为了挖掘瑶乡教师的潜力和做足区域风土人情特色，全县还积极开展教师微团队建设。

从此，“要我学”变成了“我想学”“我必须学”。就这样，全县教学点与那些学习条件差、学习困难多的教师也行动起来了。他们把师德教育、新课程理念教育、心理健康教育、信息技术教育甚至中医养生教育都开展起来了，通过经典诵读、网上微课交流，通过各种实践把这些学习搞得生动活泼又扎扎实实，这些教学点的教师，将学习内容概括为“三养教育”，既养心、养身又养学。这种校园亦家园、家园亦校园的学习方式，使他们感到其乐融融。

江华芙蓉学校汪海林、聂神銮等青年教师，谈起自己的成长，她们一个个眉飞色舞：“原来以为大学毕业，当上教师，自己就再难有大的进步。没想到，江华教育系统是个更大的学校，教了四年书，比上几年大学收获还大。要说素质教育，这才是真正的素质教育。”

汪海林说，她原先在偏远的大圩镇第二小学工作，任语文学科教师。

几年来坚持在岗学习，用同事们的话说，她业务上完全精通了，到华南师大培训一个多月后，眼界更开阔了。她认为，不能守着书本教学，重点要放在研究学生上。她关注学生的一切，特别是每个学生的情绪上、心理上的变化，坚持每天与学生谈心，为每个学生记成长日记。她给学生写成长日记的做法，也被学校、镇里、县里推广。

沱江镇第七小学教师沱荣江说："我是进城工作，是组织的需要。但其实我的一切都在瑶山里，那里不仅有我的老父老母、妻子儿女，而且还有我不舍的老师、学生。我在那里成长，也在那里成功。那里有特别好的学习氛围。全校 50 多位教师，按着一个节奏工作、学习。教育教学上有个什么问题，谁都会提出来，每个人也会对着这一个问题思考讨论，有的拿出在国、省、市、县培中的感悟或资料出来论证；有的会讲自己的经验。大家经常会争论直至面红耳赤，直到问题解决。"说起这些，沱荣江有些激动，稍微停顿以后，他又说，"来城里半年，虽然还忘不了瑶山里的这一切，但在新学校也感受了这种氛围，大家把工作看得越重，对学习也就抓得越紧、越自觉。"

江华一直注重青年教师的培训，这样才能接好农村教育的"班"。

数据体现：全县 4000 多位教师，30 岁以下教师近千人，被评为校级以上骨干教师、学科带头人、学科把关教师等 200 多人，提拔为学校校长、副校长和中层等管理人员 140 多人。兼职教研员或学科中心组成员，30 岁以下青年教师人数占 63%。

其中，他们的成长除了自己的努力外，还离不开学校、县教育局给予他们宽松的成长平台与舞台，而且还凝集了对他们培养的力度。

江华让青年教师享受培训最大的"福利"，再多也不为过！

培养青年教师，从提高教师的福利开始。

"把培训作为给予教师的最大福利，坚定不移地做好教师培训工作，才能提升青年教师素质，更是促进他们专业化成长的关键，这样才能从源头上提升学校的内涵式管理。"唐孝任说。

近年，江华通过加强青年校长、教师的培训力度。明确学校校长以"教师第一"，大胆启用青年教师，在教育管理、教学专业化引导方面对他们进行指导，促其成长。

针对青年教师专业需要，江华充分利用“国培”“省培”“专题培训”项目，扩展培训空间，实现理论与实践、培训课程与教师专业等多方面的深度融合，有效开展教师学科培训和短期集中培训和名校跟班培训，极大提升了青年教师队伍的整体素质，引领青年教师的成长。

同时，依托江华创新实验学校、沱江镇第一小学两所省级教师培训基地校，在全县范围内开展中小学教师信息技术 2.0 应用能力提升培训。并在沱江镇第一小学、沱江镇第二小学、大路铺镇中心小学等 20 多所中小学校，立足校本、“送教下乡”，开展以“教师阅读与专业成长”为主题、以教师读书研讨为载体的校本研修系列活动，实现了全员培训。

江华关水阁完成小学建立青年教师成长的指导机制，发挥好导师指导与群体互助作用。为他们安排师德好、业务精、能力强的导师，通过“青蓝工程”进行“一对一”的指导与帮助，并在年级组、备课组内构建互助学习与交流平台，营造帮助其成长的环境，使他们在和谐与合作的状态下感受工作、获得自信、积淀智慧。学校还通过以讲座和示范课的形式，从教学计划、备课上课、作业、听评课、业务学习研究、工作总结、规章制度、班级工作、实践活动、主题班会、升旗仪式、家校沟通等系统的体系培训，帮助青年教师走好成长第一步。

原关水阁完全小学、现白芒营镇中心小学校长于流洲介绍，青年教师刚走向工作岗位，不缺教育理论，最缺的是实践经验，校本培训成了青年教师成长的第一课，也成了青年教育专业素养提升的重要举措。

为了让青年教师迅速地适应自己的岗位，江华大圩镇第一小学放手让青年教师担任班主任，培养青年教师处理班级各种事务的能力，磨炼他们的耐心、爱心和恒心。开展“青蓝工程”结对帮扶，通过传、帮、带的方式让青年教师无论是班级管理还是课堂组织能力，都能得到有效提升。指导新教师汇报课、公开课等方式，让他们在磨课、评课的平台中，快速地提升自己的教育教学水平。并且发挥优秀教师示范课作用，让他们通过观摩学习，学会抓住教学的重难点，借鉴优秀教师经验。在教育教学理论书籍阅读方面，对他们进行读书笔记和心得的指导，提升他们的理论学习，帮助他们向名师成长。

码市中学、黄石完全小学、竹市完全小学等是一些最偏远的学校，青年教师入职后有外出学习的机会少。江华根据青年教师专业需要，将培训专家“请进来”，并且还将教师培训计划和校本培训有机结合起来，在师德师风建设、新课程理论、课改理论、班级管理研讨、信息技术等多方面进行培训为教师成长“补钙”“造血”。

为让通过培训成长起来的教师看到希望，有奔头，江华还在评优评先、表彰奖励、进城考试、中层竞聘、突出教师选聘、骨干教师评选等方面提供了公平、公正展示才华的平台，真正享受“培训”带来的最大福利。

江华沱江镇第二小学的青年教师李诗璇工作不到三年，就成了学校的骨干教师。她坦言，每一次成长都离不开“师傅”们的指导帮助，上一堂公开课都要进行三次以上的培训、磨课，在每次培训中都能收获成长。2016 年 11 月，刚入职不到半年的李诗璇参加永州市中小学数字资源应用说课竞赛，她执教的《与象共舞》获得了永州市小学语文组特等奖。

特级教师王崧舟老师上示范课

为有力推进教师培训工作，2016 年 4 月，江华县成功申报为湖南省第二批“国培计划”选项目县，成立了专门的领导班子和工作小组，全面推行“国培计划”“送教下乡”培训。为使教师培训工作适合每一位乡村教师，江华县根据教师报名，将培训专家“请进来”，把参训教师“送出去”和集中培训、分组研讨等方式落实培训工作，让每一位教师服“培训大餐”的“水土”。

湖南省第三批培训师、市级小学语文学科带头人刘宇雁就是小学语文送培团队中的一员，她说：“虽然每次送教下乡都要舟车劳顿，十分辛苦，但是每当感受到乡村老师对送教的渴望，尤其是看到校长在寒风中迎接我们，就觉得这一切都是值得的。”

“让每一位老师都有出彩的机会，”唐孝任说，“培训带来了老师的专业成长，也开阔了老师的职业前景，让老师享受职业的幸福，幸福地从教。”

2016年开始，江华每年都投入资金400余万元用于覆盖幼儿园、小学、初中、高中（职中）四个学段的教师培训，全县4000多名教师每年都能享受培训最大的“福利”，使乡村教师迅速地成长起来，被评为市县级骨干教师、学科带头人、名师等。其中，有112名乡村教师通过培训成长起来，并通过进城考试、中层竞聘、优秀教师选聘等进入县城中小学校任教。

赵付乾就是其中的一员。他原本是江华最偏远的两岔河中心小学体育教师，专业技能上突出，但教育教学方面不够成熟。经过多次培训，赵付乾迅速地成长为一名体育骨干教师，2017年作为篮球专项突出人才选聘到了江华瑶族自治县第一中学。从最偏远的山沟沟里一位普通教师，“冲”进了县里“最高学府”。

在江华县职业中专，老师晋升途径公开透明，用人不唯年龄、资历，只唯能力。“熊首聪老师做事扎实，工作兢兢业业，从教务处干事破格提拔为教务处副主任。”原校长奉天生坦言，“就是要把扎实做事的人提拔上去。”

除入职培训外，江华每次培训都会单列给青年教师，他们的继续教育的年平均学时在52个学时以上。近三年，培训青年教师3000多人次，使青年教师真正做到了在培训中成长。

“成长”成就梦想

“充分依靠教育科研和校本教研，开展教学大比武、教师专业素养大比拼等活动，提升教育教学质量，促进青年教师的专业成长。”这是2021年江华教育局下发到各中小学校一号文件中的内容。

“平台就是舞台，只有为青年教师搭建舞台，才能有效地促进他们的成长。”这是全县教育系统的共识。江华教育局、各学校想方设法为青年教师的成长搭建平台。

江华按照学校预赛、协作片初赛、县决赛、市省展示的分层教学比武模式，保证每一位青年教师都参与到课堂教学比武中来，真正为他们的专业成长提供用武的平台。同时，每次教学比武都是与课堂进度一致，并安排了市县骨干教师对参赛的青年教师进行点评讨论，构建了“校—协作片—县”的三级、多层次、立体化的“上课展示＋研训＋师训”青年教师成长平台。

“通过青年教师比武平台，让更多青年教师找到了自己成长的舞台，近三年共有400多人次40岁以下的青年教师在县级以上教学比武中获奖。”江华教育局教研室副主任张成恩说。

同时，将大圩镇第二小学、江华思源实验学校、江华博雅实验学校等青年教师吸引到“双师教学”“双线英语”“翻转课堂”等项目试点工作来，让他们找到成长的自信舞台，促进专业成长。

罗小春26岁时，被任命鲤鱼塘完全小学校长，工作6年就晋升了中小学一级教师，还获得省教科院小学语文教学比武的二等奖。他说：“自己成长的关键就是教育局提供的成长平台，教学比武，让自己找到了人生的价值，促进了专业成长。”

搭建平台，帮助他们成长，还体现在建章立制上。

近年，江华建立健全青年教师成长长效机制，青年教师培训，青年教师跟班学习交流，师德师风建设等多个机制方案，有效解决青年教师教育教学经验不足，缺少成长平台、舞台，教育信仰不坚定等困难和问题。

蒋金凤是偏远的原花江乡中心小学教师，2017年到教育局跟班学习一年，整个人脱胎换骨。她说，通过跟班学习，个人素质和管理能力提升很多，更重要的是收获了爱情。

现任桥头铺镇中心小学副校长的周贵草，原先在最偏远的码市镇黄石完全小学参加工作，后交流到江华教育局工作2年，成长迅速。“原是在山沟里的学校，视野不开阔，影响了全面发展。交流到教育局后，站位也高了，信仰更坚定了，工作也更有条理了。”周贵草谈到教师交流说道。

共有100余位偏远的青年教师交流到城区优质学校、教育局机关，解决了教师成长中的困难与问题，保证青年教师的成长。

而关水阁完全小学则以宽宏、包容的心态对待青年教师工作中存在的不足与问题，允许青年教师在专业成长上“犯错”。同时，派出优秀教师做青年教师导师，共同分析交流学情与教材，得与感悟，设计教学方案和反思与总结，以循序渐进地的方式传递着可借鉴的经验，从而克难攻关、超越自我。

大圩镇第二小学让青年教师从班主任干起，在专业上为他们提供公开课、教学比武的平台，让他们得到锻炼，快速成长。同时，鼓励他们担任中层管理人员，创造用武之地，激发出他们的干劲、拼劲、狠劲，提升他们的自信度。汪海林就是从班主任做起的一位青年教师，后又因优秀调到江华芙蓉学校任副校长。

码市中学创建了“追梦——青年教师成长工作室”，由校长任首席教师，每个学科优秀工作能力强的任指导教师，设置了思想领引、班主任工作和其他学科工作组，通过“一带一”帮助青年教师成长。同时，开展青年教师读书评比、学术节、教学比武、技能大赛、班主任工作论坛、教师工作论坛等，让青年教师的才华在活动中展现出来，让他们在活动中享受工作、享受成功。

“进入工作室后，自己的管理能力、专业素养都得到了提升，成长很快。”现在在教务处做管理的袁德波说道。

“近两年，通过工作室的引领，共有10多人次参加工作的青年教师获得县教学能手、教学标兵和优秀班级等荣誉。”学校校长李荣胜说，校长们也一直默默践行着这一理念。

在大圩镇中心小学余丽君老师心中，学校是一个充满人情味的地方：

“我和廖书珊老师平时不吃鸡鸭，主管食堂的唐代智老师就特地交代食堂师傅给我们准备其他的菜。”2011年，余丽君来到这里当特岗教师，她说：“其实我的服务年限早已满了，但是我愿意继续留下来。”

关心老师，更要关注其精神世界。

大石桥乡中心小学校长奉前茂深知这一道理：“作为校长，我要守护老师的精神家园，尽量不要让老师做杂事，想尽办法把老师安排好，让老师安心执教。”

奉前茂给我们讲了一个小故事。有一次，一年级一位学生在假期摔伤了腿，来学校后又与同学发生了一点磕磕碰碰，碰到了腿，家长一定要找班主任问责。尔后，他立马找到这位班主任，宽慰并表示，让她不要担心，这件事学校领导替你处理。

江华思源实验学校是一所2015年成立的学校，教师队伍中7名老师是由局里“钦点”的精兵强将，另外18名老师基本上都是应届毕业生，这就需要老教师带他们“走路”。学校主管教学的副校长喻琼是年轻老师的“知心姐姐”。一次，刚入职的青年教师奉老师找她谈心，说自己找不到职业的幸福感，不知道该不该继续当一名老师。听了奉老师的话后，喻琼马上以自己20多年的教学经历劝她：“不要因为别人一两句话就动摇自己的理想信念。”经过一番促膝长谈，奉老师终于找到了自己职业发展的方向。

“青年教师是教育发展的生力军。实施推进教育人才战略，把青年教师队伍建设放到更加重要的地位上来，让他们有专业成长的平台，有施展才华的舞台，有终身发展的空间。同时，创建教育人才培养基地，构建切实有效的富有地方特色的科学的人才培养机制和教师培训培养立体化网络，真正促进青年教师幸福成长、成才。”唐孝任自信满满地说。

一

江华瑶族自治县第一中学教师郑巧：

和许多青年教师一样，她懵懵懂懂地在码市中学工作了五年。这五年就是她的“瓶颈期”。

她起初参加中小学“管理团队执行力”提升培训时，认为自己只是一个普通的教师，也曾抱着得过且过的态度，情感投入不足，学习过程被动。郑巧说，这是一次别开生面的培训，精彩到竟让自己忘却了“躺”在口袋里的手机。

2018 年 11 月，郑巧参加了湖南省乡村学校课改主持人高级研修培训。她不仅惊叹于小组合作模式学习对班级管理的益处，而且沉迷于课堂改革的魅力无法自拔。回到学校后，她紧锣密鼓地在班上进行试点实践。通过不断地摸索和试验，已逐渐形成了一套较为完整的小组合作班级管理模式，并且积极运用于任教班级中。

郑巧很珍惜学习的机会，把每一次的培训心得都当成毕业论文一样来精雕细琢。在这样周而复始的写作过程中，不仅加速了专业化成长，也让她的教育教学有了更强大的理论支撑。

后来，她参加了中华优秀文化涵养师德培训，把握每一次向教授提问的机会，积极与同行沟通与交流，思想的碰撞激发出更多的火花。在她看来，只有将自己的缺点暴露出来，才能得到别人中肯的建议；只有不断修改摸索，才能实现真正的自我成长。

培训为她专业化发展和个体成长提供源源不断的动力。以轻松愉悦的心情接受培训，让培训学习成为一种自觉行动，对自己的职业倦怠心理也是一种调适。在培训路上，她成长的每一步都算数，每一步都感受到成长的幸福。正是培训，让她成长，2021 年 9 月，被选调入江华瑶族自治县第一中学。

二

沱江镇第二小学教师阳运娟：

她成长为致力阅读教学的优秀教师，归功于青年教师的培养；更归功于江华教育局对阅读的重视，不断为老师们搭建学习交流的平台，着力培养一批“江华县阅读种子老师”。

2018 年 9 月 18 日，学校举行“阅读 · 梦飞翔”项目的“阅读开馆仪式”。当天上午，阳运娟上了一堂给低年级讲故事的阅读教学公开课。课堂上，学生积极答问。阳运娟自以为上得不错，却不曾想在下午的培训中，项目的指导老师对这堂公开课指出了诸多不足，也列举了老师讲故事时出现的常见问题，并当场示范讲故事应注重培养学生有效的观察能力，完整的表达能力、理解能力、专注力和推想力。2019 年参加为期四天的“江华县种子老师”培训后，阳运娟才真正理解了“种子老师”的寓意：作为一粒种子，让阅读在江华这片热土上生根、发芽、开花、结果。之后，阳运娟再到长沙、娄底市双峰县学习，参观多所优秀阅读示范学校，并将所学的用在实践中，不断地突破自己、超越自己，从实践中不断地历练、成长。学生的阅读兴趣变浓了，理解能力也提升了，行为习惯和礼仪方面更是大有改变。自信大胆、勇于表达的他们成了学校夺目的风景。学校的书香气息也更为浓厚了，越来越多的学生征文荣获省级奖入选《感想感言》系列书籍中。阳运娟被评为市书香教师、优秀指导老师。

三

沱江镇第五小学副校长罗娅：

2011 年，她通过特岗考试考入江华。10 年来，回想起踏入教坛的一路跋涉，总有许多东西常驻心间，每每想来，无不心潮澎湃。回想 10 年的语文教学生涯，由懵懵懂懂将“课文内容”当成语文课的“教学内容”的普通教师成长为学校的副校长。

2017 年 9 月，罗娅参加县卓越教师精准培训项目。一次美丽的邂逅，她找到了瓶颈的突破口。专家的讲座、课例的研修指导与展示，让她明晰了方向；注重学法，更让她开始努力去发掘每一篇课文独有的“语文价值”，力求课堂的“语文味”。罗娅对语文教学开始有了自己的思考和实践，也开始探索语文教学的生活化，让语文课堂走向生活，让学生与文本产生共鸣。阅读更多的专业书籍，与同伴们相互探讨，从教学实践中的每一堂课做起，积极参加教学比武活动，引领帮助青年教师成长。

10 年的语文教学，从“我到底能做什么”的苦闷，到“我还是能做点什么”的喜悦，再到而今“我是不是还可以做得更好”的努力与自信，看到了自己的成长轨迹。作为一名语文教师享受成长过程是幸福的。

“微团队”抱团成长

2020年，江华县教育局紧扣培养造就高素质专业化创新型教师队伍的战略目标，以提高教师师德素养和业务水平为核心，依据“引领好一方教育，治理好一所学校，管理好一个班级，上好一堂课，打造好一方教育生态”的宗旨，以灵活多样的方式扎实有序地开展县域教师培训。

截至2020年底，虽全县共完成培训项目60余个，但依然无法满足整体县域推进创品质教育师训的需要。

县教育局党组着力解决“我要培”与“现有条件下培训有限”的供需矛盾，从“我要提升”与“提升平台欠缺”的矛盾中抓住“关键少数，用专业的人做专业的事”，提出启动微团队研修项目。

“微团队”是全县精干专业教师组成的精英团队，集教学、管理、研究“三位一体”，是学习、实践、反思相结合的团队。“微团队建设”包含微团队自身专业建设和基地校特色品牌建设。微团队自身专业建设的核心目标是自身专业能力和团队凝聚力的建设；基地校特色品牌建设是在某个领域的特色与品牌建设，还探索学校推进某个领域工作的路径和模式，探索中国县域乡村教育样本。微团队坚持以专业为核心，整合全县专业力量，推动相关课程建设的举措落地，进而推动学校品牌建设。并坚持以召集人为核心，促进召集人自身专业成长和教育价值实现，其实质就是工作室/工作坊建设性质，但较一般的工作室建设形式更灵活、更具主动权。

基于全县教育发展方面的迫切需要，聚焦“五育并举”，经过反复研讨论证，确定了校长沙龙、校园文化建设、师德涵养、班主任工作、双师教学、校本教研、大阅读、音乐教育、心理健康、家校共育、一班一特色、一生一特长、信息化2.0、美术教育、瑶都小数工作室、社团文化、少先队阵地建设等20个微团队研修项目。

江华微团队发展的出发点和归宿：从“有学上”到“上好学”的高质均衡教育发展，突破教育中的重点、难点、痛点，实现各美其美、美美与共；从“行政化”到“专业化”转变，实现专业团队做专业的事，实现行政推动到专业驱动和外部推力到内生动力；从“个人”到“团队”，让教师在团队中成长和更出彩，实现单兵作战到团队共创的转变和名师引领到百花齐放的转变；从“职称”引领到“专业”引领，让每位教师追求“事业”生命，让每个教师有更多人生出彩的机会。

水口中学“双师教学”微团队教师正在上课

江华共成立校长沙龙、校园文化建设、师德涵养、班主任工作、双师教学、校本教研、大阅读、家校共育等 20 个教师专业微团队。每个微团队都确定了一所学校作为实践基地校，县教育局还为每个实践基地学校每年拨发 3 万 ~5 万元的活动经费，激励团队将成果进行示范辐射，引领全县教育高质量发展。

聚人，抱团专业研究

阳华中学教师贺美玉是全国优秀班主任，她主持了“中华优秀传统文化涵养师德”微团队。通过调研，吸引了甘科东、李光富、潘德树等 18 位高级教师和专业优秀校长、教师加入微团队。

“中华优秀传统文化涵养师德”微团队对中华优秀传统文化如何进校园、经典如何进课堂、如何将传统文化与师德相融合和文化经典与传统文化有机融合进行多次研讨，明确了中华优秀传统文化涵养师德要落实好“三化”课程化、课堂化、活动化。

明确“三化”后，“中华优秀传统文化涵养师德”微团队走进河路口中学、大圩中学、鲤鱼塘完全小学等开展“中华优秀传统文化涵养师德”巡回演讲，让每校教师人人上台，人人讲师德故事，人人讲育人故事，并引起了很大的反响。

“为老师们提供了平台，不少老教师反思自己的教育工作，深深感染着每一位听从的教师，达到从中华优秀传统文化中汲取养分，以反哺新时代教学，有效地将新时代教学理念与优秀传统文化，传统文化与师德结合，助力传统文化进校园，传统经典进课堂。”贺美玉说道。

同样，江华“班主任微团队”成立后，并吸收了精英成员、基地校班主任等70余位教师为微团队成员。主持“班主任微团队”的教师进修学校教师潘海珍根据年青班主任缺乏管理经验，针对性地为年青班主任创设了交流学习的平台，做讲座、上示范课、开研讨、做活动等，抱团为年青班主任进行帮助，让他们在家门口就能享受实用、快捷、高效的培训“福利”。

沱江镇第四小学班主任伍秋萍是班主任微团队的成员，她说，加入班主任微团队后，思想上、行动上都发生了很大的转变。尤其是转变了育人的观念，使班级管理工作更细化，更有方向了。

此外，还有校园瑶族文化、“一班一特色，一校一品”、美术、合唱等20个微团队也形成了抱团研究的良好氛围。唐孝任介绍，微团队集中全县教育系统一批优秀专业人才，形成了教研一体化，围绕主持的领域怎么教好、学好、管好进行了研讨，促进江华教育高质量发展。

近两年来，共有500多位教师分别加入不同的专业微团队中来，共申报省、市、县研讨课题100多个，100多位微团队教师获校级以上奖励，100余篇论文发表或获县级以上奖励，辐射带动全县学校打造校园文化，10多所学校打造学校教育品牌，受益学生5万余人，微团队大力量得到彰显。

聚力，抱团专业成长

江华芙蓉学校是“班主任微团队”的基地校，也是一所新建的学校，80%的教师为新招聘的教师。近两年，补充的大批年轻教师，成了学校的主力军。他们虽然朝气蓬勃，充满着热情和激情，但由于初出茅庐，教学经验不足，对于班级管理还是存在着许多的疑难和困惑。

学校校长蒋才国介绍，如果没有“班主任微团队”带来管理班级的“法宝”，学校的品牌创建等工作都是一句空话。

今年新教师培训，基地校充分发挥示范引领作用，“班主任微团队”将“心育主题班会”作为培训内容，并通过送教下乡的方式将“心育主题班会课”送到乡镇学校，推动乡镇学校开发心育主题班会课，强化对学生的育心功能，促进班级管理水平的提升。同时，将“心育与班级管理融合”的主题班会的研发可以作为校本研训的一项重要内容，让班主任在实践中思考，在实践中摸索，在实践中研发。通过“以点带面，以校带校，”的方式，促进江华县“心育与班级管理融合”工作的扎实推进。

“乡村校长微团队”的基地校是码市中学，校长李荣胜作为主持人，多次组织乡村校长就乡村学校的品牌、校园文化进行讨论。同时，还针对某所学校的校园文化的现状进行现场把脉诊断，形成抱团成长。

大石桥中学校长黄渊湘清楚记得，乡村校长微团队把调研现场会开到学校，微团队的20多人齐心为学校的文化建设进行点对点、多对一的诊断把脉，提出建设性建议。如今学校的学校校园文化及特色定位明确，正朝着预定的目标进行。

目前，出台规划和实施方案，明晰研究方向和目标任务，一个专业研究微团队重点打造一个基地校，再以基地校为辐射，带动其他学校和其他微团队成员所在学校的发展。

家庭教育微团队助力家校共育

江华探索出家校沟通交流新机制，实现家庭教育微团队助力家校共育，真正为孩子的成长把脉。

“要孩子改变，首先家长自己得改变，家长做好榜样示范。与孩子商量合理的学习计划，用适当的奖励机制督促孩子养成良好的习惯。”江华县家庭教育线上直播课程中，家庭教育微团队给一位担心批评玩手机到深夜才做作业的孩子，而引发孩子逆反心理的母亲提供对策。

习近平总书记指出，“办好教育事业，家庭、学校、政府、社会都有责任。”党的十九届五中全会强调，要“健全学校家庭社会协同育人机制”。2020

年5月，江华家庭教育微团队成立，20多所学校的校长、副校长、骨干教师等30人加入家庭教育微团队，并与江华家庭教育指导中心整合办公，出台了家庭教育指导性文件，进一步健全家庭教育联动机制，学校切实开展“好家长”学校系列活动，加强家校共育工作。同时，针对留守儿童、隔代教育等家庭教育缺失的情况，开发出文化传承、家教智慧、家风家训为主的亲子家校共育系列课程。还将江华思源实验学校、县机关幼儿园作为基地校。

沱江镇为人社区、思源社区是涔天河扩建工程移民的安置点，留守孩子多，隔代教育成为家庭教育的主流。根据学生和家长的特点，策划了“如何成为智慧型家长”“家庭教育中应对孩子磨蹭的策略”等亲子活动为主题的家庭教育活动。围绕“智慧爱孩子”“修身、睦家、树家风、传家训、立家规”等主题来探讨交流，解决家长家庭教育的缺失所带来的问题，拉近亲子心灵的距离。

“孩子上学六年来，我们母子第一次紧紧拥抱在一起，这次交流活动缓和了我们母子关系。那一刻，我眼泪流了下来，真正感受孩子对我的接纳和依赖，好幸福！”家长赵女士说，“家庭教育送到了家门口，让家长回炉，填补了孩子的亲情课。”

同时，家庭教育开辟新战场，延伸到了最偏远的高寒山区易地扶贫搬迁移民点和农村。江华大圩镇崇江小区里面住着的全都是高寒山区易地扶贫搬迁的移民，他们很少接触家庭教育观念，还缺乏科学的育儿经验，他们很多都是爸妈在外面打工，留下来照顾孩子的大多数是爷爷奶奶。受网络的影响，小区的孩子有的不上课也不写作业，一玩手机游戏就是十多个小时，晚上凌晨两三点钟才睡，下午四五点钟才刷牙洗脸，一天只吃一餐饭，孩子的生活全乱套了。

了解情况后，家庭教育微团队成员直接开课到社区，帮助孩子的祖辈们解决如何与孩子沟通的问题，解决关爱缺失的难题。一次专题下来，李欣（化名）的奶奶热泪盈眶，拉着家庭教育微团队主持人刘宇雁的手说：“我们老人家，只晓得不让他饿着，哪里知道他的成长需要的是父母的陪伴啊！明年，让他爸爸妈妈回来到镇上做事了，孩子的成长最重要。”

同时，与湖南教育出版社合作，开通江华瑶族自治县线上家长学校。

由湖南教育出版社聘请国内知名家庭教育专家开展家长公益直播讲座，在全县范围内全面铺开了家庭教育工作。教育局组织班主任和家长同听讲座，同参加家庭教育线上学习，并对学习情况进行监督、管理与考核。

江华河路口镇中心小学的一位奉姓家长通过线上课堂学习后，在评论区留言："一堂课让我明白了家长应当和孩子一起列好计划，孩子放学回家后应该做些什么，几点到几点干什么，几点睡觉等。有目标、有计划才能助力孩子成长。网上家长学校办得好，让我们家长在家里也能听讲座，学习正确的育人方法，真好。"

线上家长学校不定期开展家庭教育讲座，并将录制课堂推送到"江华教育"公众号上，让家长随时可以参加线上培训。

"'家校共育'试点，深入社区、农村专题家庭教育讲座和线上家长学校等，打通了家庭教育最后一公里。"江华教育局分管家庭教育的负责人伍守亿说道。

据了解，家庭教育微团队先后到沱江镇第一小学、水口镇中心小学、沱江镇第四小学、博雅实验学校、春晓社区、为人社区、思源社区等 20 余个社区（校）开展家庭教育讲座、团建活动、隔代教育、防性侵教育等活动，共举办家校共育主题式讲座 20 多场、团建活动 30 余场，大型亲子活动 10 余场，家长完成心得 100 余篇，受益家长 40 余万人次。

"以微团队为载体整体区域推进家庭教育，解决县域内的家庭教育的瓶颈，探索出家校沟通交流机制、家长参与学校教育教学、家校合作制度，形成了家庭、学校、社会、政府合力教育模式。"江华教育局分管家庭教育的负责人伍守亿说道。

班主任微团队助力班主任成长

"班会与心育融合，进一步提升班级管理水平……"江华县"班主任微团队"团队开展"心育与班级管理融合"主题班会课堂交流时，纷纷表示。

2020 年 5 月，江华县"班主任微团队"成立。通过调研，确定了江华芙蓉学校为基地校，并明确以研发主题班会为目标，通过开展专题讲座、班主任疑难解答、主题班会研发与试教、主题班会展示汇报等提升班主任教育专业水平和能力。

江华芙蓉学校是一所新建的学校，青年班主任多，青年班主任已成为学校的主力军，但班级管理经验欠缺成为青年班主任的瓶颈。70多位优秀的精英团队和班主任、教师加入班主任微团队，并为年轻班主任创建交流学习的平台。同时，确定了讲座、上班会课、做研讨、如何上主题班会等活动，帮助青年班主任拓宽了工作思路，让青年班主任在家门口就能享受到团队带来的实用、快捷、高效的培训"福利"。

班主任微团队通过班级管理等系列帮助与培训，手把手对班主任进行培养，在思想上、行动上转变了育人观念，使班级管理工作更细化，更有方向。

"加入班主任微团队后，提升了班级管理的水平，促进了自身的快速成长。"江华芙蓉学校青年班主任毛瑶感叹地说，"一堂精彩、成功的主题班会课，能直抵学生的心灵深处，引起班集体成员的触动或共鸣，为孩子们的成长补充更好的思想营养。"

目前，江华"班主任微团队"研发主题班会课16节，用心打造了4节精品主题班会课，目前共收集16节主题班会课教案，16个课件，4节优质主题班会录像课。

2015开始，江华按照"七有五融合"模式整体推进心理健康教育。心理健康教育的专职、兼职教师有限，工作自然就落到班主任身上。2021年上学期，潘海珍在调研过程中发现班级管理中缺少适合不同年龄段的心育课程。班主任微团队成员拧成一股绳，就如何整合班会课资源，有效探索出"心育与班级管理融合"主题班会课堂进行了全面的研讨交流。最后，决定借助县中小学心理健康教育指导中心，以基地校为实验校全力研发适合小学阶段的心理健康教育主题班会课，并明确"心育与班级管理融合"与芙蓉学校"八育君子"办学方向相一致，与"办一所纯洁的学校"相融合，开发的班会课堂要与学校办学相结合，要与道德与法治、班会、其他学科渗透，要符合学生的身心发展特点，还明确了研发负责人，制定了方案和安排了每月工作等。

为让"心育与班级管理相融合"工作落地，2021年3月召开的推进会上，班主任微团队从一堂经验分享课，两堂心理健康教育示范课入手，引导参会人员和微团队成员开展集体研课、磨课活动，引领与会班主任学会设计和开展心理健康教育主题班会课，让“心育”真正地融入班级管理，让班级变得更和谐、更美好。同时，还进行小学青年精英班主任班级管理能力提升培训暨班主任微团队心育主题班会展示活动。在展示活动中，通过上“心育”主题班会示范课，进行课堂现场考核，增强实操性，推动“心育”主题班会课的设计与运用。还充分发挥基地校的示范引领作用，借助送课下乡，实现“以点带面，以校带校”，促进全县“心育与班级管理融合”工作的扎实推进。

截至 2021 年 9 月，已经完成《合作力量大》《高效记忆趣味多》《学习生活两不误》《风雨过后花儿更美丽》等 10 堂小学年级“心育与班级管理融合”的主题班会课堂研发，通过送课下乡的方式，在学校和小学、初中班主任培训等活动中进行示范展示。

“班主任微团队给所有队员提供了相互学习、相互切磋、共同讨论的大平台。每个人都可以尽情地施展才华，给别人传授经验，学习别人的经验，将方法与经验运用到自己的班级管理中，成为教育界中的行家里手。”班主任微团队负责人潘海珍自信地说，“将通过一年研发、两年成型、三年全面推广的方式，推进‘心育与班级管理整融合’的工作！”

班主任微团队成员江华芙蓉学校青年班主任张彩说：“班主任微团队为自己搭建了一个吸收经验、相互学习的平台，增强了自己的职业幸福感，促进了自己的专业化发展！”

“培根铸魂”，启智润心

“在国旗下齐唱《义勇军进行曲》和《团结就是力量》，并开展宣誓，讲红色故事。”这是江华县教育局机关全体干部职工每周一开展的培根铸魂活动。

2018 年以来，江华教育局机关创新干部职工的理想信仰的教育方式，开通了机关广播，每天早、中、晚播放新闻、红色歌曲，还在每天上午开展工间操，全体干部职工都走出办公室做工间操进行运动，放松身体，调整工作压力。同时，还建成了“三为书院”干部职工书屋，配有沙盘游戏治疗室、心理放松室、心理辅导室，为干部职工提供了良好的读书和放松心理的环境。

2021 年 3 月以来，江华教育局机关全力推进亮身份、唱国歌、唱革命歌曲、学理论、践准则、争先进、讲故事等“七个一”活动，为全体干部职工培根铸魂，提升精气神，坚定信仰。党员佩戴党徽、工作牌，非党员佩戴工作牌上岗；每周一早上全体干部职工面对国旗唱国歌和《团结就是力量》，宣誓、讲红色故事等，还充分利用广播系统每天早、中、晚播放革命歌曲，让理想信念扎根心中。同时，为推进理论学习，还通过党史、党纪法规、马克思基本理论、法治建设、教育等 5 个理论专题，用理论武装头脑。并对每周对全体干部职工的作风进行通报，在每次主题党日活动中重温入党誓词、评选每周之星等，倡导争先进、学先进的良好氛围。

“当前不少同志缺乏精神食粮，内心空虚，在教育局开展的干部职工‘七个一’培根铸魂活动，就是以局机关干部带动全县教师培根铸魂，从而在全系统中推进培根铸魂，完成对全县孩子进行培根铸魂的目标。”唐孝任说，“促进干部职工活起来，提升精气神，坚定教育信仰!”

不光是教育局机关干部职工，全县所有中小学校幼儿园也纷纷为老师们提供良好的读书环境，建成了书吧、书屋、书院，每天早中晚播放红色歌曲，开展“七个一”培根铸魂活动。

在江华，一大批扎根教学一线的教师，用情怀与信念“培根铸魂”，使学生们感受到教育带来的幸福：

曾宪英给来理发的学生围好围布，她的技术没什么花样，标准是不超过三厘米的“平头”。虽然她的店面是露天的，但是找她理发的人多到排着队，把她的闲暇时间都预约满了。这一幕发生在江华县花江洞完全小学。曾宪英是这所学校的校长，学校里大多是留守儿童。涔天河水库扩建后，曾宪英原来工作的花江中心小学拆除，她和丈夫自愿来到这里教书，上课之余，她帮学生理发、洗衣服、洗澡、煮饭等，照顾孩子们的起居，被学生称为“校长妈妈”。

曾宪英高中毕业后留在花江乡（现并入涔天河镇）教书，如今已有 35 年。她的教学能力强，从代课老师到小学校长到学区主任，2015 年获得“湖南省最可爱的乡村教师”提名奖。

19岁时，曾宪英曾希望通过读书走出大山，但高考失利。她有很多次机会可以调往县城，却选择了放弃。用35年的时间坚守在这里，把更多的孩子“托出大山”。

“在山区工作了30多年了，对农村孩子有着特别深厚的感情。看着孩子们好，自己就有成就感。”曾宪英说道。

湖南省最美乡村教师提名奖、大圩镇鲤鱼塘完全小学老师廖艳萍，1994年从零陵师范毕业，分配在江华县两岔河乡小学任教5年后，调入现在学校。一直坚守在山区，她说，“学校就是我的家。在困难时，虽然病痛缠身，但有学校领导、同事的关心，面对学生一张张天真可爱的笑脸，就觉得无比幸福与快乐。”

邓务姣和孩子们在一起

全国优秀教师、江华瑶族小学教师邓务姣扎根大瑶山35年。多次放弃进城工作的理由是大山里的教学相对落后，更需要老师的引领，留下，才能让更多大山的孩子走出大山。

35年的坚守，迎来送往。“我和大家一样普通，虽然自己所教的学生遍布各行各业，好多已经在单位当领导。获得优秀班主任、优秀共产党员等这些荣誉远比不上学生有出息而感到的幸福。”谈起学生，邓务姣一脸的幸福。

2014年7月，贺仁丽辞去岳阳残联康复中心康复教师工作，通过特岗教师招聘考入江华特殊教育学校。贺仁丽先带领孩子们观察高年级学生的坐姿，让他们有形象的感知，随后再讲清要领，给予示范指导，纠正不正确的姿势，这样天天练习，大部分学生养成了良好的坐姿习惯。同时，贺仁丽每堂课前都采用正强化训练，边念“小手放好，小脚并拢，小眼睛看老师”边作出正确动作，并随时注意学生的行为，坐得好的同学给予奖励，经过多次反复的强化训练，不正确的坐立姿势逐渐转化过来了。

每一朵花都有它绽放的理由，每一个生命都有她存在的价值。贺仁丽激动地说:“特殊教育，最能够吸引我的是伴随‘折翼天使’共同经历从幼稚到逐渐成熟的生命历程中，我同样也体验着成长的艰辛与欢乐。”

2020 年 2 月疫情防控期间，江华教师进修学校教师刘宇雁用智慧与坚守通过“网络线上”教师培训给老师和家长们传递着幸福，被誉为抗疫中“网络线上”传递幸福的使者。同时，她还加入了家庭教育公益课堂录制，观看人数超过了 1.3 万人次。疫情防控期间刘宇雁帮助了近百位孩子解决了心理、学习行为等问题。刘宇雁说:“在防疫特殊时期，给家庭、教师、孩子传递幸福，就是自己的幸福。”

学生第一：花儿朵朵向阳开

因为春天，花儿旺盛生长；因为阳光，花儿绽放鲜艳；因为有老师，花儿满园春色！

2018 年 7 月 22 日晚，湖南省会长沙音乐厅内灯光璀璨、歌声悠扬，德清“快乐合唱 3+1”公益音乐会正在举行。身着鲜艳瑶族服装的江华瑶族自治县沱江镇第二小学“梦飞翔”合唱团演绎了具有浓郁瑶族特色的《我们瑶山小杉苗》等歌曲，赢得了观众阵阵掌声。

2021 年 7 月 19 日，江华县阳华中学“唯爱心米多多”合唱团登上中国合唱协会在上海举办的“光辉的旗帜，同唱中国梦”第十一期魅力校园合唱节舞台，通过角逐荣获二等奖。

2021 年江华瑶族自治县中小学艺术节展演

江华瑶族自治县第一中学、创新教育集团本部、沱江镇第二小学、码市镇启汉小学等 20 余所学校被评为全国青少年足球特色学校、全国学校体育工作示范学校。

今年 5 月 8 日，乡村教育“江华模式”全国现场推介会的汇报展演中，沱江镇第一小学的原生态合唱《瑶家娃娃颂党恩》、沱江镇第二小学的舞蹈《瑶山里的幸福娃》、创新集团本部校区和阳华集团本部校区等的情景剧《手捧鲜果献亲人》等节目，让人置身于歌的海洋、舞的故乡，还得到了700多位与会教育专家的高度赞许！

2016年，江华结合实际关注孩子的身心健康，关注生命的真谛，为孩子提供健康成长的舞台。启动“四声校园”，即琅琅的读书声、动听的歌声、悠扬的琴声、愉快的欢呼声，让孩子在校园中享受幸福。

扫码观看

《瑶山飞歌——快乐合唱为“四声”校园添魅力》

合唱走进春天

2016年5月，德清基金会“快乐合唱3+1——乡村中小学合唱艺术推广”公益项目落户江华。按照学校每期举办建班制合唱比赛，全县每年举办一场高水平的合唱比赛等“八个一”活动，通过以赛促学的形式“倒逼”学校合唱纳入社团活动和进音乐课。2017年，在全县推广，让片区合唱“赛”起来；今年，全县合唱“亮”起来，唱欢了师生……

如今，全县所有中小学校按照每班20~40人，声部二声部以上，钢琴或电子琴伴奏的模式开展建班制合唱。全县10万多名中小学师生全员参与合唱。

学习，成长，酝酿……让孩子们都爱上合唱，用歌声唱出了自信与快乐！

为了提高音乐教师的合唱水平，江华县教育局成立了教师合唱团，除文件规定合唱团特定的训练时间纳入继续教育学时外，还在人力、物力、财力上大力支持，以促进合唱在学校校园唱响。同时，为了更好地提升合唱的质量，江华教育局明确了合唱比赛人数控制在20~40人、声部要二声部以上、要用钢琴或电子琴伴奏。并且德清基金会还派出指挥专家、合唱专家，深入江华进行合唱与指挥专题讲座、合唱训练营、面对面指导等方式，助力江华合唱，将合唱理念根植于每个学生的心中，将合唱技巧运用到每个老师的训练中。

瑶山飞歌合唱节

河路口镇关水阁完全小学是一所上伍堡平地瑶族聚集的学校。学校充分挖掘瑶族语言、音乐特点，创作改编出了合唱曲目《物语》《来嘞香》，逐渐地，师生们都爱上了合唱，爱上了瑶歌，让瑶歌也能唱出“合唱风”，孩子们唱的瑶歌回荡在校园中。

沱江镇第一小学将江华本土瑶歌《湖南江口插条牌》作为合唱曲目，排练老师赵娟遵循瑶歌特点创编了二声部，民族元素和合唱元素的有效结合使瑶歌注入了新的生命力。

江华结合实际将瑶族长鼓舞、瑶歌融入“快乐合唱”中，提高了合唱活力。目前，沱江镇第一小学、大圩镇第二小学、码市中学等近 40 所中小学都聘请了长鼓舞艺人、梧州歌王等手把手教孩子们学习瑶族文化，让瑶族文化真正融进合唱中，实现瑶族文化在校园的“活态”传承模式。

大圩镇第二小学“国家级长鼓舞传承人”赵明华的儿子赵旺生老师

主动教孩子们跳长鼓舞，并改编成长鼓操。在合唱比赛中，学校把长鼓操融入合唱演出中，使其充分展现了瑶族文化的魅力。

沱江镇第一小学合唱团参加第七届中国童声合唱节

为了提高音乐教师的合唱和教学水平，从全县遴选了音乐基础扎实、声音功底强的教师组建了合唱团，并纳入继续教育学时，用文件形式特批了时间。同时，邀请湖南师范大学合唱指挥专家、合唱专家对全县音乐教师进行合唱与指挥专题讲座、合唱训练营、面对面指导等方式，助力江华合唱。各学校每期举办一场高水平建班制合唱比赛，并在人力、物力、财力给予倾斜等推进校园合唱活动，通过以赛促学的形式“倒逼”学校合唱纳入社团活动和进音乐课，将合唱理念根植于每个学生的心中。

“江华的合唱，从动员到自主，从业余到专业，从单声部到多声部钢琴伴奏，从‘抓鸟’式的指挥到有模有样规范的指挥转变，演唱、指挥、伴奏都让所有人耳目一新，让人惊叹不已！”负责江华县合唱帮扶的衡阳师范学院音乐许孔轩教授说：“三年，见证了江华合唱的成长。”

白牛山完全小学地处白芒营镇西北角处，紧邻广西富川，离县城60多公里，典型的小学校。指挥刘洁每次都认真钻研思考合唱、从中吸取经验教训，常思考：怎样才能让没有音乐基础的孩子们学会合唱，唱好合唱。并在和声方面进行精心设计，在训练中用通俗易懂的语言和生动的比喻去引导学生，使看起来神秘、深奥的合唱变得浅显、接地气。伴奏老师陈敬珍是位数学老师，仅凭借着师范学的弹琴基础，苦练了一个月。最后，白牛山完全小学的《登鹳雀楼》夺得白芒营赛区的头魁。

还有位于岭东的蔚竹口乡中心小学。自涔天河水库扩建以来，学校与外界相通的路还没修好，并允许这些交通不便的学校不参加这次合唱比赛。但蔚竹口乡中心小学克服重重困难，参加了合唱比赛。排练合唱的罗福艳是位几个月大孩子的妈妈，她选择了学校新谱的校歌《爱的港湾》。从学校到大圩赛区要转两次船，再转一次车，一路颠簸三个多小时。"或许因条件限制，唱得不够专业，但是唱出了学校的精气神。"校长赵文江说道。

"'快乐合唱'让孩子们久违的歌声，快乐的欢呼声，重新回荡在校园里。"江华教育局体卫艺股长叶爱英欣喜地说道。

据悉，德清"快乐合唱 3+1"公益项目在江华落户近 4 年来，充分激发了学生对艺术的热爱和追求，推动了江华县中小学艺术教育的改革和发展，并融入了江华独具特色的瑶族文化，促进打造江华特色的民族品牌教育。

赵娟：让瑶歌合唱成为最美的风景

"缺牙耙，挑根耙，种颗瓜，攀上松树叉，摘个吃，摘个留着过家家……"江华瑶族自治县沱江镇第一小学校园里回荡着天籁般的原生态童谣改编的瑶歌独白。顺着韵律来到音乐教室，一位盛装瑶族服装的阿妹，正全神贯注地给孩子们教瑶歌合唱。

这位阿妹名叫赵娟，是学校一名音乐老师。2006 年来，她执着瑶歌瑶舞等瑶族文化传承、推广，创编课间操"第一套瑶族长鼓操"，合作出版了作品《江华民歌民舞集》。如今，她又在合唱教学中种植瑶歌合唱"最美的风景"。

走心，在原生态瑶歌中寻找合唱元素

2016 年，江华在全县中小学全面推广快乐合唱，倡导班班合唱、校

校合唱，人人唱歌。赵娟内心深处看到了音乐教学和合唱的春天。同时，她的心里也有了新的想法，打造好瑶歌合唱品牌，让孩子们在合唱中传承瑶族文化，让社会更多人士了解和知道瑶族文化。

为让孩子们合唱瑶歌有质的提升，赵娟外出参加培训，学习合唱训练专业知识，并开始寻求最适合孩子们的合唱技巧和推介瑶族文化的实践路径与方法。

赵娟利用暑假和双休日下乡深入农村采风，广泛收集民间原生态瑶歌。白天，她扛着摄影机跋山涉水，一村挨一村、一户接一户收集采访，向民间原生态瑶歌歌手、瑶歌专家学习、请教，通过录像录音收集整理瑶歌；晚上，她则在家里用简谱整理、记录。一年多时间，她整理记录出全县各地的过山瑶歌、平地瑶歌和山歌40多首，并与他人合作出版了作品《江华民歌民舞集》。

“这本集子成了进行瑶歌合唱的教学蓝本，也为她将瑶歌改编成孩子们合唱曲目提供了源泉。”赵娟说，“从瑶族民间歌曲中寻找合唱元素，必须走心。当孩子们在舞台上用合唱的形式来表演唱瑶歌，内心都是那么激动。”

合唱中，身着绣着绚丽花边瑶族服装的孩子们，一张张天真可爱的笑脸，一个个活泼的身影，一声声稚嫩的瑶歌，仿佛就是在青山绿水间唱着瑶歌，和着瑶舞，诠注着瑶歌的魅力。

倾心，探索瑶歌与合唱的融合点

本学期，学校瑶娃合唱团幸运地被选中参加全国最高级别的合唱比赛——国际合唱节！赵娟接到任务后，全力冲刺备战比赛。

在一次训练中，赵娟发现从民间收集上来的瑶歌虽做了一些改动，但仍然不适合在高规格的比赛中演唱。

于是，赵娟着手对瑶歌进行二次创作。她精心挑选最能展现孩子天性的《长先拜》《缺牙耙》等两首瑶歌，并对曲目进行多次创作。

《长先拜》系过山瑶曲调，她运用其歌曲中引子和尾声曲调，加入和声，体现瑶山云雾缭绕的清晨；运用童谣《缺牙耙》独白部分，体现瑶山孩子天真无邪的性情，中间部分采用瑶歌中的讲歌腔元素，再加入了和声。这样，经过不断反复地修改和完善，足足9页的瑶歌曲谱终于创作完成了。

“拿着完成曲谱的那一刻，我激动了好久。作为瑶山本土教师，教会孩子们唱瑶歌，唱瑶歌合唱，是一种幸福，是一种成就。”赵娟说道。

执着，让瑶歌合唱成为“最美的风景”

“最难的是受现代文化的影响，现在孩子几乎都不会讲瑶话了。真正的考验是瑶歌的排练。”赵娟内心感到无助。

之前学习的瑶歌派不上用场。教会孩子合唱新瑶歌，首先要教会孩子们歌曲中瑶语的发音。

会讲瑶话本来是赵娟的强项，可在一字一字教授孩子们学习瑶话时，每个字的发音到了孩子们口中，却全都变了味。几天下来，一无所获。

“这首瑶歌时长足足6分钟，没有任何伴奏，真正的原生态瑶歌，对孩子们的音准要求特别高，孩子们又出现发音不准的问题，常常在训练中跑调。有时纠正一个音，都要练习十多遍，这真让人抓狂。”但赵娟没有放弃，每天利用课间操、中午以及下午放学后的时间组织孩子们排练，但始终没有找到孩子们演唱瑶歌的最佳状态。

赵娟（左一）与合唱团的孩子们在一起

此时，赵娟把眼光瞄准了原生态瑶歌专家。在专家的指导下，赵娟找来了大瑶山里民间最原始的打击乐器——掏空的小树筒、大树筒以及大竹筒，并邀请了几位了解音乐的学校领导、老师为瑶歌合唱伴奏。孩子们果然在打击乐器伴奏中找到了瑶歌合唱的乐感。

也正是赵娟对瑶族文化的执着，沱江镇第一小学先后被评为国家首批中华优秀文化艺术传承学校，湖南省少数民族文化传承示范基地，中央广播电视台、湖南卫视等多次推介。她指导的《百鸟朝凤》瑶歌合唱、舞蹈《瑶山人龙》等一大批艺术作品获省、市一等奖，还被教育部选派参加“华夏园丁大联欢——2009 澳门之旅”活动。

“瑶歌合唱已经成为一道合唱教育‘最美的风景’，在充分展示瑶族文化的魅力的同时，也让孩子们在传承瑶族文化中快乐成长。”江华教育局体艺卫股长叶爱英说道。

扫码观看

《江华阳华中学唯爱心米多多合唱团唱响全国》

快乐足球踢得欢

2016 年，江华全力推进快乐足球进校园，通过每年一次的校园足球联赛，促进足球特色学校的创建，全面提高全县中小学生的体质健康水平，推进“四声”校园建设，培养德智体美劳全面发展的社会主义建设者和接班人，激发学生拼搏和团队精神，普及和推广校园足球运动。

同时，通过各中小学校对足球的重视，打造市级、省级、国家级足球特色学校，让学生爱上校园足球。鲤鱼塘完全小学、启汉小学、江华瑶族自治县第二中学、水口镇中心小学、沱江镇第二小学、水口中学等一批学校被评为“全国青少年校园足球特色学校”。

“传过来，给我！好的，进球了……”江华大圩镇鲤鱼塘完全小学里，孩子们正在踢一个用废纸拧成团，再用透明胶粘成的“足球”，孩子们玩得不亦乐乎！

孩子们在开展校园足球赛

这所小学距离江华县沱江镇 90 多公里，是一所典型的山区学校，这里的孩子对足球有着一份令人动容的执着与热爱。

“这个纸足球既可以练习球技，又可以供他们玩耍。”大圩镇鲤鱼塘完全小学足球教练伍晶晶，谈起自己带着孩子们动手做纸足球、踢纸足球的故事，眼神里透着兴奋地说道。

体育课上，伍晶晶把孩子们带到校外闲置的农田里。欧高宏是球队里技术最好的球员之一，腼腆的他到了这个天然的足球场上，竟完全像变了一个人似的，队员们称他为“进球机器”。

“学校没有专门的足球场，只有篮球场，而且全是水泥地。每次体育课，我都会带孩子们到校外不远的闲置农田踢球。”伍晶晶坦言，“在农田里踢球，主要是可以减少学生在剧烈跑动过程中造成的摔伤和擦伤。”

“有一次在电视上看中国队与日本队比赛，中国队最终以一球之差输了，这刺激并坚定了我踢好足球的决心。”欧高宏谈起自己为什么喜欢足球时说，“就是想进国家队，当前锋，进球，赢日本队。”

每学期开学不久，学校 5 人制足球队都会招收女队员。2018 年，六年级学生黄晨艳抱着试试看的心态报了名，结果顺利入选。

“和男队员抢球时，感觉他们总是‘耍’女生，但这也最能提升我们的技术。”黄晨艳说道。从来没有踢过足球的黄晨艳，凭借过人的天赋一下就占据了球队主力后卫的位置，每天跟着男同学在球场上摸爬滚打，让她的女汉子气质更加威猛。

2017 年 5 月，江华县举行首届中小学生足球联赛，鲤鱼塘完全小学代表队宛如横空出世的黑马，一路所向披靡，小组赛以 17:2 的成绩昂首挺进决赛。在决赛中，遇上大雨，装备落后的鲤鱼塘完全小学代表队穿着不防滑的普通球鞋上阵，队员们频频跌倒造成失误，最终不敌对手，以 1:2 的成绩获得亚军。

“孩子们都很喜欢足球，足球不管是个小的还是个高的都能踢。现在一到大课间，孩子们就尽情享受足球带来的快乐。”时任鲤鱼塘完全小学校长表示，“通过这次足球联赛，我们认识到，要从足球文化的高度去打造足球队，让孩子们在享受足球运动的过程中，有一个更广阔的发展空间。”

扫码观看

《江华：山沟沟里足球队，好样的！》

扫码观看

《江华：山沟沟里的足球队全胜夺冠》

伍晶晶：让大瑶山冲出足球“黑马”

“快，逼上去，射门……”每天放学后，江华县大圩镇鲤鱼塘完全小学的足球场上，校长兼体育教师伍晶晶，带领他的学生足球队鏖战正酣，引来众多师生围观和阵阵喝彩。

说起学校的足球队，大家最要感激的人，是伍晶晶。学校以前不仅没有足球队，而且多数孩子甚至连足球都没有见过。

2015 年 9 月，伍晶晶通过特岗教师招聘考试，来到鲤鱼塘完全小学任教。刚到学校，足球专业毕业的伍晶晶并没有如愿以偿的教上体育课，而是担任语文教师。伍晶晶多次向学校领导表露想建立学校足球队。

“小伍，你如果真有决心，我和学校都支持你，学校的‘一校一品’就定为校园足球，由你负责！”时任校长对伍晶晶说道。

伍晶晶非常高兴地接受了这个任务，可是理想和现实却有很大差距。

“对于多数山区孩子来说，足球很陌生，学校也没有足球场地，怎么把校园足球队建起来呢?”最初，伍晶晶深感“压力山大”。

没有足球场，伍晶晶就利用课余时间，带着爱好体育的孩子们，到操场上刨石块、挖土、填坑，平整场地、定点划线。

一个多月的辛勤劳动，硬是把一块长着杂草的荒地平整成足球场。伍晶晶又动手制作了球门，一个简易足球场终于诞生。

场地有了，却还没有足球。最初，伍晶晶和学生一起动手，用稻草、杂物自制“足球”试着踢，学生们居然也踢得津津有味。几天后，校领导从 90 公里外的县城，买回来了几个足球，孩子们这才踢上真正的足球。

山里孩子，其实都是好动的。学校有了足球场和足球，孩子们都跃跃欲试。一时间,校园里掀起了踢足球的热潮。看到孩子们对足球的热情，伍晶晶欣慰地笑了。

很快，足球队建立起来了，训练方案也制定好了，训练课程已扎扎实实地进行着。

后来，学校下决心建起了水泥足球场。相比最初的简易足球场，水泥足球场平整多了，可是硬的水泥地使学生容易受伤。怎么办? 伍晶晶想了一个办法，把学校周边的闲置农田变成了天然足球场，这样就能有效地避免剧烈跑动造成的摔伤和擦伤。

“农田土质柔软，对学生身体可起到一定的保护作用。”伍晶晶耐心地说道。

功夫不负有心人。如今，在鲤鱼塘完全小学，足球已成为学校的一大特色，喜欢足球的学生越来越多，足球队的水平也越来越高。2017 年 5 月，江华举行首届中小学生校园足球赛，鲤鱼塘完全小学队以全胜战绩挺进决赛，决赛中荣获第二名。2018 年 5 月 20 日，全县第二届中小学校园足球赛再燃战火，鲤鱼塘完全小学队一路过关斩将，一举夺得冠军。

深山里的一支小足球队，很快成为全县校园足球中的一匹“黑马”，从而引起了社会的广泛关注。谈到下阶段工作时，已经成长为校长的伍晶晶自信地说:“要将学校打造成校园足球示范学校，创建学校特色品牌。”

最是书香能致远

一个人的精神发育史，就是他的阅读史；一个民族的精神境界取决于这个民族的阅读水平；一个没有阅读的学校永远不会有真正的教育；一个书香充盈的学校才会是一个美丽的学校。基于这种认识，2017 年，江华引进“阅读·梦飞翔”项目，在全县中小学全面推广阅读，提升师生素养，让校园充满琅琅的读书声。

抓阅读，从顶层设计开始，教育局成立了阅读办，选调了一位高素养的专业人员任办公室主任，全力负责全县阅读教育。学校层面压实校长责任，明确校长是学校阅读工作的第一责任人，实施了校长每学期研读一本教育专著、每周写一篇教育反思、每季度开一期校长论坛、每年暑假进行一次教育学心理学考试、每期进行一次听课和一次评课、举办一次深度融合的研修培训等“七个一”工程，并就阅读专项工作，教育局每年对每位校长培训两次以上。先后出台了《江华县教育系统加强阅读工作的实施方案》《江华县教育系统阅读文化建设三年行动计划》等文件，并通过以奖代补的方式，鼓励全县所有学校开展大阅读。还编印了《江华县阅读工作指引》，在阅读习惯养成、阅读课模式、读书笔记、阅读氛围建设、阅读考核评价等方面做了详细具体的专业引领。

同时，尽全力做好阅读工程的保障工作，成立了阅读工作领导小组，阅读工作指导中心专注更好地抓好阅读。对学校阅读文化建设也作了硬性要求，明确了无条件的学校教室建设图书角，走廊、过道、楼梯下建图书柜；有条件的学校建立阅览室，按要求配置好图书。建立了阅读种子教师团队，由县阅读办统筹安排，并将阅读种子老师团队职责进行专业引领，统筹教师团队职责是管理协调各项工作。并派出专业人员到学校进行阵地建设、队伍建设指导，同时发力，推进全县阅读工作挺进纵深。在资金方面，为建馆（图书馆）学校以奖代补方式进行 5 万元奖励，用于建阅览室、添购图书等，并对阅读工作出色的学校实行每校奖补 3 万元，确保阅读工作所需。

学校按照统一部署要求，实施“学校建设完善好图书室，教室建一个图书角”“班上每天开一节不少于 30 分钟的阅读课”“每周上好一节阅读课”“学校每月举行一次读书报告会或交流会”“学校每期举办一次读书评比活动”“学校每年举办一届读书节”为主的“六个一工程”模式推进校园阅读。同时，对教师读书也列出了8项规定：每期读1~2本县教研室的推荐必读的书籍；学校每期组织教师读书交流会2~3次；教师每年订阅一份教育教学类杂志；充分利用双休日、节假期，静心读好书，诵经典，品名著，充实自我；每月至少撰写一篇读书笔记或教育随笔；积极举行读书笔记交流、读书知识竞赛、经典诗文诵读、读书典型事迹宣讲等读书交流活动；与学生“同读一本书”“同背一首诗”；建立“师生读书日”制度，一学期集中半天时间，进行“师生读书日”。

为全面推动全县阅读工作的开展，注重典型引路。2017年10月开始，着力建设大圩镇第二小学、沱江镇第二小学、水口镇中心小学、大石桥乡中心小学、江华思源实验学校等5所阅读项目示范学校，经过打造，这五所学校在阅读场馆建设、图书资源配置、阅读教师培训、阅读课模式、阅读评价考核等方面，都有成熟的经验积淀，可以带动辐射全县阅读工作的开展，为抓好典型示范校建设，组织专家对学校领导、老师、家长进行分层培训，每期对学校进行两次以上的专项视导。

借助中南大学、“阅读·梦飞翔”慈善文化关怀基金、上海浦东泉蒙阅读文化交流中心、湖南践行国学公益基金会等引入阅读教育项目，借项目派来的阅读专家之力，实施专业引领，共培养种子选手近100名，为乡村学校的阅读工作注入了新的血液，提升了校长和老师们的阅读工作能力和精神境界，开阔了视野，为学校的阅读工作增添动力。尤其是与中南大学签订了“优秀传统文化涵养师德”项目协议后，江华的阅读工作更是如虎添翼。

同时，将阅读工作纳入全县教学常规管理范畴，每月学校自查，每期教育局进行一次以上全面检查。按照阅读工作考核细则，每年度对学校阅读工作进行年终考核评估，考核结果列入年度目标考核内容，占比5%。对考核达到“优异”等级的学校实施奖补。对考核优秀的教师，颁发荣誉证书，进行鼓励。

“最是书香能致远。”教育局局长唐孝任不仅带头读书，还着力于推进书香校园建设，全县开展大阅读。全县形成了从局长到局机关干部职工，到学校校长和教师，再到每位学生和家长，人人都阅读的良好氛围。

特色 + 特长 = 成长乐园

2020年开始，江华以“一校一品”“一班一特色”“一生一特长”“一师一专长”为抓手，做到因校、因班、因师、因生制宜，做到因材施教，让学生快乐成长。

大石桥乡中心小学的“红色”教育品牌、江华县职业中专的“五心”德育特色品牌在全省产生广泛影响。上游完全小学、涛圩镇中心小学、沱江镇第一小学等40多所中小学校形成了“瑶文化专家—骨干教师—教师—骨干学生—学生”的瑶族文化校园传播格局。

码市中学18个班级，班班都有自己的鲜明特色。每个班都用体现班级特色的手工作品装饰教室、学生宿舍、食堂，装点校园的墙面、楼道、围墙，构成了一道道美不胜收的文化景观。每位教师有自己的专长，并利用自己的专长充分发现和引导每个学生的特长，让每个学生都有爱上学校和学习的理由。学校开设了舞狮、舞龙、兰花、扎染、雕刻、版画、串珠、金线画、锦绣、衍纸、剪纸、器乐、书法、摄影、棋类、舞蹈、篮球等社团，学生可根据自己的兴趣，选择适合而且是自己喜欢的社团参加，在参与中掌握一种技能，发展自己的特长、展示自己的才能，促进德智体美劳全面发展。

通过青少年科技创新、青少年机器人、电脑制作活动等竞赛及科技创新社团，开启了孩子们想象的大门，让孩子们自主思考、主动创新，放飞梦想。近两年，获市级以上青少年科技创新大赛、青少年机器人竞赛、电脑制作活动等奖项100余项。

同时，为使打造“四声校园”工作科学化、专业化，达到“低平台、高水准”，县教育局聘请瑶歌、长鼓舞等传承人、民间艺人，学校骨干教师和湖南师范大学音乐学院教授等进行指导。2016年4月，江华教育局与德清基金会合作，开展“快乐合唱3+1”班级合唱活动，实现了班班唱合唱，人人参与合唱。2016年7月，选送40多名音乐教师，参加德清基金会合唱指挥培训，为“四声校园”建设充实专业队伍。在培训的汇报会上，瑶歌《木龙歌》《敬酒歌》展现了瑶族文化的魅力。

随着瑶族文化的挖掘、保护和传承不断受到重视，江华逐渐将瑶族文化引入校园进行活态传承，为“四声校园”建设注入了新的内容。沱江镇第一小学、涛圩镇中心小学、涛圩镇上游完全小学、码市中学等近40所中小学都聘请了长鼓舞艺人、梧州歌王和火烧龙狮传承人，手把手教孩子们学习瑶族文化，让瑶族文化真正在校园里开展起来。通过传承人对老师进行瑶族文化方面培训，100余名老师走上瑶族文化教学的岗位。

“学校依托民间艺人、传承人教孩子们学习瑶族文化，能让孩子们从心里接受学习瑶族文化，从而达到活态传承。”作为瑶族文化传承基地学校的沱江镇第一小学的校长说道。

除此之外，各中小学还结合学校特点开发出《瑶文化知识读本》《瑶文化韵文读本》和《瑶山孩子爱瑶乡》《瑶族始祖——盘王》《瑶歌集》等适合孩子学习的校本课程。还开展了《融汇民族地方文化，创办富有特色的民族教育》等课题研究，为瑶族文化进课堂提供了鲜活的载体。

同时，各中小学根据实际把瑶族文化的保护和传承融入校园活动中来，让孩子们在活动中感受瑶族文化的魅力。

沱江镇第一小学每两年举办一次包括讲瑶族故事、诵瑶族韵文、唱瑶歌、绘瑶族图画等的“校园瑶文化节”系列活动，得到了孩子们的热捧，更重要的是，学校根据瑶族长鼓舞改编成了瑶族长鼓操，形成了全校师生每天课间操齐做长鼓操的恢宏场面。

大圩镇第二小学就将“国家级长鼓舞传承人”赵明华的儿子赵旺生请来了学校，通过“艺人带老师，老师带骨干学生，骨干学生带学生”的模式，让学校更多的老师与学生能领略到长鼓舞的魅力。现在学校成立了长鼓舞社团，遇到学校举行文艺活动的时候，都会有精彩的长鼓舞演出。

涛圩镇上游完全小学、河路口镇关水阁完全小学、码市镇启汉小学、宝昌九年制学校等学校，还把陀螺、踩高跷、踢毽子、耍草龙、滚铁环等民族传统体育项目引入到阳光体育中，让孩子们在快乐中“活态”传承瑶族文化，形成“一校一特色”的校园瑶族文化特色。

“学校结合当地实际将瑶文化引入校园，走进课堂，目的是为了更好学习、传承瑶族文化，为‘四声校园’建设提供了动力。”江华教育局负责体艺的工作人员说道。

江华的学生虽然远离闹市，平常在地广山高人稀的环境里求学，但这里的孩子能享受到优质资源的辐射，是快乐幸福的。而且，他们还能享受到瑶族山山水水给予的特殊教育教学资源。

水口镇中心小学舞龙舞狮社团的学生在进行表演

乡村味道，百草飘香，民风淳朴，资源丰富，这里的“一班一特色、一生一特长”活动也开展得丰富多彩，让每个孩子成为幸福的学生。舞狮、舞龙、剪纸、扎染、锦绣等，学生在这样的特色活动中流连忘返，直呼“玩得过瘾”。

与此同时，一方面，唐孝任大力变革评价机制，推进大质量观入脑入心。江华教育局出台了《关于全面深化大质量观下的中小学教育教学质量综合评估改革的实施意见（修订）》，建立了规范、科学、高效的中小学教育教学综合评估体系。另一方面，他倡导绿色质量，重视和加强艺术教育，在体艺方面，对学校进行了监测，在监测抽查中有不合格的，则会对学校年终评价等次实行降低一个等次。通过强化和突出心理健康教育，全面启动和实施“微团队建设”，达成了立德树人目标，实现了从

“育分”到“育人”的转变。

目前，全县以“双减”为依托，所有中小学校开展“一校一品”“一班一特色”“一生一特长”“一师一专长”的品牌创建，形成了“特色+特长=成长乐园”的良好局面。

育人先育心

江华将学生心理健康教育作为立德树人的重要内容，坚持有机构、机制、队伍、课程、阵地、考核、经费；心育与学科教学、班级管理、校园文化、家庭教育、安全工程融合的“七有五融合”心理健康教育模式，全面促进了学生的健康成长。

在县级层面，成立以县委、县政府分管教育的领导为组长的学生心理健康教育领导小组，各学校成立以校长为组长，分管德育的副校长、学校中层干部专抓的心育工作领导小组，作为县、校两级学生心理健康教育组织架构。把2015年定为全县中小学心育启动年并成立县心育指导中心，2016年为提升年，2017年为健心工程年，2018年为心育融合年，2019年为心育融合推进年，2020年为心育特色创建年，2021年为优质达标年。

通过调研，唐孝任意识到，教师心理健康、人格健全，才能担起育人大任；学生心理健康、人格健全，才能长大成人成才。一个念头就此萌发，他要在全县推进心理健康教育。

首先是统一班子成员的意见，将个人想法变为教育局班子成员的集体决定。之后，教育局给局机关行政人员、全县校长、分管副校长、政教主任、专兼职心理教师做培训，加强他们对教育及儿童身心成长之规律的认识。不仅要培训，而且还要考试。他明确地在各种场合表示，不重视心育的人，就不是真正做教育的人！

为整体推进心育工作，县教育局成立以局长为第一责任人，分管领导为具体责任人，基础教育股抓落实的工作领导小组，2015年正式启动并成立县心育指导中心，制定了5年发展计划。明确提出，按照有机构、机制、队伍、课程、阵地、考核、经费的要求。

对阵地的建设，教育局提出了具体的标准。所需经费先期从公用经费里解决，考核合格后，根据学校规模，教育局拨付 5 万到 20 多万元不等。考核不合格，一票否决，学校和校长不能参加评优评先，对校长亮“黄牌”。

在抓组织保障的同时，县教育局出台相关措施，形成了“与高校合作 + 送教送研送培”的培养心理健康教育教师机制，以大力培养心育的专业师资。先后邀请心育方面的高校专家、全省范围内的优秀教师，来江华开展县级心理健康专项培训。同时，联合高校培训心理健康教师，并通过以奖代补的方式给予考过了二级、三级的国家心理健康咨询证的 5000、6000 元的补助。目前，全县已有 125 名教师取得心理咨询师证，有 2 个省级教师培训师，有 9 个教师获得市级赛课奖项，有 5 个教师获得省级赛课奖项，有 15 个教师以讲师身份给国培项目授过课。并且邀请省市教科院和省市教师发展中心开展心育示范课观摩、沙盘游戏、团体辅导、舞动治疗、危机干预等心育“送教送研送培”培训，提升心理健康教育的专业素养。使梁庚秀、胡亚平、杨华秀、钟苏婷、钟垂安、唐飞燕等老师都迅速地成长起来。

唐孝任明白，江华的心育事业需要一帮有实践激情的人。唐孝任想到了原江华瑶族自治县第二中学心理健康教育教师唐添翼。

唐添翼宛如星星之火。星星之火，逢时可以燎原。当局长找自己谈区域推行心育之事时，在心育路上步履艰难甚至意气有些消沉的唐添翼，意识到星星之火燎原的时机也许到了。唐添翼摩拳擦掌，跃跃欲试。

后来，在县域整体推行心育的过程中，原县教育局基础教育股教育心理学硕士研究生钟苏婷加入进来。唐添翼确信，江华心理健康教育迎来了春天。

2015 年 3 月 21 日，江华县域整体推行心育正式启动，唐添翼出任县心育指导中心主任。从此，他开始凝聚了一群人，专心做心育这件事。

国家二级心理咨询师，阳华中学教师梁庚秀讲了这样一个故事：

梁庚秀最大的心病是前些年班上的一个留守女孩，被一个年龄与她父亲相仿的男子诱骗失了身，在学生中造成了不良的影响，学校想劝退这个女孩。梁庚秀非常内疚，也十分痛心，她向学校递交了担保书，鼓励女孩:“对生活多一份信心,总有一天,你承受过的疼痛会有助于你。生活从来不会刻意亏欠谁,她给了你一块阴影,必会在不远的地方洒下阳光!”

女孩顺利拿到毕业证书。两年后过年,梁庚秀收到一条未留名的祝福短信,感谢她当初留下自己。每每想起这个女孩,梁庚秀总会有一丝淡淡的忧愁——如果当初,自己有更好的能力早点走近她的内心,或许她的青春岁月里便不会有那些阴影吧?

在她之后,梁庚秀不再纠结于学生们外在的行为,而是时刻关注他们行为背后的心理需求。

随着县域整体推行心理健康教育的进一步推进,全县所有学校按照有机构、机制、队伍、课程、阵地、考核、经费推进时,开始考虑如何让心育效果更好、效率更高。

经过几年的实践,探索出心育与学科教学融合、心育与班级建设融合、心育与校园文化融合、心育与家庭教育融合、心育与安全工程融合的“五融合”心理健康教育模式。

结合学生管理的特点,“心育与班级建设融合”是重点研究的内容,由县教育局“班主任微团队”与县中小学心理健康教育指导中心共同指导基地校,研发心理健康教育主题班会,引领辐射到全县各校。班主任从此再也不必为如何组织主题班会绞尽脑汁了,也多了一些走进学生内心的方法。

2020 年 8 月,江华县教育工会和县家庭教育指导中心与湖南教育出版社合作建立了江华县网上家长学校,开通了父母课程、育儿百科、图书推荐、亲子共学、直播等五大板块,使家长可以利用碎片化的时间进行学习。2020 年 12 月底迎新年的直播课程,点击率达 36 万人次。关于直播后家长提出的育儿问题,家庭教育指导中心的老师在后台为家长进行了释疑解惑。

同时,各学科教师自觉将心育与学科教学进行融合,随时关注学生的心理健康。如有的教师开通“悄悄话”信箱,了解情况后,帮助孩子们做心理调适,或通过鼓励的方式,消除孩子们的不自信等心理情绪。

在心育与校园文化融合方面,主要是与“一校一品、一班一特色”

的校园文化建设共同推进。县教育局规定，各个学校要结合自身实际，从“五融合”中选择一两个融合点进行突破，接受县级心理健康教育特色校和示范学校的验收。白芒营镇中心小学就将心理健康教育融入学校特色创建，打造心理健康特色校园。江华职业中专，将心理健康教育融入学校“五心——爱心、孝心、感恩心、自信心、责任心”教育中，被列为“2018—2020”年度职业院校国家级德育专项课题，已初步开发“五心教育”校本课程。五年来，学校先后荣获省文明校园、省学校心理健康教育先进单位等16个荣誉称号。

沱江镇第二小学校长刘金春如是说：“‘七有五融合’推进的心理健康教育，既融洽了师生关系，也提升了师生的幸福指数。”

胡亚平：通过考前心理疏导，她将100位考生送入大学

李明艳（化名）高考前看到别的同学在抓紧学习，觉得不学习就是在浪费时间，于是每天揣三个包子，一天到晚在教室埋头复习，甚至就寝后打着手电“挑灯夜战”，最终因用脑过度导致头痛。李明艳通过考前心理疏导，养成正确作画规律的李明艳不头痛了，提高了效率，考上了二本高校。

王晖（化名），高考前因焦虑导致失眠，通过“催眠花园”音乐治疗，使他全身放松，找回了最初的状态，后经跟踪疏导，大大提高学习效率，考上了一本高校。

李小（化名），临考前对高考产生了焦虑，进教室就感到不适。后经多次的跟踪辅导，解开了心结，抛弃了厌学的想法，后来考上了二本高校。

这些高考前期心理出现偏差的高三学子，通过一次次的心理疏导，最终都能够走出来、取得满意成绩，这很大程度上归功于江华瑶族自治县第一中学心理健康辅导教师胡亚平。

坚持15年对高考考生进行考前心理疏导，共有100多位高三学子在胡亚平的帮助下走出心理误区，考上大学。

一直以来，社会和家庭对高考的关注度居高不下，很多考生在高考前“备受瞩目”，心理压力也随之增大，如果得不到妥善的帮助和关爱，后果将会很严重。“高考临考前心理出现了偏差的高三学子，如处理不当，

任其发展，就会对人生失去希望，便越发焦虑，陷入恶性循环中，导致无法用心学习，带来严重的后果。反之，通过一次次心理疏导，他们能够走出心理误区，就能静心备考、考试，就能圆大学梦。”胡亚平说道。

2018年高考考生林小婷（化名），因高考前与最好的朋友吵架，她感觉“天都塌了”，人生也没有了意义。时常幻想自己被车撞，路面上到处流淌着鲜血，甚至会有自残和自杀的想法。

通过了解，该生从小缺乏父母陪伴和关爱，导致其内心缺乏安全感、自我同一性混乱、极度依赖友情等一系列心理行为问题。胡亚平从根源入手，采用认知疗法、放松训练及精神分析疗法，帮助她认识到了心底真正的渴望。经过三次跟踪疏导，林小婷在思想上已经发生转变，对亲情不再持抵触心理，后来还考上了吉首大学。

“心理疏导很有用，现在感觉全身都轻松了很多。”曾找胡亚平进行心理辅导的高考考生李明（化名）肯定地说。在最后一次模拟考试结束后，李明的成绩后退了好几个名次，产生了焦虑心理，感到十分气馁。

“这类考生的心理问题来自本身的不合理信念，一次考试失败就对人生失去希望，进而越发焦虑，陷入恶性循环中，导致无法用心学习。”胡亚平意识到，马上要高考了，这类考生的心理必须立即进行疏导。她果断开展“认知行为疗法”和“焦点解决模式”。经过一个多小时的辅导，李明从这次模拟考失败中得到了收获，能够更理性地看待考试失利，重拾学习的信心。

“我还会给有考前焦虑的学生进行音乐放松训练，降低他们的焦虑程度。”胡亚平介绍，“一般经过两到三次辅导，来访者的焦虑情绪就会大大缓解，也不再执着于考试失利这件事了，还学会了从失利中去寻找解决问题的方法。”

胡亚平谈起高考，针对家长和孩子给出了建议：“家长心态要平和，不把自己的焦虑传递给孩子，以增加孩子压力，而是相信孩子，给孩子信心。考生更要保持一颗平常心，高考只是成长中的一场挑战，人生的挑战还有很多，只要踏踏实实地做好准备，充实地度过每一天，才有信心来面对这次挑战。”

唐飞燕：大瑶山孩子的“心灵对话师”

“教育就是一棵树摇动一棵树，一朵云推动一朵云，一个灵魂唤醒另一个灵魂。”这是江华瑶族自治县职业中专任心理教育教师唐飞燕的教育格言。9年来，她在心理健康教育中用这句格言践行了自己的信仰与理想。

2013年9月，唐飞燕放弃待遇优厚的湖南女子戒毒所工作，考入江华瑶族自治县职业中专任心理学教师，并担任了学校心理健康咨询中心负责人，负责师生的心理咨询工作。

“心理健康教育本来就是人与人心灵之间的一次对话，我用心灵对话的方式去实现我的职业梦想。”唐飞燕说道。

然而唐飞燕发现学校里有不少学生品德出现了偏差，德育上或多或少出现了问题。熬夜加班精心设计的心育课，被部分学生认为“太幼稚”而不愿参加。连续做了几次心理辅导的学生不见效果，干脆不再找她进行辅导。

理想让唐飞燕选择了坚持。

“老师，就算他们求我，我也不想再回家了。”2014年中秋节，两眼婆娑、泪流满面、被雨水淋湿透了的高职一年级学生陈莲（化名）找到唐飞燕。

原来陈莲是家里的老大，她的父母有严重的重男轻女思想，认为她是女孩，不应该浪费钱读书，而应该去外面打工挣钱供两个弟弟读书。开学时，陈莲偷偷拿着爷爷给的和自己打暑期工挣来的钱到学校报了名。中秋节回家时，她被母亲无情地赶出了家门。从此，焦虑、恐惧、无助的感受扎根在陈莲的心里。

唐飞燕每周对陈莲进行一次心理跟踪辅导，在节假日、生活中都送去关爱与温暖，还常常将陈莲带回家中，减轻心里的焦虑与恐惧。同时，学校费用全免，还给予相应补助。

而高考报名时，陈莲的父母仍不愿意拿户口簿给她到学校进行高考报名，更加让陈莲对高考产生了恐惧，导致常常睡不着，成绩不稳定。

唐飞燕每周增加了对陈莲的心理辅导，教她如何控制好压力，切实走进她的心里。2017年6月，陈莲考上了湖南师范大学。

“唐老师对我的帮助很大，没有她耐心的辅导，就没有读上大学的我。”现在大一的陈莲坦言，“大学里每当迷茫时，都会找唐老师，让她教会我规划大学生活和人生。在唐老师的帮助下，我寻找到了人生的动力。”

2015年，江华整体推进心理健康教育，唐飞燕被推选为江华心理健康教育指导中心副主任，从而也更加坚定了她为心理健康教育工作的信心。这年，一位叫小学的学生在母亲的引领下，慕名找到唐飞燕，让她帮助有过激行为的女儿。

通过小学母亲的介绍得知，小学是从市里名校转回来的学生，因初中时被同学恐吓，只要进学校就会感到莫名的恐惧。

刚开始，唐飞燕对小学也是束手无策。有一次对小学进行辅导时得知，小学最大的愿望就是考上一所好大学。唐飞燕找到了突破口，采用情境重现的方式，对小学进行针对性的心理疏导和辅导，还找到小学的初中同学对她进行了道歉。终于小学的恐惧症彻底从心里释放出来。同时，与小学的母亲进行了沟通协调，要她试着站在女儿的角度理解。小学释放心理恐惧后，2016年6月，考上了中南大学。

“每当看到一位位孩子成功从心理低谷里走出来，一例例学生心理危机事件被成功化解，他们开朗了，还考上了大学，我从内心深处感受到自己工作的意义。”唐飞燕说。

2017年上期，唐飞燕给留守学生做《爸妈，我想对你们说……》关于感恩父母的主题辅导时发现，孩子最需要的是父母的陪伴和关爱，这样才能引导他们学会在逆境中成长。唐飞燕又开始转向留守孩子和特殊家庭孩子的心理辅导。

“唐老师，我可以抱抱你吗?”2017年，单亲女孩程程胆怯地将抑郁症诊断书给唐飞燕。

通过了解，程程是因父母离婚等家庭原因心理产生了问题，性格也异常的孤僻，还吃了两年的抑郁药。

唐飞燕双管齐下，一方面对程程每周进行两次心理辅导，随时跟踪其情绪变化;另一方面加强与她父母和班主任及同学的沟通，给予她理解、帮助、信任、包容。

一个学期下来，程程性格开朗了，现在还成了同学的心理辅导者。

“现在全县家庭教育观念相对落后，很多孩子仍然需要别人去扶一把，希望自己能扶一扶他们，给他们心灵撑起一把伞，为他们实现梦想，也成就自己的梦想！”唐飞燕说道。

在唐飞燕的带动下，学校领导感悟到了心理健康教育的神奇力量，成立了心理健康辅导中心，在学校全面推行心育工作，专门设置心育辅导站，配备全新的心理功能室，待遇上与班主任同等。目前，有10位老师考了国家二级和三级心理咨询师，学校也被评为湖南省心理健康教育先进单位。

“心理健康教育推动了学生德育工作，为学生健康成长、成才起了保驾护航的作用。”原学校校长奉天生评价说道。

唐飞燕辅导有心理问题的学生500多人次，其中有30多人考上了大学，她先后获县嘉奖、湖南省心理健康教育先进个人，湖南省中小学心理健康教育教学比武二等奖等10次奖励。

最后，唐飞燕深有感触地说，育人先育心，教育应是有温度、有情怀的教育，才能让更多学生不再孤独，不被边缘化！

劳动是最美丽的风景

全国教育大会明确指出，把劳动教育纳入人才培养的全过程，贯通大中小学各学段，贯穿家庭、学校、社会各方面，与德育、智育、体育、美育相融合，紧密结合经济社会发展变化和学生生活实际，积极探索具有中国特色的劳动教育模式，创新体制机制，注重教育实效，实现知行合一，促进学生形成正确的世界观、人生观、价值观。江华结合教育实际，把劳动教育作为学生德育的重要组成部分，全力推进劳动教育，让劳动成为学校最美丽的风景。

校校有劳动教育基地

“这个线椒长得真长，足有20多厘米……”这是2021年秋季开学，江华河路口中学孩子们在“育才园”劳动基地采摘时喜乐的情境。该基地中种植的青椒、线椒、珍珠椒等，经过近3个月师生的共同管理，长势很好，又迎来采摘。

谈到劳动教育，学校校长甘科东介绍：“‘育才园’劳动基地面积有近7亩，是全县校内最大的劳动教育实践基地。基地实行分班级、分区域管理模式，每周由教科室定期对各班责任区进行检查、指导、督促和管理，将各班的劳动任务完成情况作为班级劳动教育的评价办法，促进学生开展劳动实践活动。种植的辣椒、南瓜、青豆、玉米等农产品生长势头良好，让学生吃上自己种植的各类蔬菜。”

为全面落实劳动育人，大力弘扬劳动精神，引导学生树立劳动最光荣、劳动最高尚、劳动最美丽、劳动最幸福的教育理念。学校结合实际在校园内开辟出一片“德育劳动基地”，让全校师生参与劳动种植，体验劳动快乐，享受收获亲自种植的蔬菜的自豪感，以提升尊重劳动成果，珍惜粮食的好习惯。

江华县河路口镇关水阁完全小学、涔天河镇茶园完全小学等小学都是“袖珍”学校，校园里难以开辟出劳动基地。他们纷纷充分利用靠近农田的优势，向农户租赁农田作为劳动基地。沱江镇第七小学是一所新建学校，学校没有预留劳动教育基地，回购废旧汽车轮胎，建成花盆式的劳动基地，建成“植物养护园”，孩子们分班种时令蔬菜、瓜果等，感受劳动教育的乐趣。沱江镇第二小学则将原来老旧房子拆除，改建成劳动基地，成为孩子们识作物、学农事的最佳去处。码市中学租赁了20多亩耕地建成“耕读乐园”，种植了各种时令蔬菜瓜果，养殖鸡鸭等家禽，每周开设一节劳动教育课，让孩子们沉浸其间，体会农耕劳作、收获归来的劳动幸福生活。

江华芙蓉学校是一所为经开区服务的学校，主要招收进城务工人员子女。学校结合实际不仅在校园内开辟了劳动基地，还与明意湖智能科技产业园达成协议，把企业作为践行劳动实践的基地，孩子们定期到企业参加体验式劳动，感受劳动的价值和伟大，更感受科技的伟大。

学校校长蒋才国介绍，在明意湖智能科技产业园参观时，负责人介绍产品的研发和科技进步故事等，孩子们怀着巨大的好奇心逐步了解了一块块手机膜的生产过程，并惊叹科学技术的发展，一颗颗科学、探索的种子在心中生根、发芽。

在成品仓库，孩子们在参观的过程中了解到手机膜成品将会逐步销往世界各地时，学校五年级的蒋情明说，我们的祖国日益强大，在国际上的影响力不容小觑，点燃了我们的爱国热情。

据悉，除江华芙蓉学校外，还有江华思源实验学校、江华县职业中专等多所学校将周边的电子、机电等企业作为学农基地，培养学生对科学技术的兴趣和爱好，增强其创新精神和实践能力，引导学生走出书本、走出课堂、走出学校、走进实践，树立科学思想、科学态度。

2019 年上期以来，江华教育局倡导中小学校结合学校实际全面开展劳动教育，把劳动教育纳入人才培养全过程。目前，全县所有中小学校开辟劳动基地，劳动现场成为校园里最美的风景，劳动教育基地成为孩子们成长的乐园。

在劳动中培养品质

2020 年 9 月中旬，江华县明确提出在全县学校开展“勤俭节约进课堂”，厉行勤俭节约，杜绝浪费，全面遏制校园粮食浪费。

江华教育部门结合全县学校的实际，把劳动教育与学校德育、家庭教育、社会教育等进行融合。同时，各学校按照不同年级把劳动教育和“节约粮食”“光盘行动”教育结合起来，让孩子们在体验劳动的艰辛和快乐中感受粮食的来之不易，让孩子在心底铭刻爱粮、惜粮的意识，并养成节俭的生活习惯，并纳入学校考核评先评优中来，全力推进。

“在‘耕读乐园’上完课后，吃得特别香，体会到爸爸妈妈的辛苦，从心底知道浪费粮食的可耻。”码市中学 220 班刘杨娟说道。校长李荣胜说:“让孩子们在‘耕读乐园’通过亲身体验劳动，在享受劳动成果的同时，把崇尚劳动、珍惜劳动、热爱劳动变成自己日常学习生活的一部分，感受到劳动的不易，学会珍惜，懂得节约，节约粮食就成为他们自觉的行为了。”

在江华瑶族自治县第三中学的劳动基地，有的班级已经翻耕准备种植白菜、大蒜。学校将劳动教育与节约粮食有机结合，让孩子在劳动教育中吃苦、树德。

“经过一节课的劳动实践，肚子已饿得‘咕咕’直响，在食堂吃饭自然香了，也感受到劳动的喜悦和一粥一饭的来之不易，也更加感悟到‘光盘行动’的意义。”江华瑶族自治县第三中学七年级一班的李建（化名）表示。

学校校长蒋思勇说：“孩子们在参与劳动中真正感知‘盘中餐’的来之不易，树立勤俭节约的意识，做到节约而不浪费。”

江华沱江镇第二小学是一所城区中心的学校，学校创新“光盘行动”“节约粮食”教育，将此项教育融入日常亲子体验式劳动教育中。一段时间后，学生家长李清明惊奇的是，孩子每天用零花钱越来越少。李清明才知道，受劳动教育、节约教育的影响，孩子们懂得劳动的伟大，培养了勤俭节约的精神。

江华教育局基础教育股主抓德育的负责人表示：“劳动教育与‘光盘’行动有机融合是一种探索与尝试，全县各学校通过开辟劳动基地、家庭劳动、社团劳动、亲子体验式劳动等，丰富劳动实践体验，深化孩子们对劳动价值的理解，让孩子在劳动中学会节约粮食，培养勤俭节约的良好品质。”

孩子在“乡村味”劳动中绽放最美姿态

地处偏远大瑶山的码市中学，准确把握劳动教育的内涵和精神实质，自 2018 年来以“一班一特色、一生一特长”与“耕读乐园 + 课题”实践活动为突破口，提高学生创新创造能力，促进学生德智体美劳全面发展，让每个学生在劳动教育中绽放最美的成长姿态。

作为乡村学校，码市中学 2018 年特别提出办有乡村味道的学校。太极、油画、武术、纸雕、十字绣、杯子舞、毛线粘贴画、妙泥生花、扎染……一系列适合乡村学校的特色课程项目在码市中学落地，形成了“一班一特色”的课程建构。

“晒”出青春美丽，赛出少年风采。学校九年级 210 班创建“蓝晒印相”班级特色，教室墙面上满是学生的作品。一棵小草印在 T 恤上，一张

“蓝晒”书签颇具自然之美……有学生把两种药水一比一混合，均匀涂抹在纸上，再把物体放在纸上，待曝光 15 分钟后，放入水中冲洗晾干，一张“蓝晒印相”就基本完成了。“操作简单，成品美观，上墙、裱框摆设就成了很好的工艺品。”学生小盘展示着自己的作品，满脸的自信。班主任黄昊乾表示：“‘蓝晒印相’采用古典摄影工艺蓝晒法，在动手间培养了学生的想象力、创造力，提升了审美能力，获得了艺术劳动的自豪感和成就感。”

“劳动教育在乡村学校更有突出的优势，通过‘一班一特色’开展班级劳动教育可以整合班级优势资源，形成班级合力，达到‘以劳树德、以劳增智、以劳强体、以劳育美’的目的。”校长李荣胜谈起“一班一特色”劳动教育时这样说道。

七年级 224 班留守学生占一半，班主任莫阳会分析后决定把手工艺术——丝网花作为班级主题项目。“丝网花是由彩色的丝网和铁丝捆制而成的手工艺品。制作一幅作品要好几个小时，不仅需要用心，更需要有坚持不懈的毅力和耐心。学生参与其中，不仅掌握了一门劳动技能，也培养了毅力。”莫阳会说，班上男生小马原本性格浮躁，学习习惯差，写字潦草，但在丝网花的制作中逐渐沉静下来，学会了创新和坚持；学生小平因为家庭变故，生活学习习惯很差，看见老师也会扭头就走，但“当他拿着自己花费很大精力做成的一朵玫瑰花时，笑了很久”，莫阳会对此记忆深刻。

码市中学结合学校实际，推进“一生一特长”的创建，每节课从 45 分钟减少到 40 分钟，每天挤出的 40 分钟开展“一生一特长”，让学生都爱上劳动。

八年级 214 班费思洁选择了兰花社团，在教师指导下她学会了种兰花、养兰花、识兰花。开学以来她已经完成不少兰花的种植，动手实践能力提高很快。九年级 210 班黄志城也加入了兰花社团，他表示在种兰花、养兰花中体会到兰花不怕风寒、敢于抗争的精神，既改掉了一些坏习惯，还陶冶了情操。

“兰花社团不仅让学生享受了生活乐趣，更让他们在劳动中静下来感受快乐。”兰花社团指导教师赖祥云说道。

九年级 210 班单克力加入了木刻社团，他的父母在外打工补贴家用，他就把社团课上精心制作的木刻作品发到网上销售。“虽然赚的钱不多，但是自己劳动获得的，也算为家里尽了份力。”单克力谈起自己的收获兴奋地说。

在扎染、丝网花、串珠社团，不少学生用灵巧的手把一块块白色布扎染成“太阳”“环花”图案，用丝线编织着一朵朵鲜艳美丽的花朵，用串珠串起了笔筒、画框等工艺品。

“‘一生一特长’开设了兰花、扎染、雕刻、版画、丝网花、串珠、金线画、锦绣、衍纸、剪纸等20多个学生手工兴趣社团，让学生发展一项爱好的同时，掌握一种技能。”学校分管教学的副校长余莲秀说，“手工劳动涵养了美育，创造了美，也让学生的才能、智慧、品格、意志、情感等最直接、最集中地体现在‘一生一特长’的制作之中。”

码市中学依山傍水，山水与乡村生活、农作物是学生最熟悉的事物。校长李荣胜经过深思，决定做大“乡村文化”文章，开辟劳动教育的新阵地。2019年秋，码市中学结合申报的省级课题《乡村学校“乡村味”文化建设的实践研究》，在学校周边流转20余亩农田，建成“耕读乐园”，并将“耕读乐园”与“课题”融合，创新劳动教育模式，做适合乡村学生的教育，让学生在劳动中传承耕读文化，让乡村学生从小热爱乡村，长大后能留住乡愁。

走进“耕读乐园”，满眼都是绿油油的小白菜、香芋、佛手瓜等农作物，在阳光的映衬下显得生机勃勃。这里还展示农耕用具，介绍农耕文化，每个班级一块劳动用地，学生通过每周开设的劳动实践课，体验农耕文化，培养劳动习惯和劳动技能。

码市中学的学生正在进行劳动实践

“让每个学生通过‘耕读’实践，在劳动中磨砺意志品质，培养他们懂劳动、爱劳动，尊重劳动成果的良好习气，学会抵制好逸恶劳、不劳而获、奢侈浪费等不良习气。”学校总务主任赖祥云说。

“构建与乡村学校相宜的文化环境，劳动教育必不可少；抓实劳动教育，就是让教育回归乡村，为构建‘五育’并举的教育体系注入活力，这样能使学生走得出去，留得住乡愁，还能够让学生返乡，成为乡村振兴的主力军。”李荣胜谈起“耕读乐园”劳动基地时兴奋地说道。

如今，走进码市中学的人都会被这里浓厚的劳动氛围所感染，也会被充满乡土味的教育文化所吸引。学校到处都有学生创作的手工艺品，更有“耕读乐园”里学生劳动的美丽身影……

“小菜园”串起“袖珍”学校德育链

江华县喇叭口完全小学充分利用这些学农基地，加强了学生德育教育，串起了学生德育链。

走进蔬菜基地，一块块菜畦，一群群孩子或锄草，或浇水，不时传来欢笑声。蔬菜基地平均分给每个班级，一个班级负责一块地，按照“班级管理，学生参与，老师指导”的原则，每周组织学生学习翻土、施肥、种菜、收菜，既培养了学生的动手能力又丰富了餐桌。孩子们亲手管理蔬菜，在种植、管理、收获中感受到成功的喜悦。他们在玩中学，学中乐，最后达到乐于学，一幅幅其乐融融的和谐画面。

“学会了认识一些害虫，合理密植。”四年级学生小黄谈起劳动的收获说，“每次到基地都有老师指导管理，实地感受了种菜的乐趣和农民的智慧。”

五年级欧阳老师介绍说：“孩子们参与决定种什么菜，再一起翻土、播种、浇水、施肥。到了收获，教孩子们收菜、过秤，卖给食堂，孩子们参与种植、管理、收获的全过程，其真正收获的是快乐。”

现在孩子们的物质条件越来越好，吃苦耐劳、勤俭节约等品质都是从书本中看到的，生活中也没有帮助父母干力所能及的劳动，父母也很少要求他们参与家里的劳动，导致相当一部分学生浪费粮食、花钱大手大脚、不体谅父母劳动的辛苦、不尊重劳动的成果等。

“老师好！”孩子们不停地和走过的老师打招呼。“刚来时，很难听到孩子们主动与老师打招呼的，现在随处都可以听到。”校长赵荣利谈起学生的变化坦言，“一声‘老师好’让老师们感到教育有收获了，也感受到职业的幸福了。”

老师们纷纷表示，开辟劳动实践基地后，学生变化很大。他们通过亲身参与劳动，感受到了劳动本身的快乐和丰收的喜悦，知道劳动的艰辛，懂得了珍惜粮食、体谅父母、尊重老师的劳动。

“现在孩子基本都知道三种以上蔬菜的种植方法，孩子们都了解到自己每天吃的菜是要付出劳动才有收获的，也就不再浪费粮食了。还锻炼了学生的意志、培养了吃苦耐劳的精神，达到了教书育人的目的。”赵荣利谈起劳动基地兴奋地说道。

“上个周末还帮我种植了蒜子呢，问他才知道是学校老师教的。”三年级小陈的奶奶高兴地说，“现在总是能把碗里的饭菜都吃光，懂得珍惜粮食了。”

如今，江华喇叭口完全小学完成了省、市级学农基地示范学校的验收，校园四季常绿，劳动基地蔬菜果实累累，充满生机，逐渐成为学校办学特色。小菜园已经成了学校勤工俭学的德育基地，串起了学校德育链，孩子们在种菜、养猪、管理板栗中享受劳动的快乐，在劳动中成长。

谈起下阶段工作，赵荣利说：“将结合基地实际，打造高效、科技的劳动基地，开展‘劳动好少年’评选活动，着力倡导‘家—校’普遍重视劳动教育，引导学生崇尚劳动、尊重劳动、热爱劳动，将开发《学农基地课程》《种植》《养殖》等学农基地课程，真正串起德、智、体、美、劳全面发展的德育链，形成学校品牌。”

思政课打好孩子生命底色

习近平总书记强调，教育的根本是要解决“好培养什么人、怎样培养人、为谁培养人”这个根本问题。在落实这一重要指示精神的实践中，江华围绕“为生命打底、为乡愁寻根、为和美铸魂”主题，创新中小学校思政课教育体系，补齐了思想道德教育建设的短板，为瑶山娃打好了生命底色。

如今，瑶山大地上，瑶山孩子像一朵朵“向日葵”正沐浴着阳光雨露绽放。

教育局局长推门听课记

“坚持立德树人，德育是关键，课堂是德育的关键。德育在学校必须落地生根。”2019 年 3 月 8 日，春寒料峭，寒意逼人，阴雨绵绵。唐孝任带领教育工会主席伍守亿、基教股工作人员陈光明一行深入沱江镇为人小学、江华创新实验学校等学校推门听课，调研“道德与法治”德育课堂教学的实效。

江华沱江镇为人小学是以中共早期党员、革命烈士陈为人同志命名的小学。唐孝任一下车，径直推开五年级 3 班的教室门，聆听“道德与法治”课程——“多种多样的住房”。他或记录，或在听课本上写下建议和想法。

唐孝任听完课后，与老师、孩子交流自己的想法。“‘多种多样的住房’，不同民族有不同样式的住房，如江华瑶族吊脚楼。‘道德与法治’课程要渗透思想教育，要与江华本土文化结合起来，要深入浅出地讲解，这样思想道德教育才能让孩子们入脑入心。”上课老师不时地点头。同时，他还叮嘱校长、工作人员要将“品德与法治”课程落地，纳入管理评价体系中。

离开为人小学，唐孝任来到永州市名校——江华创新实验学校。这是一堂七年级“道德与法治”课程——“青春的萌动”。课堂按照“抽测 + 独学 + 对学 + 小展（小组展示）+ 大展（提出深度问题）+ 巩固”的模式围绕“青春期有什么烦恼”等知识有序地开展。

唐孝任坐在教室后面一小组旁边，就“男女同学的交往”等青春期遇到的问题参与到孩子的学习与讨论中，不时充当学生的角色。

“从小学到高中，孩子们的身体、心理的发育不断成熟，青春期的心理常常产生一些萌动，家长不理解，老师不理解，甚至校长也不理解。”下课后，唐孝任和蔼地把几位同学叫到自己的身边，与上课老师、分管教学副校长、校长等进行交流，不时引起欢笑声。

“这些都是孩子们内心的东西，若是结合孩子们的想法和青春期出现的早恋等现象展开，这堂课可能会更好。”笑后，唐孝任给课堂提出了自己的想法：“‘道德与法治’深入课堂，深入学生，要结合学生自身实际，结合江华实际，让学生从中感悟，学有所得。”

“全国教育大会精神指出，教育的失败是根本性的失败，这说明了教育的基础性、先导性和全局性作用；说明了我们到底应该办什么样的教育，才能培养为党、为国和为民族复兴担当大任……”唐孝任语重心长地说：“这也是这次推门听课的目的。”

据了解，江华加强学校思政、体艺等课程的实施管理，压实了局班子成员、股室长、校长进学校入课堂推门听课的责任，全力推进有温度、能育人的高效课堂，实现立德树人，真正培养德智体美劳全面发展的社会主义建设者和接班人。

红色文化为“思政课”注入动力

一

“永州市第一个中共基层党组织在这里成立，中国共产党的两名早期党员李启汉、陈为人也是从这里走出来的。他们在学校播下‘红色种子’，孕育‘红色基因’……”江华瑶族自治县第二中学以“颂祖国，忆先烈”为主题的活动正进行。学校通过将红色与校园文化有机融合，进一步擦亮“思政课”特色，帮助孩子们扣好“人生第一粒扣子”。

江华县启汉小学的学生李勤（化名）的学习、生活都自觉了，他一改原来的叛逆，像完全变了一个人似的。孩子的改变，得益于学校开展的红色文化主题教育活动，通过学习工人运动先驱李启汉同志的先进事迹，帮助孩子们树立人生理想，坚定理想信念。

无产阶级革命家、最高人民法院原院长江华同志的出生于江华县瑶族贫苦农民家庭，1918 年至 1920 年曾在大石桥乡中心小学就读。青年时期，他满怀救国救民之志，投身于群众革命运动，是中国共产党党务工作和政法战线的杰出领导人。

“在课余，孩子们都会自觉阅读江华同志生平事迹，了解他的人生履历。”大石桥乡中心小学校长奉前茂介绍，每次要学生谈谈心中的江华爷爷，他们心中都是充满了崇敬。1603 班小蒋同学谈到江华时自豪不已：“江华爷爷是我们学校的骄傲，也是我学习的榜样，我们要像江华爷爷一样，从小立下远大的志向，长大后报效祖国。”

江华大石桥乡中心小学、竹园寨九年制学校等 20 多所学校结合实际，进一步挖掘学校所在地的红色文化资源，纳入红色活动、班会课，确保思政课接地气、入人心。

大石桥乡中心小学红色教育课堂

同时，江华还结合实际推进红色校园文化特色建设。大石桥乡中心小学编制了《红色故事读本》《江华故事》《江华故事绘本》等校本读物，开发了红色文化校本课程教师教学用书，将红色文化校本课程纳入课程体系，形成了有课堂、有读物的思政教育体系。

为人小学充分挖掘中共地下情报人员、中央文库保管负责人陈为人同志的故事和精神，创作校歌《为人信念》，将红色文化融入校歌，每期评选“为人学子”，让“为人精神”深植于师生心中。让孩子们在歌唱时，感受到“为人精神”的高尚，坚定孩子的信念理想。

为人小学合唱校歌《为人信念》

小圩中学、白芒营镇中心小学、车下完全小学等40余所学校充分利用江华同志故居、墓地和兰世铠、唐汉民烈士墓地、茅栗井等抗日纪念地，将其作为校外德育基地，常态化开展研学实践活动，让学生体验艰苦生活，感受到幸福生活的来之不易。

“现在，我们的生活比前辈们小时候幸福多了，因此我们要更加努力地学习，长大后做一个对社会有用的人。”大石桥乡中心小学学生唐文说道。

扫码观看

《江华瑶族自治县第二中学：初心永恒 红色传承（朗诵）》

二

“我是中华好儿女，我是炎黄子孙，我宣誓，做一个国学践行人……”江华县沱江镇第二小学全校师生正在齐唱《国学践行之歌》。学校将“国学进校园”升级为日常活动，孩子们在课余、家里诵读《弟子规》《学而篇》《大学》等国学文章；校领导以身作则，率先学习中华优秀传统文化，营造传承经典的浓厚氛围。

“《弟子规》融读经与识字、为学与为人一体，指引孩子们的国学启蒙。诵读经典，润泽心灵，传承未来，既陶冶了孩子们的情操，也推动了人生强劲的内驱力，为思政课注入了活力。”沱江镇第二小学校长刘金春说，活动的开展，为“思政课”注入了活力，让孩子们感悟到中华优秀传统文化的魅力，中华传统美德从小播撒在孩子的心中。

除了国学经典，还有传统文化。

上游完全小学的孩子们在大课间举行押加比赛

江华沱江镇第一小学开展黄梅戏社团活动。东田中心小学与沱江镇春晓社区、县义工协会等合作开展《论语》进班级活动，吟诵《论语》。大圩镇第二小学、码市中学、上游完全小学等学校推动长鼓舞、火烧龙狮、木棒球等非遗文化进校园，增强孩子们民族认同感、自豪感。“火烧龙狮等瑶族非遗文化为学校打造乡村味道的学校增添了活力，也让学生们更了解家乡，从而提升学生们学习的主动性、积极性。”码市中学校长李荣胜说道。

码市中学舞龙舞狮教练岑加信最有话说，学校学生韦平玉七年级时因厌学不愿意到学校读书，加入舞狮队后，就像变了一个人似的。“通过舞龙舞狮，舞出了孩子们在校园的快乐和幸福。”岑加信说，孩子们培养了特长，看到了自己的闪光点，学习上也自信了，码市中学教育质量也得到了提升，多次被评为综合优秀学校。

为全面推动全县经典阅读，江华引进了“优秀传统文化涵养师德”项目，与上海浦东泉蒙阅读文化交流中心、与“阅读·梦飞翔”慈善文化关怀基金合作，对100多名教师、校长进行了经典阅读培训。同时，将经典阅读纳入学校考核，与绩效考核挂钩，为经典阅读注入了动力。

三

江华沱江镇第二小学开设了机器人等兴趣班，学生曾子乐、黄哲瑞、张嘉琪获全国青少年科学影像节三等奖。“获奖并不重要，但学会主动创新，才是孩子们最需要的。”县电教仪器站站长李勇军说，兴趣班培养了孩子们自主思考、主动创新的意识，播下了科学的种子，拓展了思政教育体系的外延。

码市中学机器人社团指导老师李成鹏说：“去年，学校多人在全县青少年科技创新大赛、青少年机器人大赛、电脑制作活动等竞赛获奖。孩子们领奖时特别高兴，使孩子们学习科学的兴趣更浓了。”

走进大石桥乡中心小学校园，文明新风浓郁，师生精神抖擞。2020 年，大石桥乡中心小学被评为县名校。“‘思政课’，凝聚了孩子们对学习的动力，更提振了他们的自信心。”学校校长奉前茂说。

江华将红色文化、国学经典、科技创新引进校园，融入课堂，给思政课带来了生机，也帮助孩子树立了正确的人生观、价值观和世界观，为他们奠定幸福的人生基础。

孩子们制作电动小车

坚持每年举办一次青少年科技创新大赛，通过以赛促学，让孩子们爱上科技，放飞梦想。近两年，全县获市级以上青少年科技创新大赛、青少年机器人大赛、电脑制作活动等竞赛奖项 100 余项，有 100 余位学生获县级以上“美德少年”“孝心少年”等荣誉称号。同时，“思政课”也促进了学校内涵的提升，教育教学成绩的显著。

“教育的真谛就是唤醒生命的高度、深度和厚度，我们将进一步创新思政课教育体系，以红色文化、国学经典、科技创新为抓手，为瑶山孩子的生命打上红色、绿色、蓝色的底。”唐孝任如是说。

在孩子心灵深处播下真善美的种子

“我们瑶族的住房是吊脚楼，哪位同学说说吊脚楼的特点?”这是江华县沱江镇第二小学的一堂五年级“道德与法治”课程，主题为“多种多样的住房”。老师用孩子们身边生动鲜活的案例，唤起学生的兴趣，引导学生爱民族，以树立正确的人生观、价值观、世界观。

“思政课是立德树人的主阵地，要在孩子心灵深处播下真善美的种子。”江华教育局局长唐孝任说。

习近平总书记在学校思想政治理论课教师座谈会强调，思政课是落实立德树人根本任务的关键课程。青少年阶段是人生的“拔节孕穗期”，最需要精心引导和栽培，用新时代中国特色社会主义思想铸魂育人，厚植爱国主义情怀，把爱国情、强国志、报国行自觉融入坚持和发展中国特色社会主义事业、建设社会主义现代化强国、实现中华民族伟大复兴的奋斗之中。

随之，江华一场创新思想政治课育人战役打响。

“育人之本，在于立德铸魂。铸魂，德育是关键，德育的主阵地在课堂。务必要抓好思政课。”江华县教育局局长唐孝任带领党组班子推门听课，把脉思政课课堂教学。

“要让‘多种多样的住房’这堂课生动，就要与江华本土文化结合起来，要通过深入浅出地讲解，让孩子们有话说，使思维随时碰撞，这样的道德教育才能让孩子们入脑入心。”唐孝任在为人小学听了五年级“道德与社会”的“多种多样的住房”这堂课后主动与老师交流，把脉思政课的教学方法。

“这堂课内容是习近平中国特色社会主义理论、思想，是时代最新的理论，是当前和今后工作的指导思想，所以政治教师要有政治敏锐度，保持政治清醒，要有开阔的视野，学会用辩证唯物主义和历史唯物主义的思维思考问题。”唐孝任听了江华思源实验学校九年级的“道德与法治”课程后，与上课教师交流如何将思想政治课上得让孩子们喜欢，真正成为孩子们喜欢的课堂。

一时间，各学校掀起了创新思政课教学。校长将主阵地转移到了课堂，关注思政课，把脉思政课。

同时，江华教育局已压实局班子成员、股室长、校长“四不两直”推门听课的责任，全力推进有温度、能育人、重高效的思政课堂。

一

孩子们认真观察老师带来的服饰样品和同学们的服饰，通过观察、触摸、讨论等方式，体验中华民族服饰文化。这是江华启汉小学郑春艳上“多姿多彩的中华服饰”课堂的一个小片段。孩子们在体验中华民族文化中，爱国之心、爱民族之情在心中油然而生。

她介绍，一改原来的注重知识输送，而采用实践观察教学的方式，让思政课更具有亲和力、针对性，无形中在孩子们心灵深处种下真善美的种子，达到了育人的效果。

东田中心小学教师熊建波在上“革命精神照后人”的课程时结合陈为人、李启汉、江华等革命先辈的故事让孩子们有话说、有字写，让思政课“活”起来。

“走心的课堂才能打动学生，善于捕捉学生心中的兴奋点，利用各种形式，将思想情感融于认知活动中，这样思想政治课程才能上得‘活’。当学生处在愉悦的氛围中，深入思考生活中的问题，自然给孩子们播下真善美的种子。”江华教研室政治教研员梁忠宝说道。

2019年初，江华启动了“向日葵工程”。并结合教育实际，把向日葵工程融入思政的课教学中，充分利用红色文化资源、民族文化资源、国学经典等，将红色文化、红色精神、红色传统、红色基因厚植中小学生心灵之中，形成课堂教学、社会实践、校园文化多位一体的育人平台，帮助孩子们扣好"人生第一粒扣子"，培养德智体美劳全面发展的社会主义建设者和接班人。

通过开展"向日葵工程"扣好学生人生"第一粒扣子"

瑶族文化、国学、红色文化等特色文化融入思政课中，使思想政治教育不再枯燥。江华创新实验学校思想政治教师李老师说："春风化雨、创新教法，同学们更喜欢上思政课了，爱党、爱国、爱家和'三观'普遍增强了。"

二

大圩镇的瑶族文化，除风景独特外，还有众多独特的美食。大圩镇第一小学教科室主任李富荣在上课程"中华美食名气天下"时，对教材进行了二次开发，将瑶族美食"瑶家十八酿"融入课堂中，既丰富了内容，还活跃了气氛，增强了孩子们爱家乡的责任心。

"多媒体展示'江华十八酿'的各种酿的图片、制作过程和方法，兴奋之时还让孩子们体验一番，使孩子们对中华美食和民族的自豪感也油然而生。"江华教研室政治教研员梁忠宝评价说道。

李富荣说，拓展内容、打破围墙，对教材进行二次开发，把思政小课堂同民族文化大课堂结合起来，"江华十八酿"是拓展课堂的好素材，让孩子们零距离感受瑶族饮食文化。

江华创新实验学校政治教师李老师介绍，江华的瑶族文化、饮食文化、服饰文化、民俗文化、旅游文化、红色文化等都是思政课二次开发的素材。他常常结合教材把江华一些地域文化融入课堂中，让学生从中感悟，学有所得。

“上思政课就是润物无声，达到浇花浇根，育人育心的效果。”梁忠宝坦言。

“教育局局长的主阵地在课堂，校长的主阵地也在课堂。局长引领校长办学，在校园里为孩子成长深耕沃土；校长要对教师进行思想引领，以思政课为阵地在孩子心灵里播下真善美的种子。”唐孝任表示。

家门口也有“党史学习教育”的“活教材”

近年来，江华县 70 多所学校结合学校实际建立党史学习教育现场教学点，并通过编写历史资料或校本教材、人人讲红色故事等方式，在家门口讲好党史故事，让孩子“零距离”体会红色教育的魅力，为瑶山孩子“培根铸魂”奠定精神基础。

一

“实行马列主义，反对帝国主义！”“红七军是为工农谋利益的！”“打倒苛捐杂税的国民党，打倒军阀！”“实行耕者有其田！”“拥护全国苏维埃！”“红军胜利万岁！”等 16 副红七军遗留在江华县大圩镇大圩老街村民余昌斌的老宅——红七军十九师政治部居住地的墙壁上的标语和马克思画像，至今仍然保存完好，清晰可见。

江华县大圩镇第一小学距离红七军十九师政治部居住地仅 500 米。学校结合实际，将红七军十九师政治部居住地定为学校党史学习教育现场教学场点。“教学场点距离学校很近，随时可以开展学习。”学校教科室主任李富荣介绍：“这是活生生的党史学习教育素材，我们将进一步挖掘其中的故事，让师生的心灵得到洗礼，为师生注入红色基因。”

“每次与这些标语‘零距离’亲近，感受伟大的‘长征精神’，都会让心灵得到震撼，感受党的伟大。”学校教师田振军满含深情地说道。

大石桥乡是革命先辈、最高人民法院原院长江华同志的故里，中洞完全小学、大石桥乡中心小学、大石桥中学都将江华同志墓地、故居作为党史学习教育现场教学场点。中洞完全小学校长李荣庆说，在江华故居，可以聆听革命故事、感受革命精神、领悟先辈革命真理，为师生“培根铸魂”。

江华同志故里开展党史学习教育

据了解，江华是革命老区县，全县现有烈士墓505座，其中无名烈士墓400余座。目前，全县70多所学校结合实际把学校附近的烈士墓、革命遗址、旧址和红色场馆等作为党史学习教育的现场教学场点。师生在教学场点进行党史学习教育现场教学和体验，领悟党史的伟大内涵。

二

江华大石桥乡中心小学是先辈江华同志小学时期的母校。学校把江华的人生经历和革命历程编写成《江华故事》图书和绘本，建设了江华同志陈列室等,并将之作为党史学习的教育资源。还通过开展讲江华故事、画江华人生经历、写江华故事等活动进行党史学习教育。学校校长奉前茂表示，目前，学校与党史学习教育有效结合起来，从江华同志“四易其名、四次回家、四盏马灯、四件大事”等故事中挖掘提炼出“马灯精神”

打造“马灯教育”，让全体师生了解学习江华同志的故事和精神，使孩子们坚定信仰，为其培根铸魂。

同时，各学校还通过讲江华红色故事、开展江华红色主题班会等丰富多彩的党史学习教育，传承红色基因，培养师生敬仰先烈和英雄、爱党、爱国的高尚品德，内化师生精气神，为孩子培根铸魂！

地方党史是一笔宝贵的党史学习教育资源。近两年来，江华各学校结合实际充分挖掘老兵、老党员等红色经历，用文字、绘本和影像等编写“泥土味”的历史资料，让师生党史学习教育更有韵味，更接地气。

原大石桥乡中心小学副校长甘秋萍说：“课堂不再只是课本上的知识，还有一段鲜活的历史，在课堂中渗透党史知识和红色教育，让学生天天学党史，时时讲党史，让孩子们传承红色基因，扎根心中。”

三

学史明理、学史增信、学史崇德、学史力行。2021 年 3 月以来，江华教育系统全力推进党史学习教育，提出了与红色教育、师德师风、德育等高度融合。通过开展“亮身份”“唱国歌”“唱革命歌曲”“学理论”“践准则”“争先进”“讲红色故事”等培根铸魂的“七个一”活动。

同时，江华各学校还立足教育实际，聘请老兵、老党员等上微党史课、进行微党史专题、讲微红色故事和表演微红色故事等，将党史学习教育深入孩子心中。江华教育局还遴选红色歌曲、红色电影等在校园早、中、晚和重要时间节点进行播放，搭建党史学习、展示平台，引导全县 10 万名学生读好党史书、唱好颂党歌、讲好红色故事，坚定立志信仰，浸润孩子的心灵，为孩子培根铸魂。

“挖掘‘家门口’的党史学习教育资源，让‘家门口’的红色资源转变为党史学习教育和思政课的‘活教材’，推动党史学习教育入脑入心、走深走实。”唐孝任介绍说道。

“火狼”玩转“机器人”

“1 分 2 秒！比我去年拿一等奖时创造的 1 分 37 秒还快了 30 多秒！”2018 年 11 月 4 日，第八届中国教育机器人大赛“机器人游中国”

项目比赛现场，来自江华瑶族自治县职业中专职三学生赵李华兴奋不已！

当天，赵李华和涂光和组成的“火狼队”，勇夺“机器人游中国”项目中职中学组唯一的特等奖和“智能物流”单项比赛二等奖。

“这个特等奖，来之不易。”赵李华回忆。原来，在熟悉比赛环境中，赵李华和涂光发现比赛用的“中国地图”15 个旅游景点与调试练习时不一样。怎么办？第二天就要比赛了，容不得多想，他俩当天晚上新买了地图，重新调试，一直忙到第二天凌晨 2 点多。

11 月 4 日上午 9 时，比赛开始，只睡了几个钟头的赵李华，凭借着经验和沉着，将原来设置的程序稍做改动，机器人便开始游“深圳”，过“福州”，经“台北”，一个接一个景点游去，抵达“长沙”后，机器人再返回“深圳”，游完 15 个景点，用时仅 1 分 2 秒。

赵李华的机器人胜利抵达后，队友涂光和这边却出了状况，机器人试了两三次都无法按照编写的程序动起来。涂光和迅速检查“地图”和查看机器人，发现是地面不平和光线影响了传感器。联想自己在学校练习时也出现过同样的问题，他灵机一动，将原来在学校练习的程序进行改进。20 分钟后，机器人动了起来，并按照程序游完景点。两人综合成绩超出第二名近 30 秒。

这已是两人第二次获得国家级比赛大奖了。

说起与人工智能的缘分，赵李华说，主要是兴趣。2016 年 6 月，赵李华选择了职业学校学习自己喜欢的电子专业编程。然而，在学习过程中，因基础差，有时编程调试了 100 多次都无法成功，这让赵李华很沮丧，甚至有了放弃的念头。

幸运的是，老师知道后不断给他鼓励，赵李华重拾信心，啃下《C 语言基础》等 40 本编程方面的专科教材，还钻进编程教学视频中，学会用更多的语句实现功能。2017 年，通过层层选拔，赵李华在省职业院校学生技能大赛中荣获三等奖。2018 年 2 月，赵李华与同学涂光和组成“火狼队”，致力人工智能方面的学习与研发。学校也给两人安排了专业指导老师。

编程、调试机器人，再编程、再调试机器人，成了他俩的全部学习内容。“他们常常是调试室、寝室两点一线，在平时的练习中只要提出一个问题，他们可以有五六种解决的办法，找到最合适的方案。”指导老师彭召翔说道。

3个月后，两人参加省职业院校学生技能大赛获得三等奖。但赵李华并没有骄傲，他知道自己还可以做得更好。于是，他更加努力地学习、钻研。“将机器人的电池改在前面，轮子重心更靠地，就不会出现打滑，更稳。”赵李华坦言，“机器人对编程的要求非常高，因此要对速度把握非常精准，过快容易翻车，过慢则成绩不理想，而且比赛时组委会会随机抽取3个景点禁止进入，这需要对程序进行反复修正、改进。”

“近两年，学校学生获国家、省级职业院校学生技能大赛、职业学校创新创业创效大赛、中国教育机器人比赛等奖项近20次，赵李华和涂光和两人组成的团队获得省级奖项4次，全国奖项2次。”学校校长奉天生说。

“考上大学，致力于‘人工智能’研发，为人们生活更方便、便捷做一点贡献。”谈起毕业后的打算，两人脱口而出。

不让一位孩子失学

2012年，江华被确定为新一轮国家扶贫开发工作重点县。江华县委、县政府始终把教育扶贫作为最大的民生工程和脱贫攻坚的重要抓手，全力实施“功能型”和“造血式”扶贫,围绕“一提高两降低”(提高入学率、降低辍学率、降低贫困家庭子女的上学负担)，探索出“政府主导+部门发力+社会助力+群众生力”的教育脱贫新路子，全县教育精准脱贫工作呈现良好势态。

江华县完善了学生资助体系，建立起了村、校、乡镇、县“四级”详细入学资助台账，实行动态管理，精准资助。2017年，设立“深度贫困教育助学专项基金”，每年县财政单列资金700万元，重点用于解决就读义务教育阶段深度贫困家庭子女平安保险费、生活费和校车费等，实行政府兜底，“零负担”就学，从根本上解决因学致贫的焦点问题。此外，还设立少数民族义务教育助学金，对湘江九年制学校等5所林区寄宿制学校贫困学生的交通、伙食等进行补助。

江华县建立了“互联网＋助学”模式。通过中国社会扶贫网平台，让更多社会爱心人士与贫困学生对接。同时，中南大学通过建立电商人才基地、研究生支教团和设立网络学院等方式进行精准扶贫。同时，按照“培训一人，转移一人，就业一人，脱贫一户”的思路，江华依托江华职业中专学校和职教中心，强化贫困学生的技能培训，保证贫困家庭孩子可以接受技能培训，拥有一技之长，让贫困家庭一人就读职业学校或参加培训，实现“就业一人，脱贫一户”的政策。

为确保就读职中或参加培训的学生（学员）能就业，江华职业中专与深圳比亚迪、北京怡生园、神州瑶都大酒店、九恒集团等30多家省内外优质企业合作，建立了“校企融合＋特色专业＋定向就业”互利共赢的培养模式，为瑶山贫困学生成才、贫困家庭脱贫闯出了新路子。还加大对贫困户劳动力培训，先后开展种植、养殖、计算机、电焊、电商、中式烹饪、菌类等技能培训，对培训后愿意发展种植、养殖或开办企业的贫困人员，每人提供2年内免息的5万~8万元创业贷款。2016年，开展各类培训40余期，培训贫困对象和短期培训学员5500余人次，众多贫困对象掌握了一至二门实用技术、技能。

同时，江华还依托“雨露计划”，加强对“两后生”的技能培训，阻断和摆脱了贫困代际间的传递。现就职于深圳某公司的任翠满通过“两后生”学历教育培训后，现年薪达10万余元。任晨也通过“两后生”培训后于北京就业，月薪达5000元。任翠满说，‘雨露计划’让他走进了白领层，一家走上致富路。

教育扶贫乘上党建“快车”

“羊华，在学校习惯了吧？不要灰心，努力点，会赶上的。”2017年11月7日，江华县码市中学校长、党支部书记李荣胜又一次找到因家庭原因间隔近两年才重新回到学校读书的陈羊华，给他打气，聊人生、谈理想。

陈羊华的重新返校归功于江华"党建＋教育扶贫"新举措。

党的十九大报告提出，"确保到2020年我国现行标准下农村贫困人口实现脱贫，贫困县全部摘帽，解决区域性整体贫困，做到脱真贫、真脱贫。"江华县发挥党员教师示范引领作用，围绕让每所学校焕然一新、让每位教师安心乐教、不让一个孩子因贫失学、办人民满意教育的"党建＋教育扶贫"新举措，1000余名党员教师扑在移民工作、移民学校建设、高寒山区易地搬迁子女读书和教育扶贫工作中，全力进行攻坚，江华教育扶贫走出"坦途"。

"以党建为突破口，党员教师思想上进、业务能力突出，尤其是凝聚力进一步增强。"唐孝任说。

码市中学是江华县最偏远的乡镇中学之一，家长大多外出务工，留守学生占了80%以上，有些建档立卡户的孩子因家庭贫困、厌学等导致失学。

2017年暑假，李荣胜决定发挥党支部作用，组织学校党员教师、行政班子对辖区内29个村（社区）及大锡乡7个村（社区）进行家访和劝学。"这些建档立卡户的孩子并不都是因贫失学，大都是因家庭、厌学等原因导致的。要想劝回他们，难度很大。"李荣胜坦言。但他还是下定决心，一定要完成这个任务。

2017年7月3日，是江华中小学放暑假的日子。李荣胜带领教师进村入户家访，一方面了解学生放假的去向，收集村民、村干部对学校的建议和意见；另一方面对几个因厌学和家庭原因而失学的孩子进行劝学。

在码市镇栗安村陈羊华的家里，李荣胜了解到陈羊华的父母外出打工，他与年迈的爷爷、奶奶一起生活。受家庭的影响，他已辍学两年。在一次次沟通和保证后，陈羊华表示愿意重返学校。

"原本内向的孩子，通过一个多月在学校的学习，变得阳光快乐了！"陈羊华的母亲邓桂花说。

与李荣胜一样，江华县教育局驻大圩镇心合村的扶贫队长、第一党支部书记汪祚凡也很忙，他常常走进村里建档立卡户家庭，了解学生学习和家庭情况。

2015年，精准扶贫工作开展以来，全县教育系统结合实际将党建办、扶贫办合成办公，形成既抓党建、又抓扶贫的局面。同时，中小学派出精干的扶贫队长任帮扶村第一书记，并把临时支部搬进村里，随时解决扶贫过程中的难题、焦点问题和贫困家庭子女读书的实际困难。

“全系统1000余名党员教师全部与建档立卡户家庭进行了‘一对一’结对子，除保证一户一策外，还进行教育扶贫。”江华教育局党建办、扶贫办主任林显春说。

赵小涛（化名）是江华县大圩镇心合村里的建档立卡户，父母双亡，住房倒塌，现寄住在伯伯家。扶贫队了解情况后，不仅把他接到了县城上学，还为他筹集易地搬迁购房款。“通过一次次帮扶，小涛现在更阳光了，这得益于临时支部的攻坚。”汪祚凡说道。

江华县没有一名建档立卡户子女失学。“扶贫过程中，学校党支部的战斗堡垒作用凸显，党员的先进性、攻坚力量进一步增加，真正促进了教育脱贫攻坚。”唐孝任说。

江华教育扶贫的主战场在水口、大圩、大锡等高寒山区。新建水口镇中心小学、大圩镇第二小学等7所易地搬迁学校，新增学位4000多个，解决了水口、大圩等1万3000多名涔天河水库扩建工程和高寒山区易地搬迁移民子女的入学问题，实现了移民“搬得出、稳得住”的目标。

江华思源实验学校是一所招收涔天河水库扩建工程移民和高寒山区易地搬迁移民子女就读的九年制学校，学生大多是来自大山的留守儿童。因长期生活在大山中，这些孩子性格内向、缺乏自信。学校结合“自信教育”创办音乐、美术、体育、书法、科技创新、瑶族特色文化社团，还在心理、学业等方面进行帮扶，打造学生成长的乐园。同时，学校派出党员教师联系班级和学生，对学生进行“一对一”帮扶，做学生健康成长的守护人。因“自信教育”，使孩子们脸上洋溢着阳光、自信、快乐。

教育局局长劝学记

唐孝任带领学校相关人员开展劝学工作

盛夏的太阳，火般炙烤。“马上就要脱贫摘帽了，得去学生家里走走，将那些半辍学的孩子劝回来。”2018 年 7 月 20 日，局长唐孝任、副局长鱼宗肆，时任东田中学校长曾少华、涔天河镇中心小学校长何班金一行，直奔涔天河镇务江冲村建档立卡户半辍学状态学生盘小平（化名）家，开展暑假劝学家访。

14 岁的盘小平，是涔天河库区移民子弟，因厌学半辍学在家里，平日里不是看电视，就是和父亲到木材加工厂做些苦力。父亲无数次让他到学校读书，盘小平都不愿意。

听说盘小平去了木材加工厂，唐孝任一行又顶着烈日，直奔加工厂。正在做工的盘小平，满头大汗，见到局长、校长，他慢慢走了过来，但并不言语。

“我们今天来，就是请你下学期到学校读书的!”唐孝任开门见山地对盘小平说。

男孩只是默默地听着，没有正面回答，仿佛唐孝任说的事与自己无关。

见直接的沟通无效，唐孝任换了方式。他招呼小盘和自己并排坐下，关切地问："朋友多吗？"

"不多。"沉默数秒后，小盘嘴里挤出两个字。

"就是呀，不读书就没有同学，朋友自然少了。读书或多或少能学到知识、交到朋友。没有朋友，以后的人生路将会越走越窄。"一番交流后，唐孝任摸准了小盘的心思。

他开始与盘小平谈理想、谈人生，大道理、小道理，全都托盘而出。

"对！读书总比不读好。就拿我弟弟来说，他也是到广东打工一年后，意识到读书的重要，才又回来读书的，现在不是比他同龄的过得好吗？"鱼宗肆讲起自己弟弟辍学又返校的故事。

"人生的许多想法，就是要通过读书不断实现的。你放心，你到学校读书，不用交一分钱，初中毕业后，还推荐你读技术学校，让你学一技之长，这样才能阻断代际贫困。"唐孝任一边说一边拍拍盘小平的肩膀。

"对，读书的人生，路越走越宽，反之，可能会越来越狭窄。"鱼宗肆一边说，一边用手比画着，希望能再次触动盘小平的心。

"他就是厌学。校长来了无数次，可总是劝不动。相信你们这次一定能触动他的心。"临走时，盘小平的父亲感激地说道。

2018 年是江华脱贫摘帽的攻坚年。为确保不让一名学生因贫失学，从去年起江华财政单列 700 万元设立贫困教育助学专项资金，所有建档立卡学生享受平安保险费、生活费和校车费等教育资助，确保"零负担"入学。同时，在实行"政府 + 学校"双线控辍和师生一对一结对帮扶的基础上，创新"心理疏导 + 四声校园"保学模式，确保不让一个建档立卡家庭的孩子因贫辍学。

教育局班子教育扶贫大走访

正值酷暑，却是阴雨连绵。

"正值暑假，孩子们都在家，是家访的好时节，也是决胜脱贫攻坚的关键期，教育扶贫工作必须做好、抓实，确保不让一位孩子因贫失学。"2019 年 7 月 8 日—9 日，江华教育局 6 位班子成员分四个组带队对全县所有重度贫困村开展入户大走访，全面调研全县教育脱贫攻坚工作。

码市镇、大圩镇、水口镇、蔚竹口乡、湘江乡是深度贫困村的集中区，有两岔河、东冲河、心合村等 9 个村。进这 9 个村的道路蜿蜒崎岖，山体滑坡随处可见。

“大叔，你家孩子还在读书不?”在大圩镇两岔河村，唐孝任随机走到学生家里，开山见山，询问家长，与他们话家常、说教育、谈脱贫。

“没有不读书的，几个孙子都在大圩镇第二小学、大圩中学读书。”家长立刻答道。

唐孝任笑了:“对，就要重视读书，读书才能走出贫困。”

他还是不放心，又随机走进几户人家里。“好像李庚义（化名）辍学在家?”通过询问，查看相关资料，唐孝任打电话给村支书求证。

“我们就到李庚义的家里，问他家长，查看课本等。”说着唐孝任、基教股长蒋团永两人又到了李庚义的家里。

“李庚义在学校读书呀。”李庚义的奶奶肯定地说，还拿出他上学的证据。

“这就好，不能让任何一位孩子因贫失学，这是底线。”唐孝任走出李庚义的家对其他成员说。

“虚惊一场，我们也是这样做的，不能让任何一位贫困孩子失学。”大圩中学校长唐拥军叹了一口气。

9 日，雨更大。唐孝任一大早就来到了大石桥乡金竹冲村。这也是一个重度贫困村。过村、绕山路，到达金竹冲村党支部书记赵支书家里已经中午 11 点 30 分。

“支书，金竹冲村有没有失学的?”唐孝任一行人进门就直奔主题，向村干部询问起来。

“没有，没有失学的，不信你可以入户调查。”赵支书果断地说。

赵支书的话音刚落，唐孝任便扭身出门，去了几户村民家中了解村里有没有失学的情况。当得知确实没有失学的，才放心下来。

“盘湘（化名），休学。”“会不会休学后，就没有到学校读书了呢?”下午 5 点 20 分，在涔天河镇深度贫困村务江冲村走访时了解到了盘湘在休学状态时，唐孝任疑惑起来。一行人随即直奔在涔天河水库移民安置点的盘湘家里。

"老师，我因阑尾炎休学，下学期就回江华思源实验学校读书。"听到唐孝任问是否在学校读书时，盘湘答道。

通过一番交流，唐孝任心中的顾虑终于打消了。

走出盘湘家已经下午6点多，雨仍然下着。"当前是决胜脱贫攻坚工作阶段，要严格按照'两不愁、三保障'的要求，精准施策，确保不让一个学生因贫失学。"唐孝任铿锵有力地说道。

同时，其他三个组反馈消息，通过问、查、对等调查方法，没有发现有学生因贫失学。

2017年秋季开始，江华全面开展一名教师、一名村干部、一名家长或监护人帮扶一名辍学学生的"三帮一"劝返复学行动，全力保证学生不因贫失学。2019年暑期，江华各学校充分利用暑期进村串户开展家访和教育扶贫工作，与建档立卡学生家校共管，筑牢孩子快乐暑期的堤坝。

行走在瑶山深处的家访团

腊冬的暖阳照耀瑶山大地，位于湘、粤、桂三省交界的江华县码市镇大瑶山深处仍然冰冻漫野、晶莹剔透、寒气逼人。2018年1月26日，中小学已放寒假，"杉木校长"李荣胜和他的班子却要开始忙着家访了。

"2018年是脱贫攻坚关键之年，虽然完成了贫困验收，但教育扶贫任务艰巨，不能让一位孩子失学。学校8位行政人员分成了四个组进村入户开展家校、村校联系。让村支两委了解本村孩子在学校的学习、生活、品行情况，让家长了解孩子学习、思想情况，形成家校、村校一体化育人模式。"李荣胜说，他与总务主任赖祥云选择了最偏远的雾香村和大锡乡盘古村等几个村进行走访。

厚塘村是高寒山区瑶寨，距离码市镇5公里多。行走在弯曲的山路上半个多小时后，到达厚塘村的建档立卡学生盘艳（化名）家里。李荣胜看着贫困的家庭说："这孩子性格阳光，成绩优秀，下期却有辍学的念头，今天来的目的除慰问外，还要做她的思想工作，鼓励她好好学习，从而能改变家庭的面貌和自己的命运。"

"人的命运是掌握在自己手中的，学生要读书、努力学习，才能把握自己的命运。"李荣胜一眼看出了孩子的心事，贴心地坐到了孩子身边，送上慰问金，便开始和盘艳谈心、谈理想。

李荣胜苦口婆心，大道小理，一谈就是一个多小时。盘艳不时地点头，脸上慢慢露出了笑容。

“这已经是第二年进行寒假家访了，目的是不能让任何一位孩子辍学。”走出盘艳的家，李荣胜说，“期末排查时发现盘艳家里极为贫困，有辍学的可能，必须进村入户了解家长、孩子的思想。年关将近，孩子们的家长也返乡了，此时家访是了解家长想法和收集家长对学校教育建议、意见的最佳时期。”

盘古村是高寒山区，也是贫困村。俗话说，大山看到屋，走到黑。李荣胜马不停蹄地围着山路转了近半个小时来到了大锡乡盘古村的赖霞（化名）的家里。赖霞家是深度贫困家庭。

“赖霞，你很优秀。”一进赖霞家门，李荣胜脱口而出，“要安心读书，不能因家庭贫困影响了自己学习，要努力学习才能有前程。”表扬、鼓励中，李荣胜送上慰问金。最后，师生俩“拉钩”约定要努力学习。

在锦坡村，李荣胜和市人大代表、支书马江秋交流村里孩子的特长、成绩、学习、品行后，马江秋表示，要发掘孩子对“火烧龙狮”的喜爱，并要求将春节“火烧龙狮”任务交给他，让孩子们在传承省级非物质文化遗产的活动中过有意义的寒假。在与学校一墙之隔的下湾村，李荣胜利用走访机会和支书李洪光进行交流，并达成意向，免费为学校接通村里优质的山泉水，解决师生的饮水问题。

“在一次次走访中拉近了与家长、村干部的关系，也在交流中共筑起家校、村校共管的教育网络，帮助孩子快乐健康地成长。”李荣胜说道。

据统计，此次共走访贫困家庭近 100 余户，与村干部交流、收集建议、意见和解决问题 30 余个（条）。

扫码观看

《江华瑶族自治县教育脱贫攻坚工作纪实》

局长“静夜思”（二）

校长办学要有思想

近日，有朋友问我，校长办学需不需要教育思想，毋庸置疑，校长办学必须要有教育思想，思想决定思路，思路决定出路，没有思想，学校的出路在哪里，教育的出路又在哪里？历史和现实证明，凡是名校都有教育思想的引领。具体而言校长办学需要教育思想是由五个方面的因素决定的。

一是由教育的本质决定的。教育的本质就是培养人，作为上层建筑的教育，一方面我国是中国共产党领导的社会主义国家，我们培养的人必须是德智体美劳全面发展的社会主义建设者和接班人，必须是为民族复兴担当大任的人，这就是校长办学的方向，不能偏离。另一方面教育不仅仅是一个业务活、技术活、艺术活，更重要的是思想活，要传播思想、传播真理，要塑造灵魂、塑造生命和塑造新人。

二是由学校的魂或根决定的。学校的魂到底是什么？学校的魂就是校长的办学思想，就是在师生内心深处，流淌在师生血液中的校园文化。为什么一些学校办不好？是因为校长没办学思想，守摊子做事务。或者有思想，不科学，既不接天线，也不接地线，难以得到师生的认同，形成不了校园文化，学校没有了魂或根，也就没有了生命力。

三是由校长的职责所决定的。校长要引领一所学校，首先是思想引领，“思之深，行之远”，我们对一件事，认识得越透彻，思考得越深刻，就越能笃定前行，越能行稳致远，做到“咬定青山不放松……任尔东西南北风”。这就需要校长一方面要认真研究党的教育方针政策，另一方面要研究教育教学规律和学生身心发展规律，还要研究当地风土人情和文化，形成自己的办学思想。

四是由学校的根本任务决定的。教育的根本任务就是立德树人。立德树人如何在学校落地？这就决定了学校要根据实际情况，因地制宜制定出自己的办学愿景、一训三风等。

五是由学校树品牌决定的。学校品牌是学校的特色，是学校的文化。而学校长期积淀的文化，就是校长教育思想落地的结果。因此，校长教育思想需要符合党的方针政策，符合教育教学规律，符合学生身心发展规律，符合当地实际且有特色，久久为功，做到极致，形成流淌在师生血液中的校园文化，这就是学校品牌。因为这所学校培养的人打上了学校的印记。

致教育现代化

我们站在一个新的阶段，由“有学上”到“上好学”的转换阶段，由“传统教育”到“现代化教育”的转换阶段。

我们必须清醒地认识到我们的教育到底处在什么阶段，我们到底站在什么位置，从哪里来，要到哪里去。教育的现代化是教育的高级状态，是传统教育向现代化教育转换的过程，更突出人的现代化，其特征突出表现在思想性、全民性、全面性、终身性、特色性、多元性、信息化、开放性和自主性。

根据其特征，我认为要实现教育现代化，就要在构建“八大体系”上下功夫。

一是要构建教育的评估体系，改变单一模式，实施管、办、评分离。

二是要构建育人的全面体系，推进“五育融合”，实现德智体美劳全面发展，同时实现学校、家庭和社会共育的局面。

三是要构建全民终身教育的服务体系，要让所有的人都能接受教育，并且终身享有接受教育的机会，一改过去只在学校、课堂接受教育的局面……

致“三个第一”

“三个第一”的实现是注重了校长办学，教师的专业成长，孩子的健康成长。全力推进“校长第一”“教师第一”“学生第一”的“三个第一”

工程，努力培养教育家型校长、有专长的教师、有特长的学生；让校长幸福办学、教师幸福育人、学生幸福成长。

一个好校长就是一所好学校。正基于此，2017 年，我们提出“三个第一”的理念，看了马云对话全国名校长的视频，不谋而合，局长把校长放在第一位，校长把老师放在第一位，老师把学生放在第一位，其实质在于激发内在动力，调动主观能动性。其关键在校长，需着重提升校长的领导力和能力。

我认为校长领导力主要有：一是抓校长的政治能力。校长办学必须要有明确的方向，做到政治家办学，在“培养什么人，怎样培养人，为谁培养人”的问题上必须头脑清醒。二是提高校长抓教育本质的能力。本质就是规律，校长抓住本质，就抓住了方向，就能够有定力，做到咬定教育教学中心不放松。三是提升预测未来的能力。世界在变，中国在变，未来已来，但我们的教育仍停留在工业化时代，必须要改变，作为校长必须看得见未来。四是提升校长带教师队伍的能力。教师队伍是教育的关键，如何激发、唤醒教师，提升教师队伍的素质，是对校长的严峻考验。五是提升校长运营学校的能力。校长的办学理念、愿景、路径和策略要科学，可操作性要强。六是提升校长廉洁自律的能力。

致阅读

在湖南省教科院黄泽成主任的引荐下，2017 年，“阅读·梦飞翔”项目入驻江华瑶族自治县，采取地区自主出资建馆，“阅读·梦飞翔”慈善文化关怀基金提供培训指导的新型合作模式。目前，已建成 15 所项目学校，并建立本地种子老师团队，阅读工作已在有声有色地开展。

一个人的精神发育史，就是他的阅读史；一个民族的精神境界取决于这个民族的阅读水平；一个没有阅读的学校永远不会有真正的教育；一个书香充盈的学校才会是一个美丽的学校。基于这些认识，江华县一直在阅读文化建设方面持续发力。2019 年，江华县继续以“阅读·梦飞翔”项目为指引，着力“六抓”，持续推动阅读文化建设工作。

一是抓外力。2017 年 10 月，与香港“阅读·梦飞翔”慈善文化关怀基金会签订合作协议，引入“阅读·梦飞翔”项目，在5所学校进行项目试点。2019年，又增加7所“阅读·梦飞翔”项目学校，借“阅读·梦飞翔”项目专家之力，实施专业引领。

二是抓顶层设计。2018年，出台了《江华县教育系统阅读文化建设三年行动计划》《书香型校园实施方案》，对阅读工作做了顶层设计。

三是抓保障。教育局成立了阅读工作领导小组，我任组长，分管副局长任副组长，局班子成员、教研室主任、基教股长为成员。2019年8月，教育局里专门成立了阅读办公室，由永州市语文学科带头人周丽华担任阅读办主任。要求各校教室建立图书角，有条件的学校建立阅览室；对学校图书资源分配做了规定；对学校阅读文化建设也做了硬性要求；建立了阅读种子教师团队。

四是抓建模。各学校实施“六个一”工程。即各校建设或完善好图书室，每班建一个图书角；各校每天开一节午间阅读课，时间不少于30分钟；各校每周每班上好一节阅读课；各校每月举行一次读书报告会或交流会；各校每期举办一次读书评比活动；各校每年举办一届读书节。

五是抓典型。为全面推动全县阅读工作的开展，我们极其注重典型引路。为此，2017年10月开始，着力建设大圩镇第二小学、沱江镇第二小学、水口镇中心校、大石桥乡中心校、江华思源实验学校等5所阅读项目示范学校，经过两年的打造，这5所学校在阅读场馆建设、图书资源分配、阅读教师培训、阅读课模式、阅读评价考核等方面都有成熟的经验积淀。目前我们正以此为典型，带动全县阅读工作的全面开展。

六是抓考核。将阅读工作纳入全县教学常规管理范畴，每月学校自查，每学期教育局进行一次以上全面检查。参照“阅读·梦飞翔”项目的考核细则，每年度对学校阅读工作进行年终考核评估，考核结果列入年度目标考核内容，占比5%，与绩效考核挂钩。对考核达到“优异”等级的学校实施奖补。对考核优秀的教师，颁发荣誉证书。

通过“六抓”，江华县阅读工作取得了明显成效，目前全县师生阅读状态良好，学校阅读气氛浓郁。

致“四声校园”

我们一直在开展“四声校园”工程，目的是通过打造书香校园，让学校有琅琅的读书声；打造活力校园，让学校有快乐的欢呼声；打造快乐校园，让学校有嘹亮的歌声；打造艺术校园，让学校有悠扬的琴声。“四声校园”让孩子们找到自己心理的平衡点，找到自己的心理需求，促进学校内涵和特色发展，为学生的个性发展与展示搭建舞台。

全力推进幸福的欢呼声、嘹亮的歌声、悠扬的琴声、琅琅的读书声“四声校园”建设，并以“一班一特色、一师一专长、一生一特长”的模式建设班级特色文化，让教师有一技专长，让学生快乐成长。

致体育节

2021 年 10 月 27 日，全县中小学首届体育节开幕。一些领导和老师问我，是不是广告公司搞错了，把“体育运动会”笔误成了“体育节”。

没错，就是体育节。虽“会”与“节”只一字之差，却体现出观念上的改变，体现出由“量”到“质”的转变，体现出体育的重要地位。曾几何时，体育被当作所谓的副科，语、数等科目可以任意挤占；体育就是玩耍课，放羊式的教学；任何人可以当体育老师。正因为此，体育应有的育人位置被“唯分数”论者一落千丈，所以才有了“体育老师当班主任被家长赶下台”的荒唐之举。请问没有健康的身体，你又何谈学业，何谈事业？没有健康中国，又何谈民族复兴，何谈建设社会主义现代化强国？

2035 年全面实现现代化，今天的青少年正是全面实现现代化的中坚力量。要实现现代化，野蛮其体魄是前提条件。体育教学工作的推广教育工作者任重道远。一要牢固树立“健康第一”的理念。二要养成体育运动的良好习惯。三要教会学生掌握运动技能和技巧。四要在体育中发挥“育”的作用。五要在体育运动中学会感受美、欣赏美和创造美。

这次体育节，让我思考得更多：让学生跑起来，让教师动起来和让学校活起来的最关键是让教师动起来。这是让学生跑起来，让学校活起来的前提。

对此，我认为让教师动起来要坚持四个“牢固树立”。一是牢固树立“健康第一”的理念。没有健康的身体，其他一切都无从谈起。二是牢固树立科学锻炼的理念。要坚持因地制宜，根据实际情况、个体差异来确定锻炼内容、方式方法及强度等。三是要牢固树立以体育人的理念，要全方位、全过程育人，充分发挥体育的育人作用。四是要牢固树立校长是第一责任人的理念。要把师生健康作为校长考核的重要指标。

致心育（一）

2021 年 5 月 25 日，全市召开中小学心理健康教育工作推进会议，会上做了“七有五融合”的交流发言。此情此景让我想到的是：心理健康教育终于回归到教育的中心位。

心理健康教育是一门科学，而不是装点门面的点缀物，必须尊重其内在规律，否则，就会受到惩罚。作为教育工作者，特别是教育局局长、校长和教师，这是“吃饭”的技能和本领。

当前把心理健康教育摆在重要位置，就是一场“教育革命”，要从“育分”向“育人”转变，我们到底要培养什么样的人？如果培养的人心智不健全，那不就成了次品、废品，甚至危险品，那将是社会的灾难，国家和民族的祸害。

心理健康教育是系统性工程，不能头痛医头，脚痛医脚，产生心理上的问题，不外乎有外在和内在原因。我认为中小学生心理问题产生的原因主要有学习上的压力、家庭压力、性格和身体上的缺陷、情感问题、网络成瘾及不和谐的师生、生生关系等。这些因素决定着中小学心理健康教育工作任重而道远，一要聚焦“教育生态”，二要聚焦“教师队伍”，三要聚焦“课程建设”，四要聚焦“活动开展”，五要聚焦“师生建档”，六要聚焦“家校共育”，七要聚焦“五个融合”。

致心育（二）

受湖南省心理学会之邀，参加中小学心理健康教育“五维一体”解决方案研讨会，有幸结识了省内心理健康教育界的前辈们，收获颇多，对全县心理健康教育推广工作信心更足了。

心理问题已经成为当前刻不容缓的重大事宜，处理不好，不仅断送个人和家庭的幸福，甚至危及国家和民族的前途命运！特别是青少年的焦虑、抑郁情况，不仅学校要重视、家庭要重视、社会要重视，更要摆在各级党委、政府的重要议事日程上来。

我们看到一些青少年抑郁自杀的报道，心情总是特别的沉重，到底是什么造就这样的悲剧？不良心理的形成，不是一朝一夕形成的，也不是单一的原因造成的。

造成不健康的心理主要有以下五点原因。

一是个人的“三观”不正确。“三观”正确才能正确地认识这个世界，正确地认识自己，能够悦纳自己，明白自己为什么活着，怎样活着才有意义。反之，就会感到迷惘。

二是学校“育分”代替了“育人”，为了“分”，把学生当成了“育分”机器。

三是家庭贫穷、变故等原因会造成孩子自卑、自闭、孤独等性格。

四是孩子自身身体等方面的缺陷，也可能引发孩子的心理问题。

五是社会上一些消极、落后的信息，对于辨别力不成熟的青少年来说，有极强的吸引力，甚至不能自拔，如网络游戏等。

致心育（三）

2020年6月湖南省两办出台《关于加强新时代学生心理健康教育的意见》，2021年9月又召开了全省中小学心理健康教育工作推进会，心理健康教育的春天已经来临。借这股春风，针对当前中小学心理健康教育存在的问题，对心理健康教育工作提出以下几点要求。

一要在打造良好的教育生态上下功夫。一个水塘里，如果死了一条鱼，应该是鱼自身的问题，如果突然死了许多鱼，应该是整个鱼塘环境出了问题。到底是“育分”还是“育人”？教育就是学校教育吗？家庭教育和社会教育该怎么做，谁来做？学生只看成绩，还是德智体美劳全面发展……一定不能头痛医头，脚痛医脚。“心理健康教育”就是“心理健康教育”的事，否则，心理健康教育只能治标不治本。

二要在师资上下功夫。要培养一批真懂和真用心理知识培育学生的老师。心育知识要成为教师必备的知识和技能，学校用“心”管理，教师用“心”教学，真正做到育人育“心”。同时，要培养一批心理咨询师，能够消除和解决学生的一般心理问题。

三要在开课设节上下功夫。过去，总在纠结心理健康未纳入考试成绩，开课设节耽误时间，影响成绩，导致心理健康教育工作常常是雷声大，雨点小，甚至是干雷。鉴于形势严峻，必须把开课设节作为关键之举。一方面必须开齐开足，对未开齐开足的，做到对校长一律问责免职；另一方面要充分利用各种资源。

四要在家校共育、学生建档、活动育人、医校协同上下功夫。生态、课程、师资是做好心理健康教育的关键。在此基础上，还要在家校共育等方面下功夫，形成全民全社会重视心理健康的良好氛围和齐抓共管的良好局面。

致劳动教育

培养什么样的人？怎样去培养人？为谁培养人？谁来培养人？这是所有教育工作者首先要想清楚和解决的问题。劳动创造了人类，也发展了人类，正是劳动把自然界、社会和人的思维紧密联结在一起，劳动是人类的存在方式。我们必须把劳动教育摆在战略位置，让孩子们必须要有正确的劳动态度、弘扬劳动精神、养成劳动习惯、掌握劳动技能！

2018年全国教育大会明确了，培养什么人、怎样培养人、为谁培养人、谁来培养人等四个问题。其中明确指出立德树人是教育的根本任务，培养德智体美劳全面发展的社会主义建设者和接班人。

细心的人都会发现，这次全国教育大会把“劳”作为“五育”的单列出来，那么，为什么要单列，“劳”到底要抓什么，又应该如何着手？

一有利于树立正确的世界观、人生观和价值观。长期以来我们深受“劳心者治人，劳力者治于人”的影响，往往把读书和劳动对立起来，不齿于劳动，认为劳动是低层次人做的事，甚至看不起劳动人民。这是一种错误的观念，实际我们赖以生存、生活、发展的一切都是从劳动中得来，都是劳动人民创造的。

二有利于锻炼身体，陶冶情操。人们在劳动中既可以锻炼身体，又可以享受劳动成果。

三有利于认识规律、利用规律。学习的目的就是为了认识世界、改造世界，而劳动就是在改造世界，在劳动实践过程中能让我们更深刻地认识事物，总结经验，推动事物的发展。

四有利于开展创造性的活动。劳动不仅有体力劳动，还有脑力劳动。学生可以根据年龄阶段及学校的实际情况因地制宜进行劳动，学生在劳动过程中不可避免地会有这样、那样的疑惑，这就需要学生开动脑筋，活跃思维，开展创造性的劳动。

致教育科研

科技是第一生产力。教育科研是推动学校高质量发展的第一抓手。但从目前的情况看，由于受市场经济功利思想的影响，学术的风气并不是很浓，特别是中小学校的科研风气。教学作者们一方面认为科研高大上，是科学家的事，自己够不着；另一方面认为自己把课上好，把事做好，就可以了，没必要去搞科研。实际上，当前教育科研工作在中小学不仅有必要，而且必须立即行动起来。教育科研就是聚焦教育教学工作、德育工作、师德师风建设、心理健康及学校管理工作中的问题，去发现这些问题、分析这些问题、研究这些问题、解决这些问题的。

而我们过去并不关注这些问题，也因此导致办学水平不高。如今，我们要为人民群众提供优质教育，这些问题不去关注、不去解决，又何谈内涵发展，何谈优质教育。所以，每所学校、每位教师、每个领域都应该做教育科研工作。如果说一所学校有50位教师，每人去关注一个问题，一年下来就是50个问题，长此以往，教育科研是推动教师成长，质量教学提升，学校发展的第一抓手！认准了，就开始行动！

路线、底线、幸福线

育有德之人，靠有德之师。作为教育设计者和管理者，我们要凭借“积极导向的底线思维、目标导向的系统思维、问题导向的创新思维”，积极探索师德师风建设“三线”工作法。

一是用“路线”确保师德建设的准确方向。立德树人，不忘初心、牢记使命，为党育人、为国育才。我们在全县统一开展教师培根铸魂“七个一”活动。一是亮身份。党员规范佩戴党徽，教师规范佩戴工作牌。二是唱国歌。每周一齐唱国歌和《团结就是力量》。三是听红歌。每天听革命歌曲，并开展各种歌颂党恩的活动。四是学理论。每周组织教职工学习党史知识、政治理论、教育理论、法治理论和纪律建设等理论知识。五是讲故事。每周一轮流讲故事，讲好教育故事，讲好红色故事，讲好中国故事。六是践准则。每月“主题党日”活动重温入党誓词，例会组织教职工重温职业行为十项准则。要求单位负责人领读，并对本周教职工践行“准则”进行点评，表扬先进事迹和先进人物。七是做先进。制定教职工月评比方案，每月从爱国守法、明礼诚信、团结友善、勤俭自强、敬业奉献等方面分别评出先进个人。

二是“底线”营造师德建设的良好生态。良好的师德师风能营造风清气正的教育生态，良好的教师队伍建设生态能促进师德师风建设。第一方面用传统文化涵养师德，提升教师道德修养。与中南大学合作，开展中华优秀传统文化相关活动涵养师德，组织全县教师学习、传扬中华优秀传统文化，在全县开展师生经典吟诵活动，让全县教师都受到优秀传统文化的熏陶、浸润。第二方面严格执行约束机制，打牢教师红线意识。突出整治违规饮酒和斗酒酗酒的问题，违规征订教辅资料的问题，违规公务接待、在食堂管理中侵害群众利益的问题，滥发津补贴的问题，不正当师生关系的问题，违规收受红包礼金、违规补课的问题，诬告陷害、故意抹黑党和政府形象等问题的专项整治。第三方面落实公平激励机制，强化正确用人导向。

三是“幸福线”引领师德建设的新航标。物质是教师幸福的基础，人生出彩是教师幸福的核心，教师只有在追求“事业生命”中才会享受到更多获得感，这种获得感会让师德规范从“他律”走向“自律”，会让教师激励从“外部推力”走向“内生动力”。可以从待遇、成长中给平台、给舞台等方面提升教师幸福。

理想教育篇　突围与逆袭

江华瑶族自治县芙蓉学校
Furong School of Jianghua Yao Autonomous County

习近平总书记强调:“民族要复兴，乡村必振兴。”教育是乡村的魂，文化是乡村的根。没有教育的乡村是没有希望的乡村，没有教育振兴的乡村振兴无法承担“民族要复兴，乡村必振兴”的时代使命。

乡村学校学生越来越少，撤点并校一度成为热点。乡村学校师资短缺，总量不足和结构失衡并存。乡村教育整体发展水平较低，学校吸引力不足，陷入乡村不需要搞教育、乡村搞不好教育的困境。《国务院办公厅关于全面加强乡村小规模学校和乡镇寄宿制学校建设的指导意见》(国办发〔2018〕27号)明确规定，农村学校布局既要有利于为学生提供公平、有质量的教育，又要尊重未成年人的身心发展规律、方便学生就近入学。

乡村学校要办什么样的教育？来自武冈市的一位教育人在他的《做适合乡村孩子的教育》作品中描写的码市中学恰好能回答这个问题：

我们顺着教室，一路参观，教室门旁边的公示栏写着，班级特色——京彩国风；九年级 221 班班主任（李莲菊）寄语——愿你出走半生，归来仍是少年；班级宣言——青春没有失败，努力就在今朝。九年级 222 班班主任（黄昊乾）寄语——为遇见更好的自己，成为最美的风景，加油；班级宣言——绳锯木断，水滴石穿，绝处逢生，逆风翻盘。九年级 223 班班主任（蒋文清）寄语——再长的路，也能一步步走完。再短的路，不迈开双腿，也无法到达……

读着这样的文字，我想着，也许大山深处的孩子们，更需要这样的“滋润”。

江华教育的“一校一品牌，一班一特色，一生一特长，一师一专长”建设不正是乡村教育所需要的吗？

大石桥乡中心小学班级劳动基地

我们又来到了劳动教育实践基地——耕读乐园。足足 20 多亩的一大片菜地，孩子们种着萝卜、白菜、莴笋、大蒜、生姜、香菜……看着眼前一畦畦的菜地，无论是什么品种，都长得青青葱葱。成长不是演戏，劳动不是作秀。眼前的情景带给我们的，不是惊喜，而是震惊！

正在我们喜形于色，赞叹不绝之际，老校长李荣胜指着前面的一方鱼塘、一片围栏对我们说："这是我们的鱼塘，围栏里是我们的鸡鸭，这条狗也是学校的……"

什么叫叹为观止，今天算是见识了。只见余校长弯下腰，在菜地里边拔香菜、白菜，边说道："今晚我们就吃这些不施化肥，不用农药，无污染，纯人工种植、栽培的蔬菜，大家放心吃。待会我再从围栏里抓只鸡……"他像是在汇报成果，又似在宣传广告，说得我们笑在眉头，喜在心里。

"教育不是过家家，孩子也毕竟不是个个都是种田娃，你这一大片田地整下来，又喂鸡来又喂鸭，那娃儿的成绩怎么样？"我走着走着疑惑起来地问道。

"不是每个娃儿都能读上大学，但是我们可以让他们学会生活的一技之长。做适合乡村孩子的教育，为振兴乡村培养有情怀的人……"余校长脱口而出。

在学校"兰馨创客室"，一幅幅精美的剪纸作品，看得人眼花缭乱，叫我们赞不绝口。随着余校长的解读，我更加懂得这剪纸艺术的精妙。

余校长指着一幅作品对我们说："你们看得懂这幅作品吗？五只蝙蝠，四季种花，春有牡丹，夏有荷花，秋有菊花，冬有梅花，寓意着一年四季，福禄双全。"

指导教师余校长，带着孩子一幅幅剪，一刀刀刻。余校长告诉我们，一幅好的作品，有时用时可能要几个月。

乡村学校的孩子，厌学的不在少数。学校组建书画、写作、阅读、头饰、织锦、养花、刺绣、剪纸、击剑、跆拳道、象棋、围棋、电子、无人机等多个社团，可以培养孩子们的学习兴趣，提升他们的内在动力。

活动提升兴趣，过程锤炼意志，作品涵养品质。一架无人机，可以让孩子们梦绕魂牵、乐此不疲，一块电子板可以让孩子们拆了又装装了又拆，一幅剪纸可以让孩子们连续一个月都在痴情守望、精益求精……

余校长引用陶行知先生的话说，生活即教育，社会即学校，教学做合一。教育不是简单到只剩刷题，学习不是刻板到只能应付考试。作为守望着乡村教育的乡村教师来说，更应该想到要为孩子的生命着色，为孩子的生活护航，为孩子的人生奠基。

2017年11月30日上午，唐孝任进行“贯彻落实十九大精神，打造江华民族品牌教育”专题党课讲授时表示，着力打造江华品牌教育，进一步加快实现“美丽校园、幸福师生、理想教育”的江华民族品质教育再出发。专题党课通过历史与现实的对比，加以国内与国际形势的分析，既有深入浅出的理论阐述，又有旁征博引的案例分析，对实现江华“美丽校园、幸福师生、理想教育”的江华民族品质教育梦作出了实践层面的对策和思考。唐孝任强调：“人民群众对优质教育的迫切需求就是我们教育工作者的奋斗目标。”这个奋斗目标，就是去努力实现“美丽校园、幸福师生、理想教育”的江华民族品质教育梦。

江华教育人的思维模式

唯一不变的就是变，我们要用发展的眼光看待变化。一切事物的发展，都有量变到质变的过程，再通过否定之否定继续发展。

江华教育始终秉持着积极导向的底线思维、目标导向的系统思维、问题导向的创新思维。这三种思维方式是一切教育工作的先导，“三个第一”（学生第一、教师第一、校长第一）是一切教育工作的核心理念，“三个干”（真干、苦干、拼命干）是一切教育工作的精神支撑，“三为教育”（为生命打底，为乡愁寻根，为和美铸魂）是一切教育工作的统领与目标。“三个三”构成江华教育的理论基础与基本框架。

基于积极导向的底线思维

底线思维是充分考虑面临的各种问题、困难和风险，立足实际设定最低目标、争取最大期望值的一种思维方式。安而不忘危，存而不忘亡，治而不忘乱。凡事从最坏处着眼、向最好处努力，打有准备、有把握之仗。

一是从多个角度思考积极导向

自然生命和事业生命。生命是自然界最复杂的结合体，生命的内涵既具体又抽象，既真实可感又不可捉摸。自然生命有年龄之分，会逐渐随着时间的推移衰老和消退。而事业生命，只要我们有目标，有足够的内驱力，则可以长期保持旺盛状态。

回归教育本质，探索教育真谛。什么是教育？怎样才能做好教育？这是江华教育工作者一直以来叩问心灵的问题。江华的“和美教育”倡导教育要因材施教，个性化学习；倡导教育要面向全体，促进人的全面发展。这就要求关注生命个体，突出自主发展、个性发展、绿色发展，让每一位学生都快乐成长，为幸福人生奠定基石。江华教育的实现路径就是“一校一品牌、一班一特色，一师一专长，一生一特长”。

基于江华大地办江华教育。社会主义现代化最重要的任务就是乡村现代化，乡村现代化就需要各类型人才，人才的基础就是乡村教育振兴的基础。江华县是少数民族自治县，也是全国瑶族人口最多的县，有着“大杂居小聚居”的特征，需要各民族共同进步、共同发展。“和美教育”是扎根江华大地办教育的现实呼唤，也是党和国家扎根中国大地办教育的缩影，更是各民族共同发展、共同繁荣的历史见证。

二是从多个层次实践底线思维

底线是人生每个阶段、每个角色的底线、红线，底线是最低线、红线是警戒线，坚决不能逾越。

人的底线思维。做人要有做人的底线，做事要有做事的底线，社会道德有社会道德的底线。要遵守纪律和法律，自觉抵制各种诱惑的侵蚀。

教师的底线思维。教师要理解教育本质，要遵守新时代中小学教师职业行为十项准则，坚定政治方向、自觉爱国守法、传播优秀文化、潜心教书育人、关心爱护学生、加强安全规范、坚持言行雅正、秉持公平诚信、坚守廉洁自律、规范从教行为。

教育管理者的底线思维。教育管理者要充分理解教育本质，要研读和实践义务教育学校校长的专业标准，主要包括规划学校发展、营造育人文化、领导课程教学、引领教师专业成长、优化内部管理、调适外部环境。

基于目标导向的系统思维

系统思维是从系统与要素的关系上把握事物的关联性、整体性的一种思维方式。强调以系统思维谋划推进全面深化改革，增强深化改革的系统性、整体性、协同性，统筹谋划深化改革各个方面、各个层次、各个要素，注重推动各项改革相互促进、良性互动、协同配合。

一是从多个角度思考目标导向

江华教育正从“有学上”到“上好学”，从“基本均衡”到“优质均衡”，必须以创新、协调、绿色、开放、共享的发展理念为指导。其中绿色发展主要是解决人与自然的和谐问题，解决发展方式的问题。很多时候我们的焦虑来自我们教育的评价方式和发展方式出现的问题，“五唯”就是根源，为此，我认为需要形成一套绿色的发展方式和评价方式。一是所有校园要建成如花园、如公园一般的学校，能四季见花见绿，鸟语花香，一派生机和谐。二是师生都要养成绿色的生产生活方式，要学会勤俭节约，学会垃圾分类等。三是师生要尊重自然、敬畏自然、爱护自然，做到人与自然和谐相处。四是学校要把立德树人作为根本任务，做到让学生德智体美劳全面发展，尊重学生个性，为学生品德的养成打好基础，为学生知识和技能的学习打好基础，为学生综合素质和核心素养的形成打好基础，培养学生创新创造能力和动手能力。真正做到育人，而不是育分。五是坚决改革评价方式，摒弃“五唯”，只有这样，教育才能真正实现绿色发展，才能真正实现高质量发展，才能真正实现现代化！

从育分到育人。江华教育有分数而不唯分数，有质量而不追求片面质量，有情趣而不再单调枯燥，江华教育是一种快乐而幸福的教育生活。在这里每个孩子都有一张天真烂漫的笑脸，都有一双灵动的眼睛，都感受到了成长的快乐与愉悦。唐孝任局长在幼儿园培训时指出，一是实现由“育分”向“育人”的转变，真正实现不能输在起跑线上。二是实现由“幼小衔接”向“小幼衔接”的转变。三是实现由“有”向“好”的转变,真正实现幼儿教育高质量发展。四是实现由“盲干”向“教育科研”的转变，推动幼儿教育高质量发展。

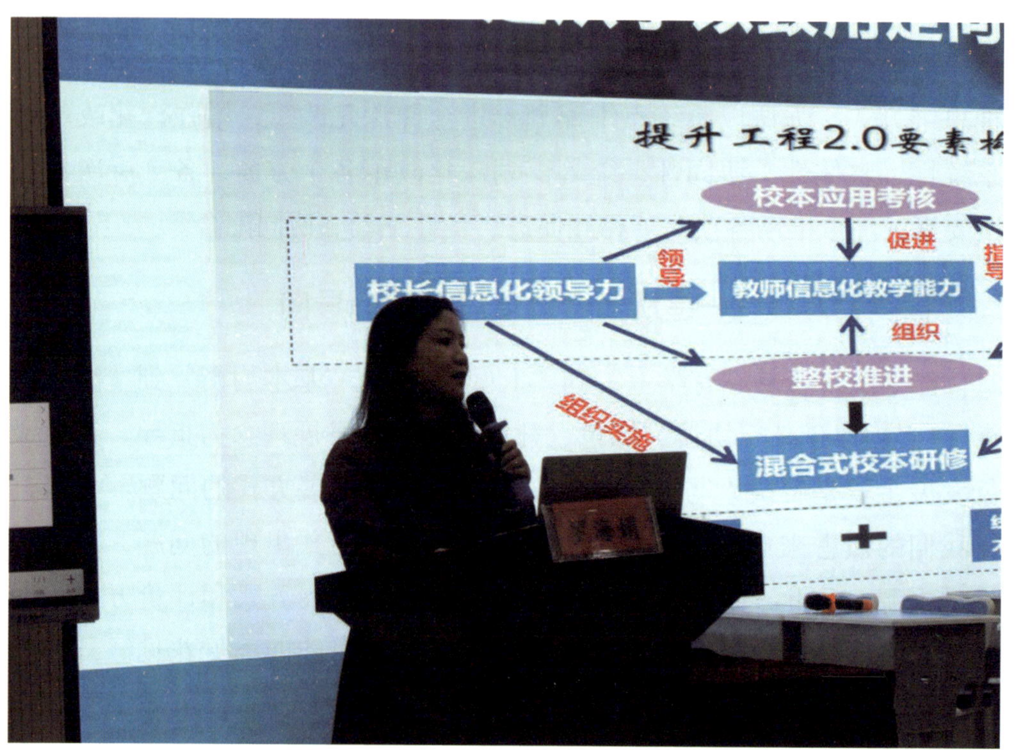

江华瑶族自治县信息技术应用能力提升工程2.0展示汇报——专家点评

从有学上到上好学。合格学校建设和新建学校等是保证有学上，学校品牌建设是为了上好学，并继续完善教育的优质均衡发展。

教育现代化。社会主义现代化的核心是人的现代化，而人的现代化关键在于教育现代化。中共中央、国务院印发的《中国教育现代化 2035》明确指出，要加快教育现代化、建设教育强国、办好人民满意的教育。江华教育现代化是一项系统复杂的工程，其核心是要实现学校自主化、法治化、民主化、标准化、多样化、信息化、特色化、国际化和开放化。江华教育现代化最合适的路径就是实践和美教育。

二是从多个层次践行系统思维

五育并举到五育融合。五育并举的教育就是德智体美劳全面发展的教育，江华教育对准五育并举体系中的短板弱项，精准发力，用大质量系统举措保证五育并举，并且尝试着朝五育融合发展。然而，德智体美劳之间并非是孤立的，它们应是一个相互依存、互相促进的有机整体，要实现五育融合育人，关键在于如何打破其边界壁垒、打通其内在联系。

唐孝任调研水口镇中心小学学校品牌创建

在各种变化中整体把握江华教育的发展方向。唐孝任局长不仅不把自己当成领导干部，而且还把教育家一直作为自己的价值追求，用自己的专业引领江华教育走向专业发展之路。唐局长带领江华教育从教育的主要矛盾来分析问题，寻找出路，保持定力。他们深知，前途是光明的，道路是曲折的。再多的困难，他们都埋在心中，因为他们心中有光，所以看见，因为他们相信，所以坚持。

汇集江华教育人的集体智慧与力量。每一位教育人都充满活力，富有朝气，视职业为事业，都有了专业化成长的自觉，都把教育生活过得有滋有味，都感受到了职业的尊严和幸福。唐孝任说：“我感觉自己好像是为教育而生的，只有教育才对我的口味，才能让我充满热情，才能点燃我生命的激情。”

基于问题导向的创新思维

创新思维是以与时俱进、求新求变、新颖独到的方法解决问题的一种思维方式。创新是一个民族进步的灵魂，是一个国家兴旺发达的不竭动力，也是中华民族最深沉的民族禀赋。

一是从多个层次思考问题导向

必须以问题为导向、以短板为导向，促进教育协调发展。

要树立大教育观，要有学校教育、社会教育、家庭教育的“一盘棋”思想。不应过分强调学校教育，而忽视家庭教育和社会教育的重要性。

要培养终身学习的习惯。随着进入信息化时代，人们获取知识的方法和手段变得多元化，从而要摒弃过去衡量教育的单一手段——“一考定终身”。如今，学校教育的重点在于教会学生养成正确积极的思维方式和行为习惯，培养学生的核心素养，使学生具备终身学习的能力。

要树立“五育融合”的思想。过去重智育、轻德育、弱体艺、忽视劳动教育的传统观念，使教育偏离了正确的方向，“育人”变成了“育分”，使学校变成“加工厂”，班级变成了“车间”，老师变成了“工人”，学生变成了“产品”。

要树立城乡协调发展的思想。城乡差距也体现在教育上，长期以来，城区学校的基础设施、设备等要比农村学校好，优秀教师、优秀学生都在往城市挤，造成乡村教育越来越边缘化。因此，要补齐乡村教育这块短板。

要树立学科协调发展观。目前乡村教育学科结构失衡，特别是数学、物理、化学、音乐和美术老师短缺的问题要予以根本解决。

要树立硬件和软件协调发展观。长期以来，一直重视基础设施的建设，而忽视学校的内涵发展，应当由过去注重“物”的建设向注重“人”的建设进行根本性转变，这样才算得上是真正的教育人。

要树立教育内外协调发展观。既要注重学校内部发展，又要注重解决影响教育发展的外部因素，特别是“卡脖子”的因素。

江华教育问题。全县所有学校教育的教学质量整体得到了很大提升，学校打造的“美丽教育”“美好教育”“尚上教育”“三色教育”“纯洁教育”“马灯教育”等教育品牌，使学校的文化建设及品牌建设也取得了初步成果，“一校一品”的内涵与路径还需要进一步探索与完善。唐孝任在调研大圩镇第二小学时指出，学校要坚定做“朴实教育”，建立和谐的师生关系，要从根本上协调好师生关系，要把家访工作沉下去，全面实施关爱情感教育。

二是从多个角度践行创新思维

学生创新能力和动手能力明显不足，创新思维的培养任重而道远。

教育必须要从知识技能型向创新创造型转变，从小学到大学应该建立健全一套比较系统科学的创新创造型学科体系，选拔人才要注重其创新创造能力。我们的校园设计应当处处能启迪学生思考问题，敦促学生身处其中去思考人与大自然的关系、人与社会的关系、人与人之间的关系、人与自身的关系。

教与学要来一次大变革。课堂这一主阵地应当变成生成思想、碰撞思维、创新创造的主阵地。要培养学生的创新思维和动手能力，知识满堂灌、填鸭式教学统统要扫进历史垃圾堆；要着重于科技创新，小学科学和理化生实验要一个不落全部开齐开足；要因地制宜开设劳动课，让学生在实践中认识问题、分析问题和解决问题。

校长们要成为教师、学生创新的表率。不能光喊口号，让教师、学生去创新，自己却一动不动。这就要求校长们在办学理念上、管理上、教育科研上不断创新，切实解决影响和阻碍学校发展的问题，形成创新“大合唱”。

要搭建创新平台，比如创建“创新创造型校园”，开展中小学校园科技节等，使创新型的校园、创新型的师生有出彩的机会。

要改革考核评价机制，让创新创造成为学校教育教学质量的核心。

在传承中发扬文化的力量。《论语·学而》中说：“礼之用，和为贵。先王之道，斯为美。”意思是指礼的作用在于使人的关系更加和谐。中华优秀传统文化十分重视人与人的和谐相处。“和睦文化”是“和美教育”的源泉，而“和美教育”是“和谐文化”传承的主要方式。1988 年 12 月，社会学家费孝通先生到江华调研。1990 年提出“各美其美，美人之美，美美与共，天下大同”的 16 字箴言，这是一种认识和处理不同文明之间关系的理想手段，也是基于中华文明内在精神的话语表达。江华的“和美教育”生动诠释了“各美其美，美美与共”的深刻内涵：为生命打底，为乡愁寻根，为和美铸魂。

多元探寻激发教育发展的内驱力。让教育管理者实现自我价值，让教师有更多出彩的机会，让学生能快乐健康地成长。激发所有教育者和学生的内驱力，从而带动教育发展的内驱力。

寻找突破乡村教育难题的路径。乡村教育发展面临各种问题，老问题是深层次问题，新问题也不断涌现，乡村教育的突围，必须要有创新思维的支撑，特别是在现代教育治理体系建设方面。

江华和美教育，是一种包容的、开放的、发展的教育。“美丽校园”从物到人，“幸福师生”从快乐成长到价值实现，“理想教育”从做师生认可的教育到做适合自己的教育，三者最终都落在和美教育，体现出一种包容开放的姿态。江华和美教育也是不断发展和迭代的，随着“三个第一”理念的不断升华，“三为路径”的不断拓展，“三个标杆”的不断提高，“三干精神”的不断丰富，“美美与共、美人之美”的理念在江华的土地上逐渐成为一种常态。

江华“和美教育”的解读

江华每个教育人都要善于学习、借鉴他人的成功经验，但不要完全没有自己思想的照搬，要坚信自己才是最好的“教育家”。

江华和美教育是“各美其美、美美与共”的优质均衡教育，是在“立德树人”的引领下，秉持“教育是最大的民生工程”，以“三个第一”为核心理念，以“三为教育”为主要路径，关注生命个体，重视开放包容，整体推进“美丽校园、幸福师生、理想教育”理念的教育建设。

江华和美教育是党和国家政策的直接体现与落实缩影。2012 年 11 月 15 日，习近平总书记在十八届中共中央政治局常委同中外记者亲切见面时指出：人民对美好生活的向往，就是我们的奋斗目标。习近平总书记以这一极为生动、凝练的表述，对我们党全心全意为人民服务的根本宗旨作出新的时代诠释。而江华教育的“和美”有“和谐”与“美好”之意，也回应了人民对美好生活和美好教育的向往。2013 年 3 月 23 日，习近平总书记在莫斯科国际关系学院发表题为《顺应时代前进潮流　促进世界和平发展》的重要演讲，首次提出人类命运共同体的理念。2017 年 1 月 18 日，习近平总书记在瑞士日内瓦万国宫出席“共商共筑人类命运共同体”高级别会议，并发表题为《共同构建人类命运共同体》的主旨演讲，系统地阐述了人类命运共同体的理念。而江华的“和美”有“大局意识”与“共同体”之意，满足了培养拥有中国情怀、世界格局的人才的需要。

江华和美教育是教育本质的追寻与回归。江华的和美教育倡导教育要因材施教，个性化学习；倡导教育要面向全体，促进人的全面发展。这就要求关注生命个体，突出自主发展、个性发展、绿色发展，让每一位学生都快乐成长，为幸福人生奠定基石。江华教育的实现路径就是“一校一品牌、一班一特色，一师一专长，一生一特长”。

扫码观看

《江华“和美教育”》

风清气正的教育生态

一是教育优先的决策

2012 年 7 月，中共江华瑶族自治县第十一次党代表大会明确提出：“教育是最大的民生，是扶贫的重要手段，要加快教育发展，并将之作为我县经济社会发展重要的智力支撑和人才保障。”近年来，江华与之相配套的组织机构、文件政策、人才支撑、物质保障等，全面满足了“和美教育”落地之需，形成了“三个优先”。

二是公平公正的作风

经济待遇是教师幸福的基础，全县确保了教师平均收入高于公务员水平，同职称的边远地区的乡村教师比城区教师每年的收入总额约高 3 万元。职业公平是教师幸福的保障，如新教师按成绩选岗，进城实施统一考试，年度绩效考核与评优晋级出台公平公正的政策。人生出彩是教师幸福的核心，教师幸福来源于对“事业生命”的追求，教师的信仰和汗水在学生快乐成长中绽放光华。

三是尊师重教的氛围

出台《尊师重教十条规定》，营造尊师重教氛围。县委、县政府始终坚持“对教育事业怎么重视都不为过、对教育投入怎么加大都不为过”的理念，形成了县委、县政府定期议教、四大班子成员定期调研教育制度，形成了乡镇党委、政府议教机制，形成了县直各部门与学校结对发展长效机制。县委、县政府将教育纳入乡镇和县直各部门年终绩效考核的重要内容，塑造了“党以重教为先、政以兴教为本、企以支教为善、民以助教为荣”的全社会重教风尚。

三个“第一”

“三个第一”是指县教育局把校长放在第一、校长把教师放在第一、教师把学生放在第一。“三个第一”就是从根本上激发人的内驱力，就是体现人在中心，教育就是要把人当“人”来看，而不是把人当“物”来看。否则教育就会变异，就会功利化。

“三个第一”的缘起

新时代立德树人的要求。国无德不兴，人无德不立。习近平总书记一贯高度重视培养社会主义建设者和接班人，把立德树人作为教育的中心环节，把思想政治工作贯穿教育教学的全过程，实现全员育人、全程育人、全方位育人。要深化教育体制改革，健全立德树人落实机制，扭转不科学的教育评价导向，坚决克服唯分数、唯升学、唯文凭、唯论文、唯帽子的顽瘴痼疾，从根本上解决教育评价指挥棒问题。

江华教育发展的必然。江华教育近年来快速发展，由“五改三化”到“五型六化”，再到“递进式六创工程”，正在实现从关注“物”到关注“人”的转变，已经从薄弱和不均衡逐渐发展为优质均衡。

局长心中对教育的理解与追求。教育的目标是为党育人、为国育才，为了实现立德树人这一核心任务，那么就必须要把学生放在最中心。然而，只有县教育局把校长放在第一，校长才能把教师放在第一，以此推之，只有校长把教师放在第一，教师才能把学生放在第一。

“三个第一”的内涵

“学生第一”是三个第一的核心。“校长第一”是县教育局要创新管理手段，引导校长做专业的“教育家型”校长，想校长之所想，急校长之所急；“教师第一”是校长专业引领教师发展，给予教师更多专业的成长机会和人文关怀；“学生第一”是教师秉持一切为了学生，所有教育活动都是基于学生和为了学生。而“学生第一”是三个第一的核心，“学生第一”是出发点也是归宿点。

江华瑶族自治县“阅读·梦飞翔”项目中的种子教师培训

“教师第一”和“校长第一”是“学生第一”的保障。从教师上课、校长评课、名师评分，江华更进一步坚信得课堂者得天下，如果每一位老师都把每一堂课上好，学校何愁办不好，教育何愁上不去。教育的本质是培养人，学校的本质也是培养人，培养人的质量如何？他们的思想品质如何，知识技能如何，生活生存能力如何，关键在教师。而教师的主阵地在课堂，课堂的质量决定了育人的质量，“五育并举”的关键也在课堂。要提升课堂质量，就必须培养和造就一批“四有”好老师，其主要途径是开展教育科研活动，通过教育科研活动，聚焦教育教学、德育工作和学校管理中的问题，学校所有的人带着问题去思考、去分析、去找出路，如此教师发展了、学生发展了、学校也发展了，因此实现学校高质量发展的关键是教育科研。“教育强，则国强”，“教育兴，则国兴”。中华民族和中国人民实现了从站起来到富起来，正在经历从富起来到强起来的过程。一个好校长决定一所好学校，学校的工作千头万绪，学校本质到底是什么？学校的本质是培养人，作为校长就应该牢牢抓住“培养什么人”这个根本，不能人云亦云。

一要聚焦教师队伍建设。一所学校拥有一群好老师是这个学校的希望，教师兴，则校兴；教师强，则校强。学校必须把培训、培养老师作为根本任务。

二要聚焦主阵地。教师的主阵地在课堂，要形成以“课堂论英雄”的鲜明导向，积极探索新时代教育教学方法，保证课堂质量。

江华瑶族自治县第四期校长论坛

三要聚焦教育科研。教育科研是第一生产力，要促进高质量发展，就必须聚焦课堂的问题、聚焦德育的问题、聚焦管理的问题，通过发现、分析、研究和解决问题，一方面可以迅速提升教师素养，另一方面可以提升教育教学质量。

四要聚焦校园文化。校园文化是学校的根和魂。校园文化关系到要举什么旗、走什么路的问题。校园文化不能凭空捏造，也不能照搬照抄，要有个性，要有创意，要与乡土文化相结合，必须植根于当地的实际情况，要有根；必须植根于师生的内心深处，要有魂；必须植根于党的教育方针和规律，要有方。

“三为”教育

“理想教育”是适合江华又面向世界的教育，就是要“为生命打底，为乡愁寻根，为和美铸魂”。为生命打底就是增强生命的厚度、深度、高度，注重为学生打上红色基因、绿色生态和蓝色梦想的底；为乡愁寻根就是要为家乡服务，为乡村振兴服务，注重挖掘地方文化，传承非遗、传承经典；为和美铸魂就是要培养为民族复兴担当大任的人，注重培养学生放眼世界“共同体”的意识。

一是为生命打底

为学生打红色基因的底。从人与自然、人与社会、人与未来出发，通过开展红色文化和国学经典等传统文化进校园活动，为孩子打上红色基因的底子。全县部署和开展师生“培根铸魂”活动，如教师的“七个一”活动有亮身份、唱国歌、唱红歌、学理论、践准则、讲故事、做先进；学生的“七个一”活动有亮身份、唱国歌、唱红歌、讲故事、诵经典、践守则、敢担当。

为学生打绿色生态的底。通过开展生态教育、劳动教育进校园活动，为孩子打上绿色生态的底子。

为学生打蓝色创新的底。通过科技创新开启孩子未来的大门，为孩子打上蓝色梦想的底子。如沱江镇第五小学开办的“steam 科技馆”内，学生们在老师的指导下，开展各类科学小实验，将日常学习到的力学、风能、电能等知识投入实践中，制作机器人、无动力小车、反冲小车、重力小车等科技小发明。学生通过自己动手,不仅养成了科学的思维方式，还提高了观察、分析、动手、探索和创新等能力。

百年老校焕发“红色”生机

大石桥乡中心小学建于 1912 年，是革命先辈中共中央原顾问委员会常务委员、最高人民法院原院长江华同志的母校。近年，学校充分挖掘江华同志革命精神、家国情怀的故事，打造红色校园文化，萃取他“忠诚、俭朴、进取、公正”的精神作为江华精神，从《四盏马灯》的故事中提炼出“马灯精神”,致力打造“马灯教育”品牌,办一所有红色信仰的学校。

如今，这所百年乡村学校已形成红色校园文化，先后荣获国际生态学校、湖南省生态文明教育示范学校、湖南省园林式单位、永州市校园文化建设样板学校等 40 多个省市县荣誉，正焕发着勃勃的“红色”生机。

习近平总书记强调，办好思想政治理论课，最根本的是要全面贯彻党的教育方针，解决好培养什么人、怎样培养人、为谁培养人这个根本问题。参加三年“教育家型”校长“三年递进式”高端研修的奉前茂意识到学校办学品牌仍要加强深耕。

如何深耕以江华同志精神为主的红色文化？

2020 年 5 月，奉前茂从红色文化特色学校建设中力求突破，提出“恪守正道，致远未来”的“守正·致远”教育理念，创建教育品牌，提升办学品位。发扬“马灯精神”，形成“为生命打底”“为乡愁寻根”“为和美铸魂”的家国情怀，追求品质教育。并以“弘扬红色文化”为主线，充分发掘开发江华同志的精神资源，将构建以红色文化为特色的“马灯精神＋绿色育人＋翰墨书香＋文雅习惯”红色校园文化体系，促进红色教育根植于孩子的心中、脑中、行动中。

根据江华同志曾经工作过的及有历史纪念意义的地方，将学校四栋教学楼分别命名为立志楼、守正楼、致远楼、乡恋楼。寓意江华同志从小立下远大志向，走出瑶乡。根据江华同志的人生经历和革命历程，将校园道路命名为长征路、井冈山路、延安路等。根据江华同志的故事，将每棵古树命名为走出瑶山树、三师立志树、井冈立马树、漫漫长征树、保卫陕甘树、齐鲁横刀树、挺进东北树，以营造红色校园文化环境，增强育人功能。同时，各班以江华同志成长、战斗过的地方命名为鹧鸪塘中队、观音堂中队、湘南中队、延安中队、高院中队、中顾委中队、杭州中队等 22 个少先队中队。不仅如此，学校每栋教学楼、综合楼的外墙都使用红色的墙漆和瓷砖，让每栋楼、每棵树、每条校园道路、每一面墙都浸注红色文化元素。

“楼房的命名对学生产生了激励作用，低年级在立志楼，告诫学生要从小立下远大的志向；中年级在守正楼，要培养学生的‘马灯精神’，守好‘品质’之正；高年级在致远楼，要致远未来，面向现代化、面向世界、面向未来。”校长奉前茂自信地说，“孩子们在校园里处处感受江华同志的精神，读完全小学学六年就走过了江华同志一生革命战斗的地方，接受了革命精神的洗礼，孩子不成长都难。”

学生李志（化名）从外校转到大石桥乡中心小学，一学期浸染在红色校园文化中，使学习与生活都自觉了，一改原来叛逆的性格，像完全变了一个人似的，改掉了原来在家常与父母顶嘴的习惯，在校时常与同学发生矛盾的不良行为。“孩子的改变，离不开学校的红色教育，离不开革命先烈的感染。”校长奉前茂介绍，通过学习江华同志的故事，帮助孩子树立人生理想，坚定其理想信念。

同时，还将“马灯教育”的精髓融入主题文化墙、笑脸墙中，全校师生在“四盏马灯”的“星星之火，可以燎原”的引领下，践行“点亮自己，照亮他人”的理念，培养“忠诚、俭朴、进取、公正”的精神，做“守正致远”的大石桥新时代的师生。

红色基因的文化传承让广大师生体会到了血脉的赓续，红色课堂为师生注入了强心剂。

校长奉前茂构建以理念、文化、育人、保障、队伍为主体的“马灯教育”体系。并以体系为实施路径，打造“校园文化建设、课程课堂建设、教师队伍建设、组织制度建设”四大工程，实现学校治理能力现代化。“点亮马灯，照亮四方，将‘马灯教育’品牌打造成为湖南省内外乡村教育的一张靓丽名片。”奉前茂自信地说道。

通过不断论证，明确“办一所有红色信仰的学校，培养守正致远的学生”的办学目标，制定了实施“马灯教育”的中、长期发展规划，实现“完善学校管理制度，建立学校现代治理体系保障”，培养“勤俭节约、雅言雅行”的两种习惯，打造“红色绘本创作”“传承瑶族织锦”“公民法治教育”的3个特色品牌，促进“学校、教师、学生、家长”共同发展的“马灯教育1234”，让学生具备“马灯精神”特质，成为德智体美劳全面发展的社会主义建设者和接班人。

围绕“马灯教育1234”，大石桥乡中心小学下足功夫。

课程是育人的载体。目前，学校利用江华同志故居及展览室等红色教育基地，依托“国际生态学校”项目开展生态教育，依托“阅读·梦飞翔”项目开展书香校园活动，并创建“瑶族织锦”社团，打造“红色文化艺术节”“一班一特色”为主的特色活动课程、红色教育课程、学科融合课程等校本课程。

目前，学校开发出《江华同志故事汇编》《红色故事绘本创作教学资料汇编》《瑶族织锦教学资料汇编》《红色经典阅读资料汇编》等红色教育校本课程，探索了与语文教学、法治教育、阅读教育、绘本创作等学科融合的体系。

课堂是育人阵地，学校打造“致远课堂”模式。

在一堂“江华的故事”阅读课与学科融合课上，孩子们不断地与老师、同学分享，发言精彩纷呈；教师不停地鼓励学生自主、合作、探究学习，激发学习兴趣，培养表达能力、合作能力、思维能力。学科融合课上，孩子们阅读红色故事书，结合校训、校风、学风进行讨论和分享后，学生根据故事内容进行绘本创作。

课堂中，孩子们了解江华同志的人生经历和革命事迹，在讨论、分享、绘画中潜移默化地学习江华同志的精神品质。学科融合这堂课较普通课堂教学有较大区别的是融合了语文、美术、音乐、思品等多种学科，而且还是生生互动、师生互动和学生与听课者随时发生交流的开放型课堂，更重视发展学生核心素养，培养学生人文素养、科学精神、实践创新能力等。

“将红色文化根植心中，培养学生发现美、认识美、欣赏美、创造美的能力。”学校教科室主任吴蕾说，“‘致远课堂’模式培养具有家国情怀、‘守正致远’的照亮幸福人生的学生。”

学校还将五育融入课堂教学、养成教育、校本课程之中，开展勤劳俭朴、雅言雅行养成教育，开展法治教育，开展绘本创作、竹竿舞、花样跳绳等社团活动，开展青青园种植、瑶族织锦编织等活动，以培养学生的动手能力，修养学生的道德品质。

每周五下午两节课是学校特色活动和社团活动的时间，孩子们在红色绘本创作中，把江华同志的革命精神、革命故事等融入绘本，绘出瑶家风情；在编织瑶族织锦中，传承瑶族织锦手工技能；在竹竿舞、花样跳绳中强健体魄；在“模拟小法庭”里，开展法律辩论，进行法治教育；在劳动基地，进行劳动教育……

在大石桥乡中心小学看不到一个垃圾桶，学校垃圾池也被赋予了新的名字——“回收站”。

奉前茂介绍，这与坚持3年的“垃圾减量，分类回收”有关，各班建有垃圾“回收区”，学校建立了“回收站”，学生利用废品做成花盆，每期举行一次花卉展，种植花卉装饰教室，一年四季鲜花争妍斗艳。

“学生每天分类回收废纸、塑料瓶，放学后，把废品送到回收站，一个星期卖一次，卖废品的钱作班费。校园里看不见一个垃圾桶，地上看不见一点垃圾。”学校教务副主任何粤说，“学校还荣获国际生态学校绿旗荣誉、湖南省园林式单位、湖南省生态文明示范学校。”

奉前茂还注重师生的培根铸魂精神，培养具有“江华精神”品质的教师，将“点亮自己，照亮他人”内化于全校教师骨子中，培养具有守正致远精神的教师。

学校充分发挥党支部的战斗堡垒作用和党员教师的示范引领作用，实施层级管理和扁平化管理相结合的措施，落实责任，各司其职，形成管理闭环，提高管理绩效，实现“事事有人做，事事得其人；人人有事做，人人得其事”的高效管理。同时，落实“教师第一”理念，开设“守正致远教师成长营”，搭建教师成长平台，建设微团队、开展微课题研究，构建“教学、科研、培训”一体化的“三三式”校本教研模式，以教育科研、教育实践、教育反思推动促进教师专业成长。并结合“致远课堂”模式，指导新教师课堂教法，提升中青年教师专业水平，提炼老教师教学经验，实现教学素养与业务水平的大幅提高。还建立评价机制，激发教师的内驱力，调动教师工作的积极性，建设一支“敬业、仁爱、博学、善教”的教师队伍。

江华同志故事等红色教育扎根在大石桥乡中心小学孩子们的心中。

大石桥乡中心小学1601班蒋晶晶：江华是从鹧鸪塘村走出来的小少年，勤奋的少年郎，为读书勤奋刻苦，为求学艰苦奋斗，为革命奉献一生！读《江华的故事》已经两年多了，我明白了江华爷爷秉公无私和不忘家国的精神。我决定在今后的学习中，以江华爷爷为榜样，树立远大的目标，努力学习，长大以后报效祖国。

大石桥乡中心小学1603班蒋璇：我被江华爷爷热爱祖国、热爱人民、不怕困苦、奋发图强、坚持奋斗的精神所打动。从《四盏马灯》的故事中深深地知道了江华爷爷的人品，他是一位不搞特殊化、热爱祖国、热爱人民的人，他永远把人民利益放在第一位。就像江华爷爷所题的校训那样：立志、勤奋、求实、创新，从而把握我们手中的未来！

做“芳直不屈”的教育

——江华瑶族自治县第二中学红色校园文化品牌创建之路

“长鼓踏征程，使命永担当，几卷瑶风燃理想；红歌酬学子，初心终不改，千秋翰墨点江山。”这副对联道出了江华瑶族自治县第二中学的师生担当精神。

江华瑶族自治县第二中学体验红色教育

“担当精神的根源于‘红色基因’，在师生血脉里流淌。”学校校长杨硕道出了“担当”的内涵，“学校在 100 多年的办学历史里，先后培养了中国共产党早期党员、中共省港罢工委员会书记李启汉，中共早期党员、原中共满洲省委第一任书记陈为人同志，中共中央原顾问委员会常务委员、最高人民法院原院长江华，以及王涛、韦汉等大批革命先烈。他们在学校播下‘红色种子’，孕育‘红色基因’。”

如何挖掘红色基因，播下红色种子呢？

2020 年 7 月，江华瑶族自治县第二中学结合学校革命先辈在桂花厅开展革命工作和桂花“芳直不屈”的精神内涵，把“芳直不屈”（芳：美好，美德；直：正直，公正合理；不屈：不屈不挠，顽强拼搏）做成学校的教育品牌。取其“芳己及人，直德至善”的理念，做“芳直不屈”的教育。并基于发展学生核心素养目标，为实现“五育并举”的美好教育愿景，满足人们美好生活高层次需求，培养流芳百世的人才，它需要具有正直美德、勇于担当的师生共同努力，在公正合理的教育环境中，不屈不挠地顽强拼搏，和谐共生。

扫码观看

“江华瑶族自治县第二中学：全校师生合唱《我爱你，中国》”

扫码观看

《江华瑶族自治县第二中学：传承红色精神，做“芳直不屈”的教育》

打造红色校园文化品牌

江华瑶族自治县第二中学打造红色校园文化从显性的红色文化开始。

在学校主道的文化长廊建设《英烈谱》《艰苦奋斗——廉洁从教》《桂园春晓——教苑英华》《历史定格——精彩瞬间》等以“励志爱国”为主题的“红色教育”专栏，将“红色基因”随时植入每一位青春焕发的学子的心中。同时，学校对学校历史名人的精髓进行挖掘开发，编写了校本《二中英烈谱》，引领孩子立志成才。并以文化长廊为中心轴，将“红色基因”广泛辐射到了教室、寝室等学生频繁出入的地方，营造“红色”育人环境。

清晨，走进陈为人、李启汉、江华曾求学的桂花厅，一群群学生们在诵读课文；中午、下午课外活动和放学后，学生聚在此处或探讨人生，或交流思想，或谈论志向。“同学们在这里读书，不仅能陶冶情操激励其发奋读书，还孕育着同学们报效祖国的理想。”杨硕校长说道。

“新生进了校园，随处可见红色革命传统教育的宣传内容，同学们就如进了‘红色’熔炉。为学子们注入红色基因，骨子里才会潜移默化，早日树立自己的远大理想与信念。”校长杨硕说道。

红色文化关键是要植入骨髓中。江华瑶族自治县第二中学着力为学生打上红色底色，让乡愁有根可寻，并形成乐观、自信、爱国、创新的师生精神面貌。使得红色教育融入社会主义核心价值体系和中小学思想道德教育中去，形成独特的新型德育模式。

红色文化进课堂。学校通过红色文化教育进课表、打造红色文化主题班会和开展经典大阅读把红色文化引进课堂；学校在每周升旗仪式上定主题、定专人向全体师生宣讲红色文化；学校还邀请老干部来校讲红色革命故事，如邀请江华县档案局原副局长韩开琪来校宣讲革命英烈的事迹；学校开展一系列红色活动，如学校组织师生千人诵《少年中国说》，对师生开展爱国主义教育活动。

学校通过师生合唱革命歌曲、比赛唱革命歌曲和班级唱爱国主义歌曲把红色文化唱起来。如学校组织全校师生拍摄《我爱你，中国》快闪短视频，在社会上引起强烈反响；每周升旗仪式上师生合唱革命歌曲；学校开展班级唱革命歌曲比赛；每个班每天都要在课前唱爱国主义歌曲。唱爱国主义歌曲，让班班有歌声，让学生唱响爱党爱国的主旋律，激发学生的爱党爱国精神，增强实现中华民族伟大复兴的使命感和责任感。学校通过举办建党 100 周年党史知识竞赛、红色文化教育手抄报比赛、红色文化教育黑板报比赛、红色文化教育征文活动等让师生们把红色文化写起来。

“引进来、唱起来、写起来”，扎实从三方面落实，让红色文化教育真正入耳、入脑、入心。

打造红色教育阵地

江华瑶族自治县第二中学是革命烈士陈为人、李启汉和革命先辈江华同志等的母校，也是永州市第一个基层党支部的诞生地，有丰富的党史和红色文化学习教育资源。学校在旧址处，建成沈成平、韦汉、唐皓三位创始人在商讨支部工作时的雕像，还原“永州市第一个基层党支部”诞生的实景。同时，在县委、县政府的高度重视下，建成红色教育展示馆，挖掘党史学习教育资源。

“挖掘党史学习教育资源，厚植校园红色文化，为师生注入红色基因，坚定师生信仰。”学校办公室副主任廖沛信介绍说道。

同时，江华瑶族自治县第二中学还配有两名素质高的红色教育展示馆讲解员，充分利用清明节、国庆节、抗战胜利纪念日、九·一八事变纪念日等红色文化纪念日，分班级到红色教育展示馆开展红色教育，引导广大青年学生坚定红色信仰，培养报国之志。江华瑶族自治县第二中学团委书记罗伟琦表示。“全力打造红色文化校园，进一步深化党史和爱国主义教育，弘扬红色革命精神，培养师生敬仰先烈和英雄爱党、爱国的高尚品德。”

打造“和美课堂”

课堂教学是“芳直不屈”的教育的主阵地。“和美课堂”是基于发展学生核心素养、落实芳直不屈教育的主阵地和有效路径。“成绩的取得既要靠时间还要靠效率。”校长杨硕说，“只有创新课堂教学，才是最有效的方法。”

2010年，江华瑶族自治县第二中学开始针对课堂的创新研究，构建了基于“自主合作探究”的“美善归源”高效课堂教学模式：教师在遵循高中教育基本规律和高中生成长规律的前提下，在规定课堂教学单位时间内引领高中生参与自主学习，寻找其最低起点，托起他们向上、提升、成功，从而较好地达成新课标之要求，使课堂生成“课始美善生，课生美善浓，课终美善存”之高效。学校还通过一课双导的教学比武活动、“青蓝工程”的“师带徒”“培训”等方式推进“美善归源”课堂和促进教师的专业化成长。并且专门申报了“课堂教学质量与学生发展研究”“以学习为中心的乐学课堂教学模式研究”等7个国家、省、市级课堂改革课题。与此同时，将“美善归源”课堂与教育信息化的改革结合起来，通过“一师一优课，一课一名师”的举措“倒逼”教师参与“美善归源”高效课堂的教学改革。

从2020年开始，学校在“美善归源”高效课堂的教学模式基础上，又积极探索构建“和美课堂”：让学生自主参与、合作探究，让老师精简讲授时间，让学生动起来、课堂活起来、知识用起来、能力提上来。学校通过“请进来”“送出去”的方式培训全体老师，在摸索与实践中构建“五段式”教学模式：自学、探究、运用、小结、检测提升，并在全校推广使用。

站在新时代，江华瑶族自治县第二中学人将秉承“立志、勤奋、求实、创新”的校训，坚持立德树人，扎实做好“芳直不屈”的教育，为党育人、为国育才。

陈薇薇大义回报社会

“她捐献遗体的勇气也值得点赞，她父母的精神也值得点赞……”2020年5月下旬，在江华瑶族自治县沱江镇顾院村、江华瑶族自治县第二中学的朋友圈，陈薇薇的同学、老师、亲人都在以不同的方式对陈薇薇的离世表示哀悼。

18 岁的陈薇薇是江华县沱江镇顾院村人，也是江华瑶族自治县第二中学一名高三学生。在她生命弥留之际，她委托父母在她死后，将她的遗体捐献出去。5 月 15 日凌晨，陈薇薇的母亲颤抖着在女儿的遗体捐献单上按上了手印。随后,陈薇薇的遗体运往永州职业技术学校医学院。“在我女儿生病期间，社会上有很多好心人都对我们家伸出了援手，本来她是想病好以后，努力完成学业回报社会的，没想到最后却是以这种方式回报社会。做妈妈的真是心如刀割！感谢曾经为我女儿默默付出的好心人们。”薇薇母亲含泪说道。

陈薇薇的父亲在外打工，母亲没有工作在家带孩子，还有一个读幼儿园的妹妹。四口之家的生活，虽谈不上富足，但也温饱无忧。可不幸的是，2019 年 8 月 9 日，刚刚参加完学考的陈薇薇被检查出患了伯基特淋巴瘤晚期。

“这是一种高度侵袭性的淋巴瘤，最佳的治疗方式是接受全身化疗，进行 CAR-T 手术。”医生向几近崩溃的薇薇母亲解释道。

突如其来的噩耗，让这个家庭濒临绝境。确诊后，陈薇薇先后接受了四次化疗，严重脱发、恶心、呕吐、四肢麻木等副作用接踵而至。懂事的陈薇薇知道，高昂的治疗费用已经压得父母喘不过气，尽管化疗很难受，但她却丝毫不愿轻易在父母面前表现出一丝痛苦。也因为高昂的费用，她多次想放弃治疗，但父母的坚持、老师和同学们的鼓励、社会上爱心人士的帮助，让她最终坚定了与病魔抗击的信心。

2020 年 1 月初，陈薇薇父母终于凑齐了 CAR-T 手术费用。同时，华中科技大学同济医学院附属同济医院传来可以为薇薇做第一轮 CAR-T 手术的好消息。1 月 3 日，薇薇在父母的陪同下奔赴武汉进行手术。手术后，薇薇在移植仓住了一个月。出院后，她的身体有所好转，有时候还可以在母亲的搀扶下下床走走。

本以为生命的希望之花已经在朝着薇薇绽放，可遗憾的是，一段时间后，她又开始反复高烧，癌细胞又复发了。这次薇薇知道，她可能将不久于人世。

回到家后，被病痛折磨的薇薇变得沉默少言，她已经做了最坏的打算，决心要在最后的人生中，为社会做点更有意义的事，回馈帮助过她的人。

“妈妈，我要是真不行了，就把我的遗体捐献出去。”陈薇薇对母亲说这句话的时候，眼神坚定。她觉得自己患的是淋巴瘤中比较复杂的一种癌症，这样的身体或许有医学研究价值，自己已经深受的病痛折磨，希望其他家庭不用再承受这种痛苦。除了遗体捐献之外，她还想将她的部分器官捐献给需要的人：“即便我不在了，我身体的某个部分还在‘活着’发挥作用，这样我也不算离开这个人世了。”

5 月 14 日，刚过完 18 岁生日的陈薇薇，在她妈妈的怀里离开了这个世界。

“她是我最喜欢的一个学生，我真不敢相信她就这样离开了我们。”提起陈薇薇，江华瑶族自治县第二中学的罗伟琦老师泪水浸湿了眼眶，“从小到大，薇薇都是一个非常乖巧的孩子，她是一位共青团员，很上进，读书很努力，对人有礼貌，还经常参与学校的各种活动，担任过学校元旦晚会主持人。她还特别喜欢帮助别人，经常跟着大家一起去做志愿服务。她萌生出捐献遗体的想法，可能也是想尽自己的最后一份努力，去帮助需要的人。”

“我和她爸爸都还年轻，以后的困难我们都可以想办法解决，但是薇薇却永远也回不到我们身边了。”薇薇的妈妈眼里噙满了眼泪，“薇薇她有自己的思想，她想走得有价值。我们尊重孩子临走前的决定，把遗体捐献给医学院做研究，也算是对社会的一种回报。”

扫码观看
根据陈薇薇故事改编舞蹈《生命的赞歌》

金邓格：要学就要学报国专业

2016 年，高考放榜，江华瑶族自治县第二中学高考生金邓格以 693 分的高分，被清华大学录取。

金邓格是瑶族人，父亲是一位林业部门干部，母亲是一位幼儿教师。

从小跟随外公、外婆生活。虽然外公、外婆因为年长无法辅导金邓格的学习，但却为她的学习营造了一个宽松的学习环境。从小学到高中，金邓格也从来没有上过兴趣班、特长班、文化补习班。

“高三下期，我学得都很轻松。尽管家里距离学校不远，但我从来没有到学校上过晚自习。每天下午6点多放学到家，吃饭、洗澡后，晚上8点准时在家自学，晚上10点前必睡觉。”性格外向、活泼开朗的金邓格谈起高三的生活学习说道。

金邓格的班主任周丽华老师介绍，金邓格一直都很自觉，自学能力特别强，当天的作业功课都会自觉地完成，从来不欠学习帐。

“每天都按时作息，不需要父母、老师提醒。”她说，也正是因为自觉，使自学能力不断增强，高三的学习就不会那么紧张，压力小了，自然就轻松许多。

“规律的作息，宽松的学习环境，民主的家庭帮助她养成了良好的学习习惯。”金邓格的父亲金春华介绍说。

“虽然语文没有考好，但要感谢自己的海量阅读。阅读培养了自己的逻辑推理能力，才有了理科综合的高分。”金邓格笑着说。

因为金邓格学习环境宽松，所以小时候常与表哥“疯玩”。像男孩子一样喜欢上了推理、破案、惊悚等类型的书籍、电影和动画片。金邓格学习期间从来不用手机，认为手机对自己没有益处，反而影响学习，让人懒散。

“阅读多了，思维能力自然就慢慢提升了，就会激发自学能力。”金邓格说道，“享受阅读，也在阅读中充实了头脑，缓解了想起学习、高考就紧张的情绪。”

“七年级时第一次月考在班上排17名，后来一直在进步，中考考了全县第1名。高中后，课堂内外都很认真，从来不马虎，所以这次高考发挥还可以。”谈到自己能考上清华时，金邓格认真地说道。

金邓格是一位很要强的人，只要认定的事，就会做好，而且要做得比别人都好。金邓格说，“有一次，老师叫我回答一个问题，我耐心思考，最终用了比其他同学更好的方法解出。”

“做人、做事就怕‘认真’。”金邓格在总结学习方法时说道。

填报专业时，父母及其家人都劝她报考金融专业，而她却放弃了别人眼中认为很好的金融专业,毅然选择了清华大学的钱学森力学班。她说:“我要立志于航空领域,将来做一名科学家,报效祖国。”真的是巾帼不让须眉,这是何等的爱国情怀!

江华中职生救溺水儿童不留名

2019年8月4日,江华县微信朋友圈里传出一位少年勇救一位7岁左右男孩不留名的故事,获得了网友们无数的点赞。笔者几经周折找到这位不愿留名的学生——江华职业中专1760班学生黄海。

连日的高温酷暑,正是游泳的黄金时间,但也是溺水事故容易发生的时期。8月3日下午6点,黄海和舅舅黄生玉、表哥黄禹杨等人到江华沱江镇大山寨河段游泳。

到达大山寨河段10多分钟后,正准备跳下河游泳的黄海隐约听到有人喊“救命”。

“是不是有人溺水了?”黄海下意识地立刻警觉起来。黄海先朝传出“救命”声的河中一看,发现河中央的漩涡处有一位小朋友正在奋力挣扎,只露出半个额头。

黄海来不及思索,纵身一跃,跳入河里,奋力向小朋友的方向游去。

看似平静的河水下深藏着危险。黄海迅速抓住溺水的小朋友,挽住小朋友的胳膊向河岸游去。尽管黄海身高近1.8米,可挽着近70斤重的小朋友,仍然感到吃力。黄海使劲往岸上游,游了几米后,黄海的体力下降,身子开始往下沉。黄海只好踩实河底,所幸的是河水深度只到黄海的颈部。此时,黄海的表哥黄禹杨把汽车的轮胎扔给了他,黄海把小朋友抱上轮胎,将他送到岸上。见小朋友并无大碍后,黄海就悄悄地离开了。

“他能救人并不奇怪,我们平时就特别注重对他进行为人处世方面的教育,他10多岁时就曾帮助一位避开车祸的老人拾起东西,还多次帮助老人推板车。”当黄生玉把外甥黄海救人的经历告诉了黄海的母亲黄珊珊,黄珊珊这样说道。

黄海的班主任张莉知道他英勇救人的事迹后,对于他能有这样的举动也并不感到意外,作为班干部、学校学生会干部的黄海在学校表现非常好,什么事都抢着干,也非常乐意帮助师生。

面对大家的赞誉,黄海笑着说:“救人只是自己的一种本能反应,当时我什么都没有想,一心只想要救起人来。”

二是为乡愁寻根

“为乡愁寻根”就是要有家国情怀，对国家和人民要有深情大爱，要从现实中知道我们从哪里来要到哪里去，为家乡服务，为乡村振兴服务。

大石桥乡中心小学的孩子们在学习瑶族织锦工艺

一是学校成为发展民族文化的高地。学校以瑶族文化为主线积极建设校园文化。遴选瑶族文化的精华，将瑶族体育、瑶舞、瑶歌、服饰、手工等优秀文化引进校园。聘请民间艺人走进校园传艺带徒，开发瑶族常识课程进课堂，排演瑶族文体节目，寓学于乐、寓教于理、寓德入心，丰富校园文化生活，提升民族自尊心、自信心，在活动中传承、研究、保护和创新。结合所在地域风俗、景点、特产等特点，深入挖掘瑶族文化地方特色宝藏，开发出了瑶族别具风格的山文化、水文化、石文化、舞龙舞狮文化等。全县师生成为特色校园的创造者，学生在跳瑶舞、唱瑶歌、穿瑶服等特色校园活动中健康快乐地成长。县委、县政府专门成立民族艺校，传承瑶族文化中的艺术精华。学校成立以来，已经为江华培养了文化传承、特色旅游服务等从业人员 1000 余人。

瑶族文化进课堂，打造瑶族文化传承基地。沱江镇第一小学编写了

《瑶文化知识读本》《瑶文化韵文读本》和《瑶山孩子爱瑶乡》等校本教材，跳长鼓操、耍瑶族草龙是学校一道靓丽的风景线；涛圩镇中心小学把瑶族织锦、竹竿舞、瑶歌引进校园，开发了《瑶歌集》等作品；白芒营镇中心小学编写了《白芒营镇中心小学校本乡土读物》，从历史文化、道贺古道文化、瑶族文化、红色文化、人物故事、建筑文化等方面再现了白芒营镇的风土人情，培养孩子热爱家乡、热爱祖国的优秀品质；上游完全小学开发了《民族传统体育》教育读本。近些年来，全县学生文艺素质大幅度提升，共有1000余名体艺考生高考上榜，200多个文艺节目在国家、省、市民族文化会演中获奖，20多所学校获得全国中小学中华优秀文化艺术传承学校、湖南省民族团结进步模范集体等荣誉称号。

二是学校成为传承传统文化的基地。主要体现为三个方面：学生对所在乡镇和村子的文化特征与民俗要有所了解，留住心中的乡愁；学生对瑶族文化和县域特点要有比较深入的了解，开展瑶族文化进校园，树立建设家乡之志；学生对中华民族优秀传统文化入脑、入心，常怀报国之心。

三是学校成为爱国主义教育的沃土。大石桥乡是革命先辈最高人民法院原院长江华同志的故里，该乡中心小学把江华人生经历和革命历程编写成《江华故事》绘本，建设了江华同志事迹陈列室等，并将之作为党史学习教育资源。还通过开展讲江华故事、画江华人生经历、写江华故事等活动进行党史学习教育，感受先辈的革命精神，接受灵魂的红色洗礼。江华瑶族自治县第二中学是革命烈士陈为人、李启汉和革命先辈江华同志等的母校，也是永州市第一个基层党支部诞生地。学校在旧址处，建成沈成平、韦汉、唐皓三位创始人在商讨支部工作时的雕像，还原“永州市第一个基层党支部”诞生的实景，还将建红色教育展示馆，挖掘党史学习教育资源；同时，各学校还通过讲江华红色故事、开展江华红色主题班会等丰富多彩的党史学习教育，传承红色基因，培养师生敬仰先烈和英雄爱党、爱国的高尚品德。

办一所有乡村味道的学校

码市中学地处距江华县县城100多公里的瑶山深处。

码市中学屹立于山水间，依山傍水。山水成为孩子们最熟悉的事物。

码市中学教师抛出这样的问题：偏远的瑶乡寄宿制学校，学生生活单调，他们最缺什么？校园最缺什么？

2016年，学校决定开发学校后山，做“山水”文章。筹集数10万元经费，先后修建了学校前坪的假山鱼池、教学楼前的花坛、运动场边的君子园、女生寝室前的紫藤长廊，把荒僻的后山改建成一个精致的小公园。随着校长李荣胜的漫步，在郁郁葱葱的林木中，蜿蜒曲折的山间苞谷石小路上，时而听到琅琅读书声，时而听到鸟儿歌唱声，亭宇里师生聊理想、谈读书。

码市中学——兰花亭

原来课余饭后师生因没有去处，或待在房间，或闭门坐教室，现在这个后山公园成了师生散步、聊理想、谈人生的地方。这是对教师抛出的上述问题的回答。

文化是一所学校的血脉，是校园的魂，是师生的精神家园。校园山水文化借助多样空间，无形而浸润人心。这成了码市中学教师的共识。

李荣胜在不断地思考中发现，虽然校园环境变好了，但仍然缺少了“魂”。李荣胜带领班子不断探索“山水”育人，织就校园文化，用“山水”滋润瑶山学子。通过反复的论证思考，结合实际，确定建设有乡村味道的校园文化的目标，提炼出“乐山乐水和谐成长”的校园文化思想，并从中引申出“仁的教育”“智的教育”“乐的教育”“美的教育”等四大主题。最后还要达成“每个孩子都是最美的风景”这个育人目标，帮助孩子在自然生态环境中快乐和谐成长。“师生沐浴山水灵性，享受山水风华，山水文化、山水的精神也无时无刻地启迪着学生们。”李荣胜详细地说起四大主题时，内心激动不已。

同时，码市中学还着手将各村的文化融入学校后山公园建设中，进行文化升级，打造学校中的村寨文化大观园：进学校就是走进了各村，了解各村的风土人情。

码市中学地处边远偏僻的瑶乡山区，留守学生多，学习基础参差不一。厌学的学生多，家长对孩子放任自由的也多。

在李荣胜的眼中，每名学生都有自己的天性，他要想办法扭转学生普遍存在的厌学现状。根据学生的特点，身体、心理、思想存在着的明显差异，码市中学按年级实行分级德育：七年级主抓行为习惯，八年级德育面向励志，九年级德育鼓励追梦。学生进校后经过一年的习惯养成，再学会在困难中明确人生目标，最后通过一年的不懈奋斗，实现青春梦想和人生价值。

“按照年级实行分级德育，紧密切合学校‘仁智乐美’四大主题教育，使学生发展核心素养，让教育回归真谛。”李荣胜说道。

码市中学结合实际，拓展德育队伍，整合学校、家庭、社会各方面的育人力量，聘任各村各社区有威信、热爱教育、关心学校的村组干部、人大代表、党代表等为学校的校外驻村德育辅导员。利用双休日、节假日孩子在村里的时候，开展“亲子同领奖”“村校共开瑶族文化展演”等系列共建共育活动，打造“家校和村校”共育育人环境，破解“5+2=0”难题，家校、村校共育效果明显。

廖继胜是码市镇咸佳村村支书，也是村里的德育辅导员。在他看来，学校现在建立了学校、村、家长“三位一体”的德育体系，能够全面对孩子进行有效监管，这促使孩子们养成了很多的良好习惯。

“乡村学校课程单一，以国家规定课程为主。同时，因片面追求分数，‘副科’成为‘配角’，课程多元化成为真空。”李荣胜坦言，学校德育教材并没有形成系列。他正着手开发德育“人生素养”系列校本课程、教材，配套“仁智乐美”理念，真正提升学生的人生素养。

“活动最受学生喜爱，能让学生真正快乐起来。”码市中学结合学校学生的实际，将每节课从45分钟减少到40分钟，重点实施“一班一特色”“一生一特长”的创建活动。目前，全校共建成剪纸室、书法室、木刻室、石艺室、科创中心等高标准社团近30个。

“每天挤出的40分钟，就用来开展班级特色活动。周一、周三为‘一班一特色’活动，周二、周四为‘一生一特长’活动。”李荣胜积极地说道。这个举措受到了师生们的欢迎，而且学生的成绩也没有下降，反而有所提升，让学生有了更多的幸福感和获得感。2018年度学校两次被评为全县教学质量一等奖，成为全县仅有的两所获该奖的学校之一。

2014年，码市中学把湖南省非物质文化遗产“火烧龙狮”引入学校，成立龙狮社团，开发龙狮校本课程。课程获得了湖南省优秀校本课程三等奖。2017年，学校建起校园书吧和班级图书角，开设阅读课，让全校师生都能参与到阅读中。广泛、随时的阅读成为可能，让越来越多的学生爱上阅读，养成阅读的好习惯。码市中学还分年级举办家长开放日、舞狮表演、班级合唱、个人独唱、特长展示、班级文化展示等活动。

胡龙乾、韦熙翰、胡启业是码市镇锦陂村的孩子，也是学校“火烧龙狮”配乐打鼓的主要队员。通过家校共育，学校及时看到了学生的特长、闪光点，让学生找到自信，促进了他们的成长。

羊华，一名有严重厌学情绪的学生，曾经辍学在家两年。后来李荣胜和教师把他劝回学校，羊华被学校丰富多彩的活动吸引，他爱上了校园。毕业当天，他和李荣胜说，校园是欢乐的海洋，他越来越感受到待在校园的幸福，这将会使他受益一辈子。

码市中学依山傍水，山水与乡村生活、农作物是学生最熟悉的事物。校长李荣胜经过深思，决定做大“乡村文化”文章，开辟劳动教育的新阵地。2019年秋，码市中学结合申报的省级课题“乡村学校‘乡村味’文化建设的实践研究”，在学校周边流转20余亩农田，建成“耕读乐园”，并将“耕读乐园”与“课题”融合，创新劳动教育模式，做适合乡村学生的教育，让学生在劳动中传承耕读文化，让乡村学生从小热爱乡村，长大后能留住乡愁。

走进“耕读乐园”，满眼都是绿油油的小白菜、香芋、佛手瓜等农作物，在阳光的映衬下显得生机勃勃。这里还展示农耕用具，介绍农耕文化，每个班级一块劳动用地，学生通过每周开设的劳动实践课，体验农耕文化，培养劳动习惯和劳动技能。

“让每个学生通过‘耕读’实践，在劳动中磨砺意志品质，使他们懂劳动、爱劳动，尊重劳动成果，学会抵制好逸恶劳、不劳而获、奢侈浪费等不良习气。”学校总务主任赖祥云说道。

“构建与乡村学校相宜的环境文化，劳动教育必不可少。抓实劳动教育，就是让教育回归乡村，为构建‘五育’并举的教育体系注入活力，这样学生才能走得出去，留得住乡愁，还能够让学生返乡，成为乡村振兴的主力军。”李荣胜谈起“耕读乐园”劳动基地兴奋地说道。

如今，走进码市中学的人都会被这里浓厚的劳动氛围所感染，也会被充满乡土味的教育文化所吸引。学校到处都有学生创作的手工艺品，更有“耕读乐园”里学生劳动的美丽身影……

三是为和美铸魂

“为和美铸魂”就是要培养为民族复兴担当大任的人，引领学生做有中国情怀、世界格局的新时代建设者。江华作为瑶族聚居、兼容多民族的自治县，开展民族团结教育，让孩子们从小就树立民族和谐的大局观，立志为江华、中华民族、人类和谐发展做出贡献。和美教育，最终落在全体师生的和美发展、县域教育的和美生态、乡村教育的和美路径。

各学校将民族团结教育纳入学校德育体系，开设民族团结教育课程及活动，大力促进了民族和谐繁荣。江华瑶族自治县第二中学、水口镇中心小学、白芒营镇中心小学等学校被评为湖南省民族团结进步模范集体，特别是专门开办的江华瑶族小学，已成为江华县优质人才成长的摇篮，为全县培养少数民族干部5000余人，其中大多数人成为江华县社会各界的骨干和中坚力量。同时，江华县地处南岭山脉腹地，是全国瑶族的主要聚居地，江华县与广东、广西邻近县（市、区）教育部门共同改善学校基础设施和教学水平，进一步巩固各民族互相帮助、和睦平等、携手向前、和谐发展的民族关系。湖广小学、广西富川县石家乡坪珠完全小学、湖南江华县白牛山完全小学等近20所学校，两省（区）学生在同一所学校学习，两省（区）教师结合教研，两省（区）师生联合文艺汇演，省（区）边界村寨教育事业蓬勃发展。

江华芙蓉学校：办一所纯洁的学校

江华芙蓉学校是一所新建的学校，2020 年 9 月搬进新校。学校先后被评为永州市园林式单位，江华县文明校园，江华县中小学校绩效考核优秀单位等 6 个先进单位，并在全省芙蓉学校项目建设现场推进会上做典型发言，分享创新学校管理，提升内涵的成功经验。

学校能获多项奖励，是如何做到的呢？

按照“省长工程”的要求，学校结合芙蓉花花语，通过反复的研讨，确定了“办一所纯洁的学校”的办学目标、“立君子，创未来”的办学理念、“信、真、勤、雅”的学校校训及校风的建设的思路，明确了打造学校纯洁教育品牌。

为实现这一办学目标，学校科学地确定了技术路线：理念引领（践行纯洁教育，立君子，创未来）—文化熏陶（雅境、雅心、雅行）—课程推动（课程创建、课堂教学改革，德育创新引领）—人才支撑（队伍建设）、教研支持（三位一体研究，人人会研究）—制度保障（推进依法治校，提供评价体系）。核心是：启动“两课一育”的整体改革，以“三位一体”的问题研究机制做保障，解决改革中遇到的问题，在此过程中，萃取最佳实践，形成成果。

为让教师感受到职业幸福，学校搭建成长平台，帮助教师点燃职业激情、规划职业成长路径、拓展职业发展通道，教师有序竞争、合作成长、成就梦想，将江华芙蓉学校建设成为一所助力全体教师追逐职业梦想、获得职业幸福的美好家园。同时，以培养学生基础能力为特色，突出学生学习能力、自制力、专注力的形成，启迪学生树立人生理想、建立学生梦想成就档案、引领学生科学规划人生、讲述学生人生圆梦故事，培养幸福的学生。更重要的是，以家校沟通为纽带，激发家长自觉成长潜能，引领家长深度思考亲子关系，帮助学生家庭提升幸福指数，助力家庭幸福成长。

“核心办学理念是‘立君子，创未来’。纯洁教育为实现教育现代化的江华芙蓉路径，以‘立君子，创未来’为江华芙蓉纯洁教育的核心办学理念。”校长蒋才国诠释说，“‘君子’源于芙蓉花的文学意象，是纯洁的象征，古代指才德出众的人，指人格高尚、道德品行兼好之人。为培养德才兼备的社会主义建设者，必须树立自信，学会求真，养成勤奋，培养高雅，即做到信、真、勤、雅，我们命名为君子四雅，确定‘信、真、勤、雅’为学校校训及校风。”

如何打造一所纯洁的学校？

学校从课程创建开始，凸显“君子四品，五育并举”。

以提升教师目标课程的构建力（新课程的开发能力），按学生需求重构教学内容或开发新课程。创新以生为本、个性多元的课程体系，提供适合学生需要的高质量课程，逐步构建面向未来教育的课程体系。开设书法、舞蹈、科技创新等特色课程，组建学生社团，打造“一师一专长、一班一特色、一生一特长”的办学特色。并探索国家课程校本化实施途径，提高教师对学科教学、活动课程的育人价值的分析判断力和不同课程教学的整合力，摸索出基于学科的课程化综合实施模式。

同时，学校还创新学校德育工程。

一是加强德育组织建设。以形成“全员育人、全程育人、全方位育人”的德育工作格局为目标，构建学校层面，家庭层面，社区层面“三位一体”的德育工作网络。建立“朝晖工程”德育工作团队、“朝晖工程”德育培训团队、“朝晖工程”德育研究团队协同作战的运行机制。

二是加强德育课程建构，形成“芙蓉八育君子”德育课程体系。增强德育工作的针对性、渗透性、体验性；实现德育工作的日常化、系列化和校本化。

严格落实道德与法治课程的主阵地作用，发挥其他课程德育功能，加强校本德育课程建设，形成相对固化的学校德育特色课程，从而做专学科教育课程。

同时，抓住瑶族文化、传统节日、礼仪文化课程等，落实好节日文化课程、礼仪文化课程、新传统文化课程，并做亮劳动实践课程，做细自主管理课程，做暖家庭文化课程，形成节日育君子、文化育君子、劳动育君子、自主育君子、家庭育君子等德育文化课程。

更重要的是，学校围绕打造“芙蓉君子三雅（雅行、雅心、雅境）”的特色主题，从物质文化、精神文化、制度文化三方面打造特色校园文化，充分发挥校园文化的育人功能。

在物质文化方面，学校打造“雅境”，专注园林型、书香型、学术型、特色型和创新型校园建设，已先后被评为永州市园林式单位和江华县文明校园。

在精神文化方面，塑造“雅心”。通过学校治理体系和治理能力现代化建设，通过培养培训、校本教研、教育科研“三位一体”的队伍素质建设，培养“四有”好老师，育“雅心”教师。通过“两课一育”，将“教的课堂”转变为“学的课堂”，实现课堂教学“知识传授、能力培养、价值引领”三个统一。让每一个孩子获得成功的体验，从而促进身心健康成长，育“雅心”学子。

同时，学校完善顶层设计，确保“办一所纯洁的学校”，积极寻求最优化的治理方式方法，努力打造喜爱、乐居、师生向往的和美校园，努力构建最适宜工作、学习、生活“三维一体”的师生家园。

同时，通过实施扁平化管理体制改革，建立了系统规范、注重绩效的管理制度，形成了权责明确、团结协作的运行机制。构建以“考察君子四品，凸显五育并举”为中心的新型教育评价体系，建立健全激励与约束制度。

在教师队伍素质提升工程方面，坚持以教师队伍建设中的问题为导向，探索专题培训与校本教研相结合的教师培训模式。通过开展生涯规划、课程教学、班级管理、心理健康教育等专题培训，系统组织教师培训，提升教师的专业素养。构建以学为本、轻负高效的芙蓉朝晖课堂教学模式，实现课堂教学“知识传授、能力培养、价值引领”三个统一，提升教师教学能力。以提高学生学习的主动性为根本，教师注重教学的科学性和思想性相统一，变被动学习为主动学习，让学生在课堂上好学、乐学、会学。以学生学习能力和合作交流能力的培养为核心，突出先学后教、以学定教，追求教少学多、不教而教，从“教”的课堂逐步走向“学”的课堂。并且统筹推进“微问题、微课题、规划课题”“三位一体”问题研究校本教研，增强教师科研素养，为“两课一育”提供技术支持。

扫码观看

《江华芙蓉学校：办一所纯洁的学校》

开学第一天，许爷爷勉励我勤奋学习、勇敢追梦

2021 年 9 月 1 日，江华县芙蓉学校秋季学期开学的第一天，美丽而

现代化的校园里，回荡着琅琅书声。

“许爷爷好！”上午 9 点 30 分左右，学校视频室里响起清脆而整齐的问好声，六年级 1501 班 45 位孩子庄严地举起右手，向视频另一端的时任湖南省委书记、省人大常委会主任许达哲敬少先队队礼。

“尊敬的许爷爷,您好！我是江华芙蓉学校六年级 1501 班的赫何如意。学校一建好，我就来学校读书了，在这里读书真的是太幸福、太开心了！”瑶族小姑娘赫何如意激动地向许达哲报告。

今年 12 岁的赫何如意家住河路口镇，爸妈常年在广东务工，她平时跟年迈的外婆一起生活。去年 9 月，江华县芙蓉学校投入使用，招收了 1847 名学生，赫何如意也是其中的一名学子。

“在这里有欢乐的芙蓉菜园，可以栽种蔬菜瓜果，我们刚刚还扯了一大桶花生；在这里有丰富多彩的活动，弹钢琴、练书法、踢足球、打篮球、创发明、做航模；在这里有干净整洁的食堂，饭菜美味可口，还有瑶家的十八酿呢。”视频对话中，赫何如意绘声绘色地向许爷爷讲述多姿多彩的校园生活，许达哲露出欣慰的笑容，频频点头。听到这位瑶族小姑娘“长大后想成为一名科学家”的理想，许达哲为她加油鼓劲，勉励她勤奋学习、勇敢追梦。

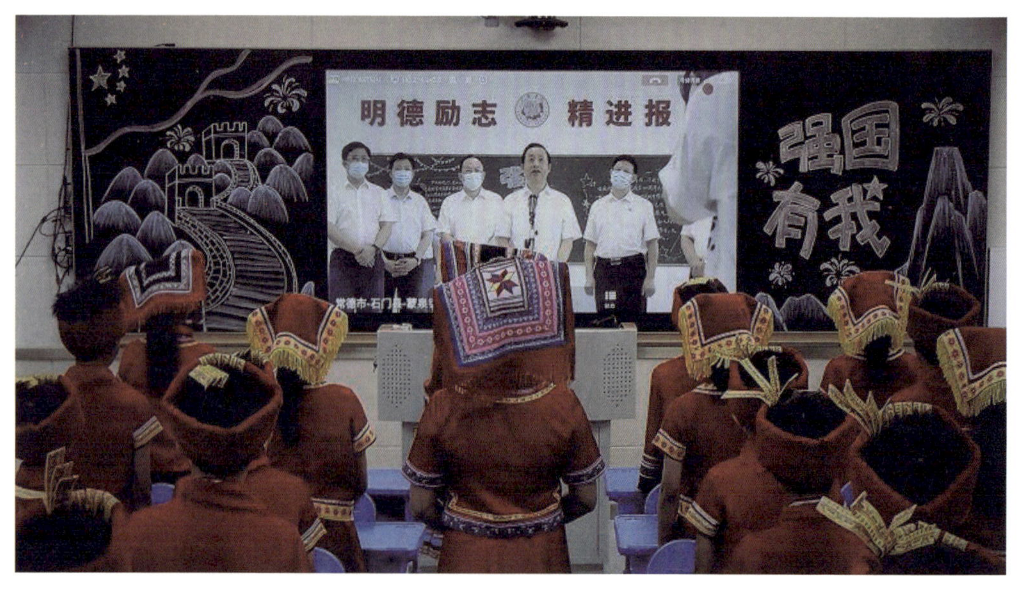

时任湖南省委书记、省人大常委会主任许达哲与江华芙蓉学校学生连线对话

和赫何如意亲切交流后，许达哲深情地对45位孩子说："看到大家一张张笑脸，听到你们平时活动、学习、生活丰富多彩的故事，比我小时候幸福多了。希望你们快快乐乐地成长，在德智体美劳各方面全面发展，祝福你们，好好学习，天天向上，长大成为国家的栋梁之材。"听到许爷爷的真挚祝福和殷切期望，视频室里响起了经久不息的掌声……

"三干"精神

"三个干"是指真干、苦干、拼命干。"干"体现马克思主义哲学最本质的特征，实干兴教，空谈误教。"真干"是指不说空话真实干，追寻真谛科学干，心无旁骛专心干；"苦干"是指艰苦朴素尽力干，吃苦奉献快乐干，苦尽甘来幸福干；"拼命干"是指坚定信仰不动摇，不达目标不罢休，迎难而上勇挑战，舍我其谁敢担当。

"三干"的解读

一是体现马克思主义哲学最本质的特征。

马克思主义是在实践的基础上实现科学性和革命性的统一，马克思主义最本质的特征就是它的实践性。马克思主义的创立就是为改造旧世界的实践而产生的。马克思说，哲学家们只是用不同的方式解释世界，但问题的关键是在于改变世界。实践不仅是改变世界的行动，也是推动理论发展的动力。

二是体现共产党人的初心。

为中国人民谋幸福，为中华民族谋复兴，是中国共产党人的初心和使命。习近平总书记指出，事业发展永无止境，共产党人的初心永远不能改变。中国共产党根基在人民、血脉在人民。党团结带领人民进行革命、建设、改革，根本目的就是为了让人民过上好日子，无论付出多少牺牲和代价，这一点都始终不渝、毫不动摇。坚持以人民为中心的发展思想，体现了党的理想信念、性质宗旨、初心使命，也是对党的奋斗历程和实践经验的深刻总结。守住初心，就是要牢记全心全意为人民服务的根本宗旨，以坚定的理想信念坚守初心，牢记人民对美好生活的向往就是我们的奋斗目标。

三是体现江华教育人独特的精神追求。

江华教育人，对于同一事物，不同的人有不同的看法，甚至同一人在不同的时期、不同的地点都有不同的看法。比如对新冠肺炎，不同国家的领导人对其产生的原因、采取的防控措施、治疗措施都是不一样的，其效果显而易见也是千差万别的。为什么呢？主要由以下几方面决定：一是人们实践的广度和深度，实践决定认识。不同人的实践广度和深度不一样，对同一事物的认识也不一样，同一个人的实践广度和深度在不同时期，对同一事物的认识也会不断发生变化。二是人们的经济地位、政治地位和政治态度也会影响人们对事物的看法。特别是在阶级社会中，不同阶级的利益、立场对同一事物的看法是截然不同的，就是同一阶级的不同阶层的看法也有不一样的。三是人们的出身、经历、所受教育、知识水平、素质高低、民族习惯等都会影响人们的认知。四是人们固有认识、固有观念的影响。

“三干”的精神内核

真干的内涵是求真务实、真抓实干。一是少说空话，多做工作，真真实实地干，脚踏实地干。二是按规律干，科学干，真抓实干，实干兴邦。干就必须想干、大干、真干、实干、苦干，时时刻刻想干事，事事处处找事干。真干就是想问题、办事情、干工作要实打实，真对真，按照真理找准事物的规律，按规律地干，科学地干，还要绞尽脑汁用对方法，伏下身子求真务实一干到底，真正沉下身、沉下心、沉下力去干事创业。而且还要一门心思抓落实、一以贯之抓落实，努力形成一级抓一级、一级带一级、一级促一级、层层抓落实的真干。三是心无旁骛地干。心中没有任何杂念，排除一切外来因素，集中精力。

苦干的内涵，一是体现艰苦朴素的精神，吃得苦，尽力地干，不避艰辛，尽力工作；二是要有吃苦的奉献精神，坚韧不拔的一步一个脚印地做好本职工作；三是先苦后甜，苦尽甘来。

拼命干的内涵是不达目标不罢休。一是竭尽全力干，体现出不达目标不罢休的精、气、神；二是迎难而上，不甘落后的奋斗精神；三是执着的教育信仰、坚定信念和教育情怀；四是舍我其谁的担当精神。

乡村教育的追梦人

“你还要留在码市吗?”

答:“是。”

2021年秋季开学，江华码市中学副校长余莲秀的回答仍然十分坚定。亲人问了20次，余莲秀也回答了20次。

2001年，余莲秀被分配到码市中学。

“我爱我的学生，担任16年班主任，早已经将学生当成了家人。”余莲秀谈起自己20年坚守在码市中学时说,“爱学生,就要将学生放在心上,学生的事就是我的事。”

每接手一个班,余莲秀必然会建立学生档案,详细地了解学生的家庭、兴趣爱好、生日等情况。山区留守儿童多,有的孩子的父母好几年都不回家。余莲秀就将这类孩子列为重点关爱对象，常找他们谈心，关注他们身心变化，通过视频方式解决孩子们与父母的相思之苦，引导学生健康成长。

学生严艳（化名）家在离校20多公里的小山村，因生病，不能吃食堂有辣椒的菜，余莲秀坚持每天帮她煮饭菜。从外地转到余莲秀班上的赵淑（化名）家在离学校一个多小时车程的饭滩村,因不适应新学校生活,一个月后就不愿意到学校上学了。为了把她劝返学校，余莲秀一星期内连续三次对她进行家访。在最后一次去她家的路途中，因山路打滑从摩托车上摔下来，手脚好几处发生大面积擦伤，其中一处直冒鲜血。余莲秀坚持先去赵淑家家访，后回学校处理伤口。赵淑被余莲秀深深感动，当即与余莲秀返校学习。

“学生就是我的孩子,我绝不会放弃任何一个学生。”余莲秀坚定地说。

熟识余莲秀的人都问:“你在码市中学呆了20年了，怎么都不想进城，按照县里优秀教师可以选学校的规定，你是省优秀教师更有资格进城呀!”

余莲秀的爱人在江华瑶族自治县第二中学工作，父母身体欠佳，孩子还小需要照顾陪伴，等等，任何一个理由，都可以让她调离偏远的码市中学。同时，组织上也曾考虑将优秀的余莲秀选调入城。但都因放不下学生，她一次次放弃了调离码市中学的机会。

有一位其他学校的校长问余莲秀：“余老师，你待在码市20年，你幸福吗？”余莲秀的回答是肯定的，因为在码市中学她圆了自己的梦。

2016年至2019年，随着涔天河水库的加高，码市镇到县城需要绕广东、湖南两省五个县，开车走高速需要5个小时。码市中学因地理环境改变导致大量优秀教师流失。2016年，码市中学结合学校学生的实际开始着力打造“办有乡村味道的学校，做适合乡村孩子的教育”乡村教育品牌，将每节课从45分钟减少到40分钟，重点实施“一班一特色”“一生一特长”的创建活动。这一年，余莲秀担任学校行政，主抓学校教学，主持学校“一班一特色，一生一特长”的创建，建成剪纸室、书法室、木刻室、石艺室、科创中心等高标准社团37个。为解决社团师资困难的问题，余莲秀义不容辞担任剪纸社团的指导老师。为了胜任社团的教学，业余时间她都用来钻研剪纸艺术。在余莲秀的带动下，不少教师也纷纷加入社团的指导老师中来，和孩子们一起学，一起成长。

单克（化名）因父母务工，鲜少得到关爱，缺少自信与阳光。学剪纸后，余莲秀鼓励他学习剪纸艺术，还帮助他创作12生肖动物作品。一年后，他把自己的作品装裱起来时，感受到的不仅是成就感，更多的是自信和阳光。

经过师生不断打磨，码市中学先后荣获省、市、县名校等荣誉！

也因余莲秀坚守初心，她在教育教学中的潜力不断被挖掘出来，先后被评为湖南省优秀教师和永州市劳动模范、教育模范、师德标兵、最美乡村教师等，还被评为永州市初中生物骨干教师。

“是学校成就了自己，自己也把学校当成了家。我的幸福来自我所热爱的学校，幸运的是，学校成了我心目中的理想学校，给了我成长舞台，这也是我坚守的动力！”余莲秀爽快地回答道。

“去吧，注意身体，不要挂心我们。”这是余莲秀母亲每次在她离家去学校时常对她说的一句话。余莲秀深知父母身体不好，母亲风湿发作时连提水的力气都没有，父亲心脏不好去医院住院时，自己也没有为他送过一次饭菜。

2014 年 9 月，刚休完产假返校上班的余莲秀接下一个九年级毕业班，并任教化学。因为无人照看，余莲秀只好将孩子带到学校。因余莲秀不在身边，孩子睡觉醒来时常撕心裂肺地哭，食堂阿姨、邻居听到后不忍心就去房间哄哄他。稍长大一点后，因工作忙余莲秀更无暇顾及他，他便跟着同事走，常常这家吃一顿，那家吃一餐。余莲秀谈起孩子时心里非常愧疚，他几乎在学校老师家吃遍了，还将几位熟悉的老师家当成了自己家。

都说父母对孩子最大的爱，便是陪伴其成长。7 岁的孩子，每次视频，都会问余莲秀："妈妈，你什么时候回家?"然而，余莲秀一年到头都很少带他玩。2019 年，班上学生毕业离校前与余莲秀交谈说："余老师，我是农村的留守儿童，而你的孩子则是城里的留守儿童。"

"党和国家提出乡村振兴，作为一名教师，扎根乡村，就是到祖国最需要的地方去。我很幸运作为一名乡村教师，为乡村振兴植下乡村教育的种子，让乡村教育成就乡村振兴，让乡村教育绽放出最美丽的花朵，结出最甜美的果实!"余莲秀满怀信心地说。

江华乡村教育的“成绩单”

大瑶山里师生脸上的灿烂笑容，心中的家国情怀，身上的使命担当，就是我们江华乡村教育成果最生动的表达。

作为一种美好的向往，江华教育人对理想教育的探索从未停止，经历了一个又一个阶段，当然，这些阶段是必要的也是必需的，是一个量变到质变的过程。近十年，江华教育以“美丽校园、幸福师生、理想教育”为统领，以美丽校园为基础，以幸福师生为核心，不断实现理想教育的迭进。

第一阶段是全面提质，做师生认可的教育。全县完全小学以上的学校均按照“园林型、书香型、创新型、特色型、学术型和净化、绿化、靓（亮）化、序化、数字化、文化”的“五型六化”要求建设。强调通过五型六化、全面改薄、教师队伍建设等建设，提升学校育人环境和水平。

第二阶段是因地制宜，做适合自己的教育。全县开展“递进式六创工程”。第一轮六创是创建园林式单位、文明单位、卫生单位、学习型单位、平安单位、特色校园。新一轮六创是创校园文化示范校园、书香校园、创新型校园、学术型校园、党建示范校园、特色示范校园。强调立足江华大地办教育，扎根乡村办教育，办适合江华自己的教育。

第三阶段是尊重个性，做师生向往的教育。全县所有学校成功创建县级以上平安示范校园、文明校园、卫生校园、书香校园，34 所学校创建市级以上园林式单位，其中 1 所是国家级生态文明学校。学校已成为 10 万余名学生美丽的花园、魅力的学园、成长的乐园、温馨的家园和幸福的田园。强调打破千校一面，打造“一校一品牌、一师一专长、一班一特色、一生一特长”的特色教育。

实践证明，江华的理想教育的就是和美教育，是“美丽校园、幸福师生、理想教育”充分发展的必然结果。江华的理想教育是因材施教、因人而异的，让每一个生命都有枝可依的教育，是学生们能够快乐学习、教师们能够体面地享受职业尊严和幸福的教育。

师生共同成长

师生快乐和幸福的核心就是成长。学生是个性化成长，是多元成长，每一个学生的成长活力都得到激发，在实践活动中建构生成，通过感觉、知觉、记忆和思维活动，从现象到概念，从表面到本质，从而获得知识到获得能力；教师是专业化成长，普通话、信息技术应用能力、三笔字等基本素养上过关，在学科教学和教育管理方面不断提升水平，在教育生活中充分实现自我价值，在各自的岗位上绽放青春，特别是在学生的快乐和幸福中获得精神享受。

学校品牌凸显

校长办学必须要有教育思想。思想决定思路，思路决定出路。没有思想，学校的出路在哪里，教育的出路又在哪里？历史和现实证明，凡是名校都是在有思想的引领下沉淀校园文化。

校长办学需要教育思想是由五个方面的因素决定的。

一是教育的本质。教育的本质就是培养人，作为上层建筑的教育，是为一定阶级、阶层服务的。一方面，我国是中国共产党领导的社会主义国家，我们培养的人必须是德智体美劳全面发展的社会主义建设者和接班人，是为民族复兴担当大任的人，这就是校长办学的方向，不能偏离。另一方面，教育不仅仅是业务活、技术活、艺术活，更重要的是思想活，要传播思想、传播真理，要塑造灵魂、塑造生命和塑造新人。

二是学校的魂或根。学校的魂或根就是校长的办学思想，就是流淌在师生血液中的校园文化。为什么一些学校办不好，就是校长没有明确的、良好的办学思想。或者有一定的思想，但不科学，既不接天线，也不接地线，难以得到师生的认同，形成不了校园文化，学校没有了魂或根，也就没有了生命力。

三是校长的职责。校长要引领一所学校，首先是引领思想。“思之深，行之远”，我们对一件事，认识越透彻，思考越深刻，就越能笃定前行，越能行稳致远，做到“不管东西南北风，咬定青山不放松”。这就需要校长认真研究党的教育方针政策，研究教育教学规律和学生身心发展规律，还要研究当地风土人情和文化，形成自己的办学思想。

四是学校的根本任务。教育的根本任务是立德树人。立德树人必须在学校落地，这就决定了学校要根据实际情况，因地制宜制定出自己的办学愿景、一训三风等。

五是树学校品牌。学校品牌就是学校的特色，就是学校的文化。而学校长期积淀的文化，就是校长教育思想落地的结果。校长的教育思想符合党的方针政策，符合教育教学规律，符合学生身心发展规律，符合当地实际且有特色，久久为功，做到极致，形成流淌在师生血液中的校园文化，这就是学校品牌。

如今，一大批乡村品牌学校正在江华孵化。

县域教育整体推进

江华县先后被评为全国民族教育先进县、全国义务教育发展基本均衡县、全省教育强县，获得湖南省教育“两项督导评估考核”优秀，被省政府授予“真抓实干奖”等。《人民日报》、教育部网站、《中国教育报》《中国教师报》《中国青年报》《湖南日报》对江华“全面改薄”安居工程、教育扶贫、师德师风建设、心理健康教育、教师培训工作等进行宣传报道。县域推进的心理健康教育、全面改薄、教育扶贫等 10 余项工作在省级以上相关会议做经验介绍，江华“和美教育”被誉为“江华教育现象”。

如江华县整体推进心理健康教育“七有五融合”模式，2015 年被教育部评为全国社会主义核心价值观优秀案例，2016 年在湖南中小学心理健康教育推进会上做区域推进案例展示，2017 年在全省教育科研扶贫现场会做典型发言，2018 年入选全国教育专业硕士教学案例库，2019 年获湖南省第四届教育科研优秀成果奖二等奖，2020 年获湖南省第二届民族教育优秀成果奖三等奖。江华县扎实推进心理健康教育工作成效显著、声名鹊起，湘潭县、资兴市、蓝山县等十多个县市到江华县交流心理健康教育工作，并多次承办“国培计划”心理健康教育项目。

局长“静夜思”（三）

教育“三问”

近日，参加全县高中生涯规划指导培训班开幕式，面对高考这座“大山”的压力，“上大学”成了衡量学校办学水平高低的标准吗？“上大学”成了教师教育教学水平的“试金石”？“上大学”成了衡量学生优秀还是后进的标签？现实压得大家喘不过气来，学校、教师、学生、家长很焦虑，我到底该说些什么？

我想到80年前，南开大学校长面对师生提出的爱国“三问”，你是中国人吗？你爱中国吗？你愿意中国好吗？

针对当前的现状，面对高中学校领导和教师，我脱口而出：是“育分”还是“育人”？是用“心”育还是用“法”育？是“一元评价”还是“多元评价”？

这“三问”直击老师们的心灵，现场鸦雀无声。我也被自己震慑住了！“育分”还是“育人”？这本无悬念，这关系到教育的本真，关系到教育的方向。但现实是残酷的，中考、高考以“分”论英雄，一些学校表面上“育人”，骨子里“育分”；一些家长公然要求“育分”，怕“育人”会影响成绩，上不了高中，上不了大学。其实，教育的本质就是培养人，培养身心健康、心智健全的人。一个身心健康的人，一个主动学习的人会比一个身心不健康、被动学习的人成绩会差吗？只是我们很多人还不明这个理，仍然相信：只要学不死，就往死里学，所以“育人”任重道远，必须强力推进！用“心”育还是用“法”育，既然我们选择了育人，那么到底用什么样的方法和手段育人呢？这关键是教师的素养和能力，合格的教师遵循教育规律和孩子身心发展规律育，不合格的教师用简单的、粗暴的手段育人，要实现全面育人，教师必须走专业化发展道路。用“一元评价”还是“多元评价”？曾经，我们是以“分”给孩子贴标签，束缚孩子的个性和特色发展。针对孩子多样性，社会多元性，学校办学也应该是多元性的，要让孩子有选择性，不能用一种单一的“模式”来“固定”孩子！

“办学的密码”在哪?

为了瑶山的孩子享受更优质的教育，在湖南省教师发展中心这个“红娘”的牵线下，江华芙蓉学校与长沙市开福区实验小学“联姻”达成初步意向。长沙市开福区实验小学办学三年，硕果累累，特色凸显，品牌彰显。为何它三年就能吸引省内外同行的眼球，受到各级的关注呢？其“密码”在哪？

据初步观察：一是教育行政部门的全力支持。长沙市开福区实验小学，其实验就意味着改革、创新，改革创新必须得到上级政府及各级部门的大力支持，比如说管办评分离。二是顶层设计系统化、科学化和可操作化。比如说学校发展五年规划，第一年规范管理年，第二年特色孕育年，第三年特色凸显年，第四年精品课程年，第五年品牌形成年。三是校长的个人魅力。校长张涓英是长沙名校长，不仅能汇聚全市的名师、名校长，乃至全省培训师团队，为学校的发展把脉问诊。四是提炼的办学理念与当地实际情况一脉相承，办学理念、校风、校训、教风、学风一脉相承，成一体系。比如说开福区的理念是开启幸福的地方，而学校的理念是开启你的幸福未来。五是改革创新是关键。“新学校要走新路”，但我们很多校长缺乏改革创新精神，固守原有模式和经验，仍然“新学校走老路，涛声依旧”。张涓英校长推行的管办评分离，推行的教师聘任制，推行的第三方机构评定办学水平，推行的学校机构改革，都一改过去的“金字塔”结构，去官僚化、行政化，成为师生服务的机构。期待与江华芙蓉学校的合作、引领，开启江华教育新局面。

致唤醒

还有半个小时就是第37个教师节了，我想，37年前国家设立教师节的目的就在于唤醒全社会都要尊师重教，牢固树立百年大计，教育为本的观念，在全社会营造尊重科技、尊重人才、尊重教师、尊重教育的浓厚氛围。也正基于此，教育得到长足发展，为经济社会的发展提供了智力支撑和人才保障。也许，我们今天很多人不能感受到37年前“我们将被开除球籍”的危险，而我们今天的核心技术仍然有被别人“卡脖子”，所以我们更加没有理由不重视科技，不重视人才，不重视教育。

今年的教师节，我仍然想到的是“唤醒”。

一是“唤醒”各级党委、政府真正为教育为教师办实事、解难题，而不是“一会”了之。当前，教育由“有学上”向“上好学”转变，各种问题和矛盾仍然突出，有学位的不足、有教师的不足、有机制的不顺、改革中的矛盾……这些都需要各级党委、政府按照轻重缓急的原则逐一解决，否则，“上好学”将是一句空话。

二是“唤醒”部门真正为教育服好务，为教育松绑。教育的发展有其特殊规律，不能完全按照“行政体系”这一套来指挥，否则，将会违背教育规律。

三是“唤醒”家庭、社会要担当教育的责任和使命。曾几何时，我们把“教育”等同于学校教育，忽略家庭教育和社会教育，不仅没同向，甚至走向反面，于是乎，孩子出现这样那样的问题，学校教育最后成了“替罪羊”。

四是“唤醒”学校育人的初心和使命，曾几何时，我们的学校变成了“加工厂”，班级变成了“生产车间”，学生变成了“考试机器”。

教育要抓住本质

和一同事在闲聊中谈到，现今的校园事情无限的“杂”，教师根本无法静心教学。一方面说明校园需要减负，另一方面说明校长、老师缺乏定力。学校到底是干什么的，校长、老师没想清楚，被外在的东西所裹胁。学校的命运、老师的命运、学生的命运不能为自己所掌控，其根本原因在于没有抓住教育的本质，没有抓住学校的本质。俗话说抓住本质，掌控命运。本质就是规律，就是决定事物发展方向的内部联系。无论是工作、事物和人，都有其本质规律，抓住了本质，也就把握了方向，也掌控了命运。作为教育而言，其本质就是培养人。

就拿一个学校来说，是处在一个复杂的系统中的，外部要处理好与党委、政府的关系，要处理好与各部门的关系，要处理好与家长的关系、要处理好与社会各方面的关系……内部要处理好校长与老师的关系、老师与老师的关系、学生与学生的关系、老师与学生的关系、“教”与“学”的关系……在这些错综复杂的关系中，到底哪一对关系是学校的主要矛盾？如果抓错了，就会偏离了方向，就会折腾。显然，教学是学校的中心工作，“教”与“学”是学校的主要矛盾，而教师与学生的关系是“教”与“学”的主要矛盾，我们学校的一切工作都必须围绕这一中心展开。想清楚了，就有了定力！教育如此，其他一切工作也都如此，抓住本质，掌控命运，坚定前行！

教育要尊重个体差异，因材施教

2021 年 5 月，某天上午在沱江镇第七小学偶遇一少年，他眼神直盯着我，嘴里喃喃地说着，“我认识你，我认识你，你好像到过我们宿舍，与我们促膝谈心。”

是的，这位少年去年因厌学曾一度失学，后劝返到综合实践学校就读，在这里他找到了校园的乐趣，除学习基本知识外，他爱上了耍狮。

他与我的偶遇，让我浮想联翩：一是任何事物、任何人都会发展变化，我们不应固守不变。这个少年过去在家长、老师面前估计是个熊孩子，是我们教师心目中的后进生。但小孩现在变得乖巧了，有礼貌了且舞狮技术一流，难道这还是我们心目中的熊孩子吗？二是一定要牢记浇花先浇根，育人先育心。少年一见面就说认识我，也许是我那次在宿舍的促膝谈心的态度感动了他，也许是我的哪一句话触动了他……但不管怎样，这次谈话至少触动了他的心灵。曾几何时，我们为了“育分”，不尊重孩子的身心发展规律，不尊重教育教学规律，导致多少悲剧的发生。三是一定要尊重个体差异，做到因材施教。世界没有两片相同的树叶，同样世界上也不存在两个完全相同的人，所以我们要做到具体问题具体分析，而不是“眉毛胡子一把抓，一刀切”，否则教育就会出大问题！

为孩子打好“五底”

习近平总书记在考察汝城文明瑶族乡第一完全小学时，勉励青少年要成为中华民族复兴的参天大树。教育就是要培养社会主义建设者和接班人，培养担当民族复兴大任的人。今天，我们正着力让教育为生命打底，而我们从事的是基础教育，所以应该是先为教育打底。

我认为应该打好“五底”，才能让小树苗茁壮成长，才能成为民族复兴的参天大树。一是身心健康的底，关键让教师动起来，让学生跑起来，让校园活起来。二是思想品行的底。三观不正，是不良品质，何谈担大任。思想的底关键还是要打好绿色、红色和蓝色的底子。三是美丽的底色。真善美是教育追求的目标，要让师生能够发现美、欣赏美和创造美。四是发展智力的底色。要传授知识，教会技能，更重要的是发展智力。重点要在教学常规、课堂教学和校本教研上下功夫。五是劳动的底色。

“想象力就是第一生产力”

我参观阿里巴巴集团总部后，一直被“想象力就是第一生产力”这句话深深吸引。也在思考，科学技术是第一生产力是著名论断。想象力、好奇心是科学的基础，想象力、好奇心是第一生产力的说法，也就不足以为奇了。

曾经的教育很大程度上强调知识的灌输，不容许学生的质疑，甚至阻碍受教育者的想象力、好奇心的培养。正是基于此，我提出要“为生命打底”，生命除自然生命外，更重要的是社会生命（人的本质属性），社会生命的长度、宽度、厚度，更依赖于教育质量的高低。人无外乎要面对自然界、面对社会和面对自己（思维），我认为面对自然界要以绿色为底色，面对社会要以红色为底色，面对自己要以蓝色为底色。

辩证看“双减”（一）

“中秋”即圆满，但现实并非如此，正是有残缺，才让人有无限的遐想和追求。教育也是如此。目前国家大力推行“双减”政策，其目的就是要办人民满意教育。“双减”，我们相当一部分人认为就是教育的负担要减轻了，其实不然，“减”的同时，就应该有“增”，我们必须辩证地看待“双减”。

一是培训机构“育分”要“减”，学校“育人”的主阵地要“增”。受长期唯分的影响，在学校和培训机构的双重压榨下，学生变成了考试机器。分数为王的时代，学校失去了初心，办什么样的学校，培养什么样的人，为谁培养人，怎样培养人？在“双减”时代，学校育人的主阵地作用要回归。

二是学校“育分”要减少，孩子的“德智体美劳”综合素质发展要增强。曾经，受“提高一分，干掉千人”和“只要学不死就往死里学”的观念影响，使学生们压力增大。在“双减”时代，我们要补短板，培养德智体美劳全面发展的人，培养为民族复兴担当大任的人。

三是学生作业过重负担要减下来，培养学生的素质要提上来。我们培养的应是身心健康的人，是全面发展的人，在老师眼里不能只有“分”，而是有血有肉，有性格特点的“人”。

四是学生作业过重负担减下来，教师的备课、上课、作业批改、课后辅导要增加，要精准，要质量，教师必须不断提升自己的专业化水平，让自己成为“专家”。这就要求教师的非教学事务要减下来，让教师静下心来，潜心钻研，这也就要求各级党委、政府及部门切实为学校，为教师“松绑”，让教师聚焦教育教学主业，让“双减”真正落地。

五是家长教育的投入，家长的焦虑要减少，家校共育要增加，做到家校育人同心同向，做到 1+1 大于 2，而不是小于 2。

辩证看“双减”（二）

中秋假期，与友邀约田间地头，忽见河中鱼儿自由自在，好生惬意，好生嫉妒，如果我们的学生像鱼儿一样，该是多幸福呀！

今天，我们实施“双减”，就是要把时间、空间和主动权还给孩子，砸碎束缚孩子健康成长的枷锁，让教育“回家”。曾几何时，受“唯分”的限制，孩子从出生就开始计算高考的倒计时，作业的“大山”压得孩子喘不过气，刚上学就戴上了眼镜。培训机构煽风点火，家长焦虑了，老师功利了，学校迷路了，我们的教育到底怎么了？

“双减”抓住了根本，内外兼治，从内来讲就是要抓住学校这个主阵地，一方面要抓住课堂，必须向 45 分钟要质量，知识的重点要突出，难点要突破，做到堂堂清、日日清、周周清和月月清。另一方面要精准布置书面作业，时间、结构、难度、数量、质量、分层要统筹把握。再就是要切实开展课后服务，真正做到课后服务育人，增强课后服务的吸引力，内容上要德智体美劳全面发展，特别要在体艺劳上下功夫，还要围绕学校办学目标，形成特色课程，特别要在“一校一品、一班一特色、一师一专长、一生一特长”上下功夫。在形式上一定要多样，根据学生的个性和特长，学校要有“菜单”，形成“百花齐放，百家争鸣”的氛围。

在师资上，要充分挖掘学校教师的潜力，要充分发挥专业教师的特长，要善于向校外特长教师借力。无论提升课堂质量，还是减少作业总量，抑或课后服务，其关键在教师的专业性。“双减”从表面上看是一项教育政策，实质上是一场教育革命，是一场不能输的革命，唯有胜利，才能实现中华民族的伟大复兴。

谈“和美教育”

在江华芙蓉学校推进学校品牌建设中，很多老师都谈“和美教育”。但在现实当中，一些老师又谈到在学校管理中，他们基本上是“禁言”，这又何谈“和美”？嘴上“和美”,行为上不“和美”,那么到底什么是“和美”，我们又如何践行“和美”呢？

和，是人们的美好愿望，但有时感觉到有“贬义”成分在里面，比如和事佬，比如为了“和”，一味地放弃原则和底线等。我认为，“和”不仅是一种态度、秩序和状态，它更是中国人的一种世界观、价值观，与辩证唯物主义原理相通。

“和”主张宇宙是一个整体，世界是一个整体，它是由各个部分构成的。“和”即“共同体”。辩证唯物主义同样认为世界是一个相互联系的整体，是由各个部分组成的。这就要求我们从大局、全局上来考虑问题。

“和”是一种状态，“共同体”就是一种状态，我们追求的和睦、和谐、和平就是一种状态，辩证唯物主义认为事物运动是绝对的，静止是相对的，当事物处在量变过程中，就是“和”的状态。

和而不同承认了矛盾的特殊性，差异性。两千年前，老祖宗提出了君子和而不同，世界上不存在两片相同的叶子，也不存两个相同的人，但今天我们仍然在犯同而不和的错误。

“和”的本质就是各得其所，各美其美，这实质也就是承认矛盾的特殊性，按照矛盾的特殊性，做到具体问题具体分析，而不能“搞一刀切”。要做到“和美”教育，一方面要各得其所，各美其美；另一方面要美美与共，天下大同，实现“共同体”。

小论“德”

教育的根本任务是立德树人。“德”顾名思义就是道德，“道”即规律，“德”通“得”，有己内化，外达人两层意思。“道德”指按照规律行事，今指处理人与人，人与社会之间的关系约定成俗的规范、规则和准则的总和。

大学之道，在明明德，在亲民，在止于至善。这说明古代教育对“道德”的重视，从一定意义上讲，古代教育就是道德学、伦理学，教育某些时候重视知识和技能，而忽视了“德”。难怪人们惊呼，有德有才是“正品”，有德无才是“次品”，无德有才是“毒品”，无德无才是“废品”。

对标一下，我们属于什么“品”呢？作为教育人，必须把学生立什么样的“德”作为责任和使命，让学生在个人品德、家庭美德、社会公德、职业道德和事业道德上打下厚实的基础。要在处理与社会关系时，面对过去，要继承、弘扬中华优秀传统文化，特别是经典文化要入脑入心，做一名真正的中国人；面对当今，要大力践行社会主义核心价值观、中小学生行为规范和新时代教师行为准则；面对未来，要树立理想信念。在处理人与自然关系时，要牢固树立生态文明的理念，牢固树立绿水青山就是金山银山的理念，做到人与自然和谐相处。在处理人与自身的关系时，要注重心理健康，保持积极良好的心态，与自己和谐共处，学会悦纳自己，提升自己，成就自己。

致文化自信与担当

谈爱国更重要在于对国家文化是否有文化自信。

文化是一个国家的根本标志。中国人之所以为中国人，就在于几千年的中华优秀传统文化。需要我们不断地传承弘扬中华优秀传统文化，挖掘赓续红色文化和社会主义文化。

谈爱国更重要在于对国家是否有责任担当。一些人怨这怨那，看不到主流，看不到方向，看到是自己的蝇头小利。正是因为如此，才需要我们担当、奋斗、改变。我们要肩负起民族复兴大任，爱国不是空洞的，承担起社会主义现代化建设重任，以实现中华民族伟大复兴为己任。我们要把自己的本职工作做好，不积小流，无以成江河，中华民族复兴事业是伟大的事业，需要每一名中华儿女，认认真真、扎扎实实，做好自己的工作；我们需要不断加强学习、提升素养、提高能力，做到与时俱进，让国家走在时代前列。

乡村振兴的“土”味

2021 年 10 月 22 日，驱车两小时来到湘江乡田冲村，感慨大自然给我们的馈赠——天然氧吧，感恩老祖宗给我们留下的宝藏——森林。置身其中，让人沁人心脾，心旷神怡，我想“神仙”也不过如此吧？在享受这份“待遇”时，看到村庄几乎是一样的“火柴盒”，安装在“火柴盒”上的防盗网在太阳光的照耀下闪闪发光。“火柴盒”前的路灯格外耀眼……群众富裕起来后，村庄开始“洋”起来了，但我总觉得这份“洋”与大森林格格不入，总觉得有水土不服之感。

农村还是“土”一点好，特别乡村振兴还是要保留“土味”，不要照搬城市的东西，否则乡村振兴就会变味。

这个“土”味，就是要有自然味，人与自然和谐共生是最高境界，曾几何时，对大自然竭泽而渔，杀鸡取卵，最终招致大自然的惩罚，乡村振兴是要夯实“绿”这个底色。

这个“土”味，就是要地方味。长期以来，我们穷怕了，饿怕了，对自己本土的东西不自信，认为外来东西都是好的，特别是外出务工人员到城里后，认为“洋”东西都好，甚至瞧不起“土”东西，农村每一块地方都被“洋”化了，每个村都是清一色的“火柴盒”。

这个“土”味，就是要有泥土（乡村）味，要有乡土气息。

这个“土”味，就是要有文化味，每个村的文化都要挖掘、整理、传承，记住乡愁，留住根，知道自己从哪里来，该到哪里去？每个村民都有自己的精神家园；这个“土”味，就是要有现代味，现代味并不排斥“土”味，现代味关键是人的现代化，要守正创新，要有个性、有特色、有内涵、有品质，开放包容。

所以，我们学校也可以结合“土”味，办学校教育品牌，以推进学校特色，为孩子们烙上乡愁烙印！

唐孝任一直都习惯从哲学的视角看教育、思考教育。尤其在近几年，还会把自己的所想、所思、所悟以“静夜思”的形式记录下来。现已经超出了100篇，内容涉及教育的方方面面，有对自己教育理念的阐述和深思，也有对江华教育方向的引领和反思，更有对教育人生的谋划与反省。

唐孝任局长的“静夜思”，文字虽不长，但是理却很实在，特别是能折射出他的独特的思维模式：实事求是，解放思想，敢于创新。

尾　声

2021年5月7日至10日，由中国陶行知研究会主办的乡村教育“江华模式”全国推介会暨“幸福教育和教师”高峰论坛、中国陶行知研究会农村教育实验专委会年会，在湖南省江华瑶族自治县举行，来自全国22个省（区、市）的近800名专家、学者、校长与教师代表与会。

全国政协常委、副秘书长，民进中央副主席，新教育发起人，中国陶行知研究会会长朱永新；中国陶行知研究会常务副会长，《生活教育》杂志主编，南京晓庄学院原党委书记、教授吕德雄；贵州省人大常委会原副主任，贵州省文史馆原馆长，中国陶行知研究会原副会长，贵州师范大学教授、硕士生导师顾久；中国陶行知研究会副会长，新教育研究院名誉院长，中国民办教育十大风云人物，翔宇教育集团总校长卢志文；教育部教师工作司常淑芳；湖南省教育厅副厅长王玉清；时任湖南省教师工作处副处长王俊良；时任中共永州市委常委、江华瑶族自治县委书记、一级巡视员罗建华；湖南省永州市人民政府副市长谢景林；湖南省永州市教育局副局长何宁；时任湖南省江华瑶族自治县人大常委会主任黄志坚；湖南省江华瑶族自治县政协主席义洁；时任中共江华瑶族自治县委常委、常务副县长艾克海；时任中共江华瑶族自治县委常委、宣传部部长张恒；时任湖南省江华瑶族自治县人大常委会副主任蒋平；时任湖南省江华瑶族自治县人民政府副县长黎氢；时任湖南省江华瑶族自治县政协副主席、财政局局长聂新华；中国陶行知研究会农村教育实验专委会理事长、四川省陶行知研究会副会长、21世纪教育研究院常务专家委员、四川省阆中市教育局原局长汤勇；中国陶行知研究会农村教育实验专委会副理事长、江华县教育局党组书记、局长唐孝任；教育部长江学者特聘教授，湖南师范大学教育科学学院院长，博士生导师，全国教育基本理论学术委员会副主任委员刘铁芳以及全国著名特级教师华应龙、许习白等出席会议。

在大会上，教育部、湖南省教育厅的领导对江华教育给予了高度评价。他们认为，江华教育在唐孝任局长的引领下，始终把“美丽校园”作为乡村教育模式的基础，“幸福师生”作为乡村教育模式的本质，“理想教育”作为乡村教育模式的升华，经过9年多的不断实践与奋斗，探索出了“美丽校园、幸福师生、理想教育”的江华民族品质教育新模式。江华教育，既是湖南省农村教育发展的一个先进典型，又是中国民族教育百花园中一朵靓丽的奇葩。

中国陶行知研究会常务副会长吕德雄在讲话中指出，江华教育作为江华的一张靓丽名片，其铸就的“江华模式”，既是又一个践行陶行知教育思想的鲜活而真实的案例，也是又一个对陶行知教育思想伟大而生动的实践。大家相聚“神州瑶都”，就是一种见证，见证陶行知教育思想散发的生机与活力；就是一种学习，学习“江华模式”赋予的深刻内涵和实践智慧；就是一种传递，传递乡村教育之火以成燎原之势。

全国政协常委、副秘书长，民进中央副主席，新教育发起人，中国陶行知研究会会长朱永新在报告中，结合对陶行知教育思想的阐释与理解，对江华乡村幸福教育模式进行了深度而全方位的解读。

他指出，教育是幸福的事业，教育的本身是幸福的，没有教育的幸福，就没有教师的幸福，就没有孩子的快乐和幸福。江华教育着眼于教育的幸福，构建幸福教育的全新模式，让江华的师生都过上了一种完整而幸福的教育生活，这是教育常识与本质的回归，是教育人责任与使命的担当，是办人民满意教育答卷的最好书写。

他还说，乡村教育是陶行知重要的教育思想，在当下，乡村教育作为乡村发展的中心与灵魂，没有乡村教育的发展，就没有乡村的真正振兴。江华乡村教育的发展事实，有力证明，乡村学校是可以大有作为的，乡村教育完全可以做得很精彩、很地道、很有味道的，乡村学校也完全可以诞生一批又一批好老师、好校长以及乡村教育家的，只要当地党委、政府重视乡村教育，政策落实到位，广袤的乡村是一定能够留得住优秀老师、优秀校长的。

朱永新会长最后强调，我们在江华所体验到的“江华模式”，是中国县域乡村教育的典范，是实现区域教育高质量发展的样本，是阻断贫困代际传递，实现乡村振兴的成功探索，是改变一个区域教育生态，为之提供借鉴的成功经验。

两天的盛会，七个精彩报告的交流与分享，两堂优秀课例的呈现与展示，五个分论坛的碰撞与角逐，四条线路的密集参观与考察，是对陶行知教育思想的深入论述和挖掘，是对幸福教育的全面认知和诠释，更是对乡村教育“江华模式”的一次亮相，一次检阅，一次充分肯定，也是一次提炼，一次升华，一次再出发。

两天的盛会，湖南江华县委、县政府的高度重视，江华教育精彩的现场提供，江华以唐孝任局长为核心的江华教育人的全力支持，专家、学者、老师的闪亮捧场，媒体朋友的鼎力相助，参会代表克服诸多困难的积极参与，会务组成员熬更守夜的精心准备，调制出了一道精美大餐，展示了一个区域教育令人难以置信的美好，演绎了一场刻骨铭心的教育相遇，闪现并迸发了一个个温馨的画面，一个个动人的瞬间，一个个荡气回肠的场景，一个个难以忘怀的永恒回味。

两天的盛会，很短，但它却是江华教育人用近十年的磨剑之功换来的，是江华每一个教育工作者在三千多个日日夜夜，通过苦干、实干、拼命干奋斗出来的，是江华唐孝任局长身先士卒，不辱使命，用良知与坚守，情怀与追求担当出来的。

两天的盛会，很长，因为大家在这里所焕发的教育激情，所点燃的教育梦想，所碰撞的教育智慧，所收获的教育感悟，所结下的教育情谊，将成为伴随大家未来教育生活和漫漫教育人生的一笔宝贵的财富。

大家也将在这里，一个叫江华的地方，打点行囊，整装待发，带上这笔宝贵的财富出发，向乡村教育理想的彼岸，向没有被污染的远方一路进发。不管遇到什么困难和挑战，相信大家都不会停止前行的步伐。

路漫漫其修远兮。我们完全有理由相信，江华教育人一路前行，一路凯歌，江华教育的明天会更加美好。在未来的中国乡村教育，将会涌现出更多的湖南江华，中国的教育将会因有更多的湖南江华，而屹立于世界教育之林！

后　记

2020 年 6 月底，我有幸走进湖南省江华瑶族自治县。

湖南江华瑶族自治县地处潇湘源头，位于湖南、广东、广西三地接合部。身处江华不到两天的时间里，我们通过听座谈、看学校、与老师交流，一同感受师生们的幸福状态，让我们了解到，这个集“老、少、山、边、穷、移”于一体的县，这个年财政收入不到 10 亿元的县，所创造出的惊人的教育奇迹。在江华，真正实现了最好的房子是学校，待遇落实最好的是教师，教育最美的条件和环境是乡村学校；在江华，工作劲头最足、幸福指数最高的是乡村教师，而且越边远学校的教师，精神面貌越好，幸福感越强，扎根乡村教育的愿望越强烈。

大家都对我们讲，江华不少大山瑶区里的教师都不愿进城，不愿进机关。但为什么江华的乡村教育有这么大的吸引力，令人如此的神驰与向往？随后，在与江华教育局局长唐孝任的交流了解中，让我们找到了一些理由和答案。

这个曾经做过教师、中学副校长、宣传部副部长、乡镇党委书记，看起来皮肤黝黑、身材魁梧、坚毅率真、刚强自信的瑶族汉子，同我一样，也是 39 岁担任教育局局长。

在当时已担任 8 年多教育局局长的时间里，唐孝任以对教育满腔的热血，深厚的情怀，潜心并执着于教育，躬耕并虔诚于他心仪的事业。他以自己应有的良知与责任、使命与智慧，诠释了一个教育人的精彩教育人生，也演绎了一方教育的幸福与美好。

或许是相似的经历，共同的教育情感，相同的取向，抑或是在彼此的身上都能够看到对方的影子，离开江华，在返程的高铁上，我按捺不住内心的激动，带着不尽的感动，一气呵成《湖南省永州市江华教育模式发展成果报告》《把“教育家”当作价值追求的教育局局长——记湖南省永州市江华瑶族自治县教育局局长唐孝任》。这两篇文稿，在《中国教师报》等媒体推出，引起了很大的反响。

为了总结江华教育经验，推介乡村教育“江华模式”，2021 年 5 月，中国陶行知研究会又在湖南江华召开了乡村教育“江华模式”全国现场推介会。全国政协常委、副秘书长，民进中央副主席，中国陶行知研究会会长，新教育发起人朱永新以及来自全国各地的近 800 位专家、学者、校长和老师参加了会议。

经验交流、现场参观、才艺展示、围绕江华幸福教育的主题报告，江华教育惊艳登场，“江华模式”引起震撼，江华教育由此走向全国。

有了两篇文稿、一次盛会，尽管对江华教育特别是乡村教育“江华模式”，有所发现、有所挖掘、有所展示，但是，我觉得这仅仅是管中窥豹、仅见一斑、冰山一角，仅露水面，还未能呈现江华教育的全貌，还没有足够反映出江华教育所具有的独特魅力，更没有探寻和讲述出江华教育背后所不为人知的一个个鲜活、真切而生动的故事。

于是有了著写一本书的动机，有了一班人为此而不计报酬的付出，有了一个团队为此目标而默默无闻的奉献，再于是有了《乡村教育突围——湖南省江华瑶族自治县教育逆袭之路》的问世。

在该书即将付梓之际，首先要感谢的是江华教育局局长唐孝任，是他带领系统上下，凝聚众人之力，汇聚群体之智，给我们提供了极富样本与代表性的“江华模式”，还有一个个可歌可泣、感天动地的教育故事。

感谢雷留涛、邹高峰、钟荣明、周丽华、张成恩、肖波、尹红芳、蒋丽芳、谢友元、文霖、梁天胜、蒋团永、唐添翼等众多同志的参与和教育局干部职工及各学校校长的支持。可以说，没有你们，就没有这本书稿的顺利完成。

感谢湘潭大学出版社有限责任公司的责任编辑与朋友们的大力支持，是你们的夜以继日、加班加点，让该书得以如期与读者见面。

感谢湖南三有文化传媒有限公司的鼎力相助，是你们以一种社会责任与担当，为书稿的问世做出了很大的努力。

一本书或许不重要，但重要的是由这一本书能够带来的一些思考和启迪，能够带来的一些碰撞与火花，能够带来的更多乡村教育、更多区域教育的发展与改变。

祝福江华教育，也期待中国的教育明天更美好！

汤　勇

2021 年 12 月 16 日于四川阆中

“和美教育”：推进教育现代化的江华路径

同圆江华教育梦

1=♭E 2/4
♩=76

肖 歌 唐世日 词
谢 坚 强 曲

(6 - | 6 2 35 | 3 - | 3 - | 6 - | 6 1 25 | 3 - | 3 - |

3 6 6 3 | i - | 6 2 2 6 | i - | 7. 6 | 5. 67 | 6 - | 6 -) |

6 3 3 6 | 2. 1 | 7 2 1 71 | 6 - | 6 1 1 66 | 2 3 5 6 | 3 - | 3 - |
悠悠冯 河 巍巍南 岭 校园钟声把 瑶都唤 醒
千年瑶 都 百年树 人 扎根大地 上顶苍 穹

3 6 6 3 | 6 5 33 | 2 3 3 6 | 2 - | 5 6 1 22 | 3 3 0 3 | 2 3 3 23 | 6 - :||
三个第 一 培育着 美丽花 朵 五型六化把 品质 全面提 升
四声校园 里 绽放 瑶鼓彩 虹 六创联动 闪耀 在 绚丽星 空

3 6 6 3 | i - | 6 2 2 6 | i - | 5 5 5 6 | 7 6 7 | 3 - | 3 0 6 |
中 国 梦 我 们的 梦 齐心共筑 教 育 梦 为

2 2 2 1 | 2 0 1 2 | 3 6 6 1 | 2 0 1 | 2 2 2 1 | 2 1 2 | 3 5 5 6 | 5 5 6 |
江华的振 兴 我们勇当先 锋 为 培育好人 才 我们 甘做园 丁 中

i. i | 6 2 6 | i - | i - | 5 5 5 6 | 7 6 7 | 3 - | 3 5 6 |
国 梦 我们 的 梦 同圆江华 教 育 梦 中

i. i | 6 2 6 | i - | i - | 5 5 5 6 | 7 5 7 | 6 - | 6 - |
国 梦 我们 的 梦 同圆江华 教 育 梦

5 6 7 i | 2 - | 2 5 67 | 6 - | 6 - | 6 - | 6 0 ||
同圆江 华 教育 梦

【mp4】共圆江华教育梦